2022年

中国微型小说排行榜

微型小说选刊杂志社
选编

百花洲文艺出版社
BAIHUAZHOU LITERATURE AND ART PRESS

图书在版编目（CIP）数据

2022年中国微型小说排行榜 / 微型小说选刊杂志社选编. -- 南昌 : 百花洲文艺出版社, 2022.12
ISBN 978-7-5500-1621-7

Ⅰ. ①2… Ⅱ. ①微… Ⅲ. ①小小说 - 小说集 - 中国 - 当代 Ⅳ. ①I247.8

中国版本图书馆CIP数据核字（2022）第205165号

2022年中国微型小说排行榜

微型小说选刊杂志社　选编

出 版 人	陈　波
责任编辑	李梦琦
书籍设计	方　方
制　　作	何　丹
出版发行	百花洲文艺出版社
社　　址	南昌市红谷滩世贸路898号博能中心一期A座20楼
邮　　编	330038
经　　销	全国新华书店
印　　刷	江西省和平印务有限公司
开　　本	720mm × 1000mm　1/16
印　　张	19.75
版　　次	2023年2月第1版
印　　次	2023年2月第1次印刷
字　　数	310千字
书　　号	ISBN 978-7-5500-1621-7
定　　价	42.80元

赣版权登字　05-2023-9

邮购联系0791-86895108
网　址http://www.bhzwy.com
图书若有印装错误，影响阅读，可向承印厂联系调换。

目录

2022

路人老耿

笛　子

下午，老耿老两口下公交车往老表住的小区走去。

前面突然一阵人群骚动，夹杂着惊叫声。老耿快步走近，见两个男人在抢夺一把U型铁锁。地上有个摔烂了的蛋糕，还有散落一地的苹果、梨。

打架的两个男人，一个五六十岁，高个块头大；另一个，瘦子，个矮且黑，额上青筋暴突，眼神凶狠，抬脚狠踹。

围观群众喊“报警快报警”，还有人惊呼“要出人命了”。

围观的人只敢隔着一段距离大喊不要打，没人上前制止，怕被误伤，毕竟那把大号铁锁看着太吓人。

老耿见状就要冲上去，被老伴一把扯住：“危险，等警察来！”

“我就是……”

“不，你早退休了。”

老伴急忙掐断老耿的话，使劲扯住他的胳膊。

瘦矮个脸色铁青，豁出命的样子。大块头的脸渐渐憋成猪肝色，嘶声叫喊，眼睛不时望向围观者。

老耿迅速挣脱老伴的手，大喊“住手”，人已箭步飞至，右手闪电般抓住两人争抢的铁锁。

胶着状态的两人都怔了怔。大块头满脸的悲愤惊恐，喘个不停。

“不要打架，都放手！”

老耿说着去掰矮个的手，对面的手指钢条般紧紧钳住铁锁，掰不开。

老耿转去掰大块头的手，没想到轻轻一下就开了，似乎就等着有人来这么一下。

老耿挡在两人中间。直觉告诉他，此刻的矮个像个被点着导火索的炸药包，火苗虽已被他掐灭，但得防备复燃。

老耿对大块头说：“趁警察还没到，赶紧回家吧。不怕家里人担心吗？”

大块头愣了下，慢慢弯腰蹲下，捧起地上的蛋糕盒小心翼翼地摆弄着，试图把摔塌了的蛋糕复原。可哪能啊，他急红了眼，捧着蛋糕起身走了。背影里，能看到他不时抬起袖子在脸上揩一把。

“肥佬也真是的，买个苹果挑挑拣拣嫌七嫌八。”

“就是，都给他优惠了又说不够秤非要多拿一个走，他咋不干脆说不要钱送他吃？”

老耿从众人七嘴八舌中大概知道了事由：大块头买苹果为了多占便宜，说诈秤，把瘦矮个激怒了。

“唉，这肥叔住我同个小区，无儿无女，他老伴常年生病，钱大多去买了药。刚听他说今天生日，蛋糕是开甜品店的侄子送的。”

旁边一大姐说完，现场又一阵静默。

大块头的处境令人心酸，老耿更为瘦矮个担心。刚才在掰手时，发现他手背有两道刀砍疤痕。凭职业经验，这绝不是一般的伤。

此刻瘦子像一只泄了气的皮球，一脸沮丧和茫然。

老耿蹲下来捡起地上磕出了大小不一“瘀伤”的水果。老伴和旁边的两位大妈也加入到捡果行列。

跟大块头同楼的大姐忍不住说瘦子：“还好这位阿叔出来劝，不然都不知后果怎样，我现在心还怦怦跳啊。”

“我最恨别人冤枉我，说我诈秤。”瘦矮个恨恨道。

“那也不要把人蛋糕砸了啊，他多难得才吃一次蛋糕，看他都快气疯了，我刚才真担心你会被他用锁砸死。”

“砸死最好！”瘦矮个像在跟谁赌气。

“说这话就没意思了，大男人没点家庭责任感。有为老婆孩子想过吗？死死死的！”老耿的老伴把刚才受到的惊吓完全置换成愤怒，狠狠砸给瘦子。

“我没老婆，早跑啦！”

呃！她像喝水被呛到，咳了起来。又从车上扯下一个塑料袋，把磕得惨不忍睹的苹果、梨捡进袋子，装到不能再装，然后放到电子秤上说：“多少钱一斤你说了算，我可以买回家做苹果饼。”

又有两个人跟着去扯塑料袋，有的捡苹果，有的装梨子。

阿婆大妈们听到他老婆跟人跑了，纷纷动了恻隐之心，个个把袋子装得不能再装为止。

见此情景，矮个竟喉咙发紧，话里带着浓重的鼻音："这些苹果、梨摔到很难卖得出去，多谢大家不嫌弃。"他坚决只收半价的钱。

"是我自己的错，怪不得别人。"瘦矮个见老耿盯着他手背上的刀疤看，又下意识地缩了缩手，像在自言自语，"我以后会想想后果，再不会随便动怒了。"

今晚的老耿很开心。他给自己和老伴倒上小半杯红酒。

"不喝，你高兴我不高兴。死老头子，为你担惊受怕了二三十年还不够，好不容易熬到你退休，以为可以安心了。"

老耿赶紧哄起来，他把酒杯举到老伴面前："我今天阻止了一场悲剧，高兴啊！有你的功劳，来，老头敬你。"

老伴不再绷脸，接过酒杯放一边，严肃地盯着老耿的眼睛，要他保证今后不再做冒险的事："毕竟是退休的人了，要服老啊。"

老耿嗯嗯嗯地点头如捣蒜。

老伴丢给他一个白眼。她知道答应了也白搭，下次遇到这类情况，老头子还是会不要命地冲上去的。

"那人绝望的哀号让我整整三天没能睡好哪。"老耿又说起他当警察的往事，"以前，有个死刑犯，曾当着我的面痛哭流涕地忏悔，说当时打架是一时冲动昏了头，如果当时有个人上来干预一把，也许悲剧就能避免。他哭着说，可惜我命中没有贵人啊……"

这次老伴没有嫌弃，任由他说。等他说完，再给他递上一条热毛巾。

泥蛋糕

曾　颖

灵儿觉得自己长大，是在她十岁生日那天。

那天，爸爸妈妈连电话都没打一个回来，只有奶奶临出门时把一个煮鸡蛋放在她的书包里——这是山里娃们生日的标配，也是与平日唯一不同的地方。

走在上学路上，灵儿的心，从没有过地凉。平时就崎岖而漫长的路，找碴儿似的变得更加腻滑。她眼前总闪过电视上城里孩子过生日的画面，一大群欢快的人和精美的礼物，围着那个满脸幸福的孩子，点蜡烛，唱歌，切蛋糕，欢笑……

灵儿不敢将自己想象成那个孩子。她只希望自己生日这一天，爸爸妈妈能回来，如果再带一件新衣服或一套彩色铅笔，或者一个蛋糕，哪怕是最小最小的那种，她都会高兴得疯掉。

但这些场景，如同卖火柴的小姑娘划起的火光中的幻影，瞬间就被一次滑倒撞得烟消云散。这似乎再次验证了奶奶常说的那句话："东想西想，吃了不长，我们这样的人，做梦除了伤自己，就再没有别的用处了！"

奶奶这句话，是针对爸爸妈妈外出打工说的，但此时此刻用在自己头上，却十分贴切。坐在湿滑的地面上，一股沁骨的凉意，由下而上，让她的每根头发尖里，都充满了沮丧。

学校和家，都一样遥远，她两头都不想去，不想让奶奶和她唯一的同班同学，看到自己狼狈的样子。于是她索性站起来，往路旁树丛中的小道走去。这条道她见过几百遍了，通往哪，她并不知道。

穿过竹丛，沿着一条不太明显的小道往前，是一条小溪，小溪往上一百米，便是一处并不太深的小潭。

周围是树，并没什么人，她决定去那边把裤子洗洗，晒干再说。

裤子洗好，晾晒在小树上，她选一块石头坐下，把脚放进水里。

水凉凉的，沙软软的，偶尔有小鱼银亮亮地从她的脚边穿过，风柔柔地由远及近，抚过竹枝和树巅，把一丝丝山林的清香，铺洒在她的头上和脸上。

她闭上眼，用力地吸了一口气，然后长长地呼了出去，仿佛要把一切的不愉快，都吐出去。

这时，半空中，缥缥缈缈传来许多人的欢笑，有人开始唱生日快乐歌，杂乱的笑闹，被他一带，变得整齐高亢，在树和山之间飘荡回旋，如一群欢快的鸽子。

她知道这是那个害她摔跤的梦的延续，她本能地摇头，想把它们驱散。

但歌声像一群顽皮的蚊子，你一驱，它就散；你一停手，它就又聚在一起，还故意使坏地唱得更响。

努力了几次，她决定放弃。

偶尔做一次过生日的梦，应该不算过分吧？

她这么想着，突然就来了精神。她决定再把梦做大一点，给自己做个生日蛋糕。

河边被水泡得软软的黄泥，倒是做蛋糕的好材料。她挖了一大捧，放到一大片芋子叶上。用黄泥和菜叶做饭菜办过家家玩，是熟悉而久远了的游戏。而用它做蛋糕，还是头一次。蛋糕在电视和书上看到过，知道它是圆圆的，表面是白色或棕黄色，顶层有各种水果和糖球，还有写着漂亮文字的卡片。

这些东西的替代品，都不难找。黄泥做蛋糕坯，石灰做奶油，树上的野山桃，田里的小番茄，崖壁上的青花椒，还有小溪里的石头，白色的青色的红色的，大大小小，形状各异，放在生日蛋糕上，像有生命一般地鲜活美丽起来。

蛋糕做完，放到阳光下，虽然漂亮，但又感觉像少了点什么。对，卡片，还需要一张写了字的卡片！

她从书包里拿出平时不怎么舍得用的水彩笔，撕下一片软面抄的封面，在上面认认真真地写下几个字：

祝我生日快乐！

这时，整个山林，都唱起歌来。

歌声由弱到强，由悠扬到高亢，直至如漫天的大火，一直烧上云霄。

她觉得，从那一刻起，她已不再是个孩子。虽然此前很久，爸爸妈妈爷爷奶奶早已不把她当成一个孩子。

她把蛋糕放到山崖的一棵树下，像放一个祭品，提起裤子，背起书包，大踏步往山下走去。

在学校的路口，她看到她唯一的同班同学和同桌，那个老是上课嚼米的小男生，手里捧着一个烤红薯，红薯上插了支小红蜡烛，远远看到她，欲言又止。

她知道那是送给她的。

如果是两小时之前，她会感动得眼泪哗哗的。但现在却不会了，因为她不想再为了一个别人随时都可以吃到的小蛋糕，感动得昏天黑地，她要开始一种新的生活……

这是多年后一个叫娜娜的陪酒女酒醉之后向客人讲的她朋友的童年故事。

但大多数人都不相信。

一个人的战争

徐慧芬

天暖了，她想，该去看看英子了。临行前她把早已准备好的几本书带上，她和英子都是喜欢阅读的人，她告诫自己，见了英子可不能掉眼泪。

六十年前她和英子从师范大学毕业，都还是姑娘。英子长得小巧，大家都叫她小英子。如今，当年的同窗已七零八落，之前他们每年还有一两次的同窗聚会，但前年大家有了约定：八十岁后腿脚大多不灵，往后不再组织聚会了，谁若身体不好也免去上门探望，即使生命走到尽头，也不必亲临送别。他们说，活到今天已不易，往后更要洒脱点。大家相约，有空时多通通电话，隔三岔五在微信群里露露面，报个平安。

就是在微信群里，大家发现英子有段时间没露面了。电话打过去，才知英子因为血栓，一条腿被截掉了。她听到这个消息掉了眼泪，她俩是最知心的姐妹，她要违反同学间的约定，她对英子说，我怎么可以不来看你呢？英子想了想说，你一定要来，那就等半年后好吗？那时候我好点了，才有力气跟你多聊聊呢。

她叩响了英子家的门。门开了，不见英子，忽然视线下有谁抱住了她的腿。啊！是英子跪着，她怔住了，等醒悟过来，才明白英子竟是双腿全截了肢，左右小腿全没了！她分明是站着呢，是两根木桩般地杵着！

她的眼泪一下子决了堤，英子抱着她说，别哭别哭啊，命保住了，还算是幸运的！英子告诉她，她是感觉心脏不舒服，才住进医院做检查。检查完回家当天下午，突然间一条小腿竟然变成青黑色。当即去了医院，医生诊断后决定要施行截肢手术，因为血栓影响了下肢存活，不截肢就要危及生命。可就在刚刚完成截肢手术后，她的另一条腿也出现了坏疽，于是另一条腿也被截了肢。

平静后她问英子，怎么家里没见雇个人帮帮你呀？英子说两个孩子请了一段时间假，帮她渡过了最初的难关，后来又雇用了一个全天保姆，现在有些事情她能自己做了，就用了长护险的钟点工，每天上门服务两小时。

英子说，谁能想到呢，老了还要受这种罪，不瞒你说，当初从医院回来躺在床上，脑子里一直在打仗，到底是要活下去还是赶快死掉解脱。没有了腿，活下去的日子肯定是难的，而死却是容易的。我想啊想，总算想明白了，虽然腿没了，但人活了下来，就是老天暂时还不肯收我，那么再难也要活下去，也要试试看这个难究竟有多难。我又想到这世界上还有那么多的人，因为种种原因，不到岁数就早早走了，还有战场上下来的士兵，有的年纪轻轻就缺了胳膊少了腿，更有那些坐着轮椅还在运动场上拼搏的人……想通之后，我马上振作了起来，该吃就吃，该喝就喝，能下床了就抓紧锻炼，你看我现在不是也能走了吗？不过就是变成小矮人了，我让孩子去定制了一些便于攀登的小凳子矮梯子，客厅里、房间里、厨房里、卫生间里都摆着。我伤口已长得蛮好，再过一段时间，就能装上假肢了……

她一直静静地听着英子的絮叨，认真听完后，觉得自己准备安慰她开导她的话，已是多余了。

她是我熟悉的一位长者，给我讲了英子的故事，感叹道：人这一辈子，一路走下来，磕磕碰碰跌跌撞撞，不知道会遇上多少拦路虎呢，多数情况下只能是一个人孤身作战。英子的这场战争，最终因为她的勇敢和智慧，没有倒下。

磨盘山

闫耀明

磨盘山是村子南边的一座山，也是奶奶一辈子向往的地方。

奶奶说，磨盘山好呢，到了山上，可以看到好景致，可以吃到红苹果，还可以采到草药。如果天气好，还可以望见大海。

奶奶一边咳嗽一边说着上面这些话。奶奶的身体弱，总是念叨着要上磨盘山去看看，采些草药回来，煮水喝，治她的病。

我听奶奶念叨要上磨盘山时，奶奶并不老，完全可以爬到山上去，去看景致，吃红苹果，采草药。

母亲说，奶奶念叨去磨盘山，已经快念叨一辈子了。

我爬过磨盘山，和小伙伴一起上山去玩。

从村子里望过去，磨盘山并不高大，圆滚滚的，我们觉得爬上磨盘山，一定很容易的。于是，我们决定去磨盘山上玩。

那是春天。我们几个男孩子走出村子，踩着田地中间细窄的小道，走过农田，来到磨盘山脚下。我看到的磨盘山挺高的，和我们在村子里望见的磨盘山完全不一样。我们踩着一条小路上山，可是走了一阵，才发现那根本不是小路。我们拨开浓密的荆条，躲避着野山枣树上不容易被发现的尖尖的刺，艰难地往山上走。脚下会时常有一些石头，不大，白白的，却又圆又硬，踩上，脚下就会打滑，身体就会倒下。我们走得很慢，也很吃力。还没走到半山腰，大家就已经累得直喘。我的手腕被干硬干硬的荆条划红了，疼便慢慢地洇开。小腿呢，也疼。那是被野山枣刺扎的，只是那疼很尖，很锐，一下一下地跳。

其他小伙伴和我一样，也都受了伤。但是我们没有放弃，继续登山。

终于，我们登上了山顶。

我果然看到了奶奶说的好景致。我站在山顶，觉得自己好高好高。我看到山脚下是大片大片的农田，绿绿的，平展展的，比学校的大黑板还平。一条公路在田地中间穿过去，不时有汽车无声地驶过，慢悠悠的。再远一点的地方是我家住的村子，长方形，横在田地的一边。一排排房子分布得很整齐，有很多树，高大着，浓密着，把有些房子遮挡住了，却遮挡出我说不清的意味来。女儿河弯弯曲曲的，白白亮亮的，比母亲扎在头上的头巾还要长，在长方形的村子中间穿过去，弯向东边，和猫尾巴一样漂亮。更远的地方，还是农田，隐约可见一排电线杆在农田中起起伏伏。我把目光放得更远更长，向比农田更远的地方望去，我居然望到了一片影影绰绰的白色，不，是淡蓝色！我猛地明白了，那看上去在不停摇晃的淡蓝色，就是奶奶说的大海！

我望到了大海！

我连忙指着大海让小伙伴们看。

果然是好景致呀！我忍不住大声叫起来。

奶奶说得没错，到了磨盘山上，可以看到好景致。更为美妙的是，我看到的农田啊公路啊村庄啊河流啊，还有远方的大海，都是小小的，像玩具一样，好像我一伸手，就可以拿到手里！

这种感觉太好啦，太有意思啦！

我已经十岁了，还头一次产生这种美妙的感觉呢。

我和小伙伴们在磨盘山上玩了大半天，才很不舍地下了山。

遗憾的是，我没有吃到红苹果，因为那是春天，山坡上的苹果树才刚刚长出绿叶来。还有，我也没有采到草药，因为我不认识草药。

回到家里，我给奶奶讲磨盘山，讲自己看到的好景致。

奶奶听着，脸上的阳光一跳一跳的。

我说，奶奶，你不是向往磨盘山吗？我领你上去看看吧。

奶奶没有回答我的提议，只是笑。我看到奶奶脸上的阳光在她的笑声中一块一块地滑落下来。

奶奶脸上的阳光落了，奶奶的身体也渐渐不行了。不久，奶奶就去世了。

母亲说，奶奶辛苦一辈子，吃了很多苦，遭了很多罪，把孩子们都养大了。奶奶最大的愿望就是去磨盘山上看看，去看看山上的好景致，去采草药，去吃红苹果。可是奶奶一直到去世，也没有去过磨盘山。

奶奶终于是来到了磨盘山上。奶奶的坟，就在山坡的东侧。

奶奶向往磨盘山，却一辈子没有上过磨盘山。现在，奶奶终于来到了磨盘山上。

我对母亲说，奶奶终于看到了磨盘山上的好景致。

寻找老韩

张海洋

在爷爷三周年忌日那天，送走前来悼念的客人，我们这个大家庭开了一个会议，平时大家各忙各的，难得聚这么齐。

“老爷子临走时，嘱咐我们一定要找到老韩，到现在都三年了，还没有眉目。大伙儿说说，老韩还找不找了？”大伯坐在堂屋正中，边说边环视着四周的人群。

“老韩是谁？”“欠咱家钱了吗？”“是咱家亲戚吗？”年轻人交头接耳，疑惑地谈论着这个陌生的“老韩”。

“我到老韩原来单位打听过，说老韩早就调回山东老家了，联系不上，不知道还在不在？”小姑面露愁容地说道。

“在不在，都要找。咱老张家知恩图报，这是咱的家风。家里人都在这，有钱出钱，没钱出力！”父亲表态。

“老韩对咱家有多大恩情，值得这么兴师动众？再说咱已经找过，有个意思不就行了……”堂哥站出来，紧紧宽大的腰带，发起了牢骚。

“放屁！你腰杆硬了，说这不咸不淡的怪话！”大伯似乎生气了，“那年我高中毕业，想去当兵，因为体检不合格，没有去成，在村里小学当民办老师。后来，我去市里进修学习，带走了家里的粮食。你爷爷在县食品站赶大车，顾不上你二叔和小姑，那时青黄不接，他兄妹俩就断了炊。”说着，大伯红了眼圈。

“嗯，我记着这事呢。你奶生病老早就走了，让我带着你小姑生活，可眼看着她饿得两腿发肿，走不动路。这时，你爷爷从城里捎回话，让去公社找老韩。”父亲点着一根烟，回忆起往事。

“老韩是谁？我也不知道。死马当活马医吧！我腰里系了个粮袋子，走了十几里地去了公社。到了公社，我怯怯的，不知道怎么找到老韩。那时人真好，我一问，就有一个干部把我领到了老韩那里……”

“老韩个子很高大，穿一身旧军装，说话高声大嗓。后来才知道，他是公社的民政干事。他看我腰里系个粮袋子就知道了来意，问我，‘哪个让你来找我的？’

我说了你爷的姓名，他听了哈哈笑起来，‘是老张的孩儿啊！’”

“我拿着老韩写的条子，到粮站领了三十斤红薯干。后来又陆续找过他几次，玉米、豆子、高粱都给过。靠着这些救济粮，我和你姑算是活了下来……”父亲说着也红了眼眶。

“我只见过老韩一面，但一辈子也忘不了他。”小姑也陷入了对往事的回忆，“那年，公社分给大队一个纺织厂招工的名额，和我年龄相仿的女孩子都参加了推荐，结果大队书记的女儿被推荐上了，到了公社却因为没上过学被退了回来。我听说后，就去了公社，一审查各方面条件都符合，高高兴兴地拿回招工表，只要盖上大队的公章就能跳出‘农门’成为城里的工人。也许因为自己闺女没有去成，到了大队部，书记愣是不肯盖章。眼看日期都要过了，我急得直掉泪……

“你二叔跑到城里找到你爷爷，只带回来一句话——找老韩。我俩赶紧又跑到公社，不巧，老韩去了城里开会，只得把话托公社里的人转给他。回来的路上，我心想这下没指望了，老韩能帮上忙吗？

“谁知道，第二天一大早，老韩就骑着自行车来到咱家门口。见到我，二话不说领到大队部，见到书记就是一通‘电闪雷鸣’，‘老张闺女哪条不符合条件，她是不是革命军属，老张的腿在战场都打残疾了，你们就这么对待军属子女。上级追究下来，性质严重得很呢……’老韩越说越激动，脖子上青筋暴起，把大队书记吓得脸都黄了！”小姑说着，抹去了眼角的泪水。

“我明白了，爷爷是转业残疾军人，老韩是公社民政干事，这不就是工作关系吗？我们是不是太……认真了……”小弟瞅着几个长辈的脸色，小心翼翼地说道。

“你这孩子！”果然，父亲生气了。

“在老韩那里也许是工作关系，但在咱们家他就是恩人，这么好的人，当面说句感谢的话，也心安了！一定要找到老韩！”大伯一锤定音。

话说到这个份上，老韩一定是要找了。人多力量大，这话不假，两三个月的光景，陆陆续续得到一些老韩的消息。

小弟说：“我同学说，那里干休所有个叫韩东山的……”

表哥说：“我打听到有个叫韩东山的，也符合老韩的特征，现在医院住着……”

堂哥说：“我托战友打听到，当地陵园有个叫韩东山的，当过兵，也来咱这工作过……”

信息这么多，没有个准信，父亲兄妹三个却铁了心地要找到老韩。我开车带着他们去了老韩的老家，开启寻访之旅。

先去拜访在世的。我们根据打听到的消息先后去了干休所和医院，遗憾的是他们不是我们要找的老韩。

剩下的是已去世的“老韩”，大伯说去见见他的家人，不管是不是，也算了了我们的心愿。

去世的这位确实是老韩，我们在他家见到了他的遗像。老韩的家人对我们的造访有一点意外。

寒暄之后的聊天有些沉闷，我忍不住打破沉默，问道：“老人在世时，有没有提及在河南工作时，帮助过一个叫老张的残疾军人？”

“没有——老人没有讲过。他是个热心肠不假，复员后在民政上工作，基本没见过他的工资。最艰苦的时候，吃了上顿没下顿，母亲领着我和妹妹在集市上捡菜叶子……”老韩的儿子淡淡地说道。

临走时，我们去陵园给老韩扫了墓。在他墓前，大家怀着肃穆的心情，深深鞠了三个躬。

我和农民李小为的交往

刘国芳

一天在乡下玩儿，我看见一个男人在地里拔甘蔗，便过去搭讪：“你这甘蔗栽得好。”

男人笑笑，回答：“还好。”

男人接着说：“吃甘蔗。”

男人不是说说而已，还伸一根甘蔗过来。我也不客气，接过甘蔗就咬，然后说：“好甜。”

男人笑了。

一个女人走过来，喊男人：“李小为，你就拔甘蔗呀。”

男人应一声。

我于是知道这个男人叫李小为。

这天我跟李小为聊了好一会儿，还帮他拔甘蔗。走时，李小为送了我一捆甘蔗，有七八根。我不要，李小为硬要给，我推辞不过，只好拿了。到家时妻子看我扛回来一捆甘蔗，问我：“买这么多甘蔗做什么？”

我说：“在乡下玩儿，一个农民送的。”

妻子说：“你认识他？”

我说：“不认识。”

妻子说：“你不认识他，他干吗送你甘蔗？”

我没解释，剁了根甘蔗吃，真的很甜。吃着时我寻思，平白无故地拿了人家一捆甘蔗，我得回点儿什么给人家。刚好家里有一袋香菇和红枣，我拿了出门。妻子见了，问我：“拿哪里去？”

我说：“拿了人家那么多甘蔗，我去回些东西给人家。”

妻子说：“这香菇七八十块钱一斤，他几根甘蔗哪值这么多钱？”

我没理睬妻子，走了。

见了李小为，我把东西给他。李小为有些意外，跟我说：“怎么能拿你的东西？”

我说：“我还拿了你的甘蔗呢！”

李小为说：“地里的东西，不值钱。”

在随后的大半年时间里，我和李小为依然有来有往。通常是我去李小为那儿玩儿，李小为会给我些东西，然后我过几天会拿些东西回给他。比如有一次李小为给了我一袋红薯，我过后回了他两包莲子。又一次李小为给了我一袋萝卜，我回了他一袋木耳和几斤香蕉。再一次李小为给了我一袋芋头，我回了他两瓶酒。

我妻子当然知道这些，她总是摇头，还说：“你觉得有意义吗？人家给你的东西，根本不值钱；你给他的，哪次不要七八十或者上百。”

我说：“哪能这么算？”

后来李小为问我住哪里，我当然告诉了他，于是李小为便到城里来找我。李小为第一次来时，搬了一只大冬瓜来，然后在我楼下“老刘老刘”地叫。我把头探出窗外，应一声。李小为就上来了，然后放下东西就走。妻子在李小为走后问我：“这就是你交的那个农民？”

我点着头说：“他叫李小为。”

妻子说：“真不知道，你怎么会跟一个农民交朋友？”

李小为后来还来过几次，他来时，肩上总会扛些他地里栽的东西，到了，在楼下喊：“老刘——老刘——”

我便把头探出窗外，叫他上来。李小为便走上楼来，然后把东西递给我。碰到吃饭的时候，我便喊李小为吃饭，还会跟他喝些酒。我妻子不大喜欢李小为，她总觉得我们的交往，我吃了亏。为此，她不大理睬李小为。

这天，李小为又来了，也在楼下喊：“老刘——老刘——”

那天我正在打电话，没应他，只把头探出窗外向他摆摆手。李小为就上来了，跟我说：“我拿了些葛粉给你。”

我点点头，表示感谢，然后对着手机说：“也不差多少，四五万吧。”又说，“你没有呀？那算了，我找别人借。”

李小为没走，还在门口，在我打完电话后他问：“是不是在借钱？”

我说：“我这房子小了点儿，想换套大一点儿的，差那么几万块钱，打电话跟亲戚朋友借，却没人愿借。”

李小为“哦”一声。

这天李小为又来了，也在楼下“老刘老刘”地喊，我让他上来。李小为一上来，就递给我几沓钱，还说：“我这里有五万块钱，你先拿着用吧！”

我很惊讶。我妻子也在，同样惊讶。好一阵，我才问：“你哪里有这么多钱？”

李小为说：“我们村拆迁了。”

我“哦”一声。

我妻子则连忙说：“谢谢！谢谢！”

后来就很少见李小为了。当然，也不是没见着，比如我把旧房卖了后，就去找过他，把钱还给了他。这后来的一天，忽然看到李小为了，就在我们小区里。我说：“李小为，你怎么在这里？你来看我吗？”

李小为说：“我住这里。”

我说：“你也住这里？”

李小为说：“是，我买了一套二手房，装修好的，住进来就是。”

我说：“我们是邻居了。”

虽然同住一个小区，但我还是很少碰得到李小为，不知他在忙什么。这天，我忽然听到李小为在楼下“老刘老刘”地喊。我妻子听了，连忙把头探出窗外，跟李小为说：“上来，上来。”

李小为就上来了，把手里一袋东西放进来，说：“我拿些红薯给你们。”

我问：“你哪里还有红薯？”

李小为说：“我在小区外面开了一块地，栽的。”

我妻子接嘴，跟我说：“哪天你也跟李小为一起去开块地，栽些东西。”

我应一声：“好哩。”

篁匠独路头

谢志强

朱家村原先是个大村庄，朱姓为大姓。乾隆年间，成了镇，竹家镇。朱和竹谐音。

竹家镇位居一个山岙，四边环山，都是竹山，山不高。镇里，家家户户都会制作竹器。手艺最好的是朱独路头。

独路头是他的绰号。他是个一根筋的人物，独攻一路，连个老婆也没上心娶。可是，竹家镇的各家各户，至少有一件出自独路头的竹器。

竹家镇编的篾席、香篮、饭笼、眠床、栏椅（躺椅）、枕头、鞋篁、座车，甚至竹人竹马、竹雀，样样美观，经久耐用，还有的编入了各种各样的花纹。据说，他编的竹器，陈列在京城店铺的货架上，还在皇宫里出现了。不过，独路头连县城也没去过。

随着年龄的增长，独路头的手艺越发精湛。常有城里的商人，上门来收购。镇里，附近的村里，许多小后生登门，拜师学艺。独路头拒绝收徒弟。他那个绰号就是这样被传开了。

年复一年，独路头不知编了多少个多少样竹器。渐渐地，眼睛也花了，腿脚也不灵了，上山采竹常常上气不接下气，篁匠工具似乎也不听使唤了，动作迟钝了。工具、竹子好像提醒他说：你老了。

六十岁那年，独路头放出口风，要收一个徒弟。手艺传男不传女，自己没儿没女，就把徒弟当儿子，也好养老送终。

消息传开，呼隆一下，独路头六十大寿那天早晨，有一群拜师学艺的后生涌进他的院子。有近百个。向来清净的院子，顿时热热闹闹。院中屋里，都挤满了后生。幸亏他不养鸡不养狗。

百里挑一。后生们纷纷猜测：独路头将出什么考题?

独路头独处惯了，他好像不适应，一时还不知怎么对待这样热闹的局面，他编了个花篮——偏偏那个季节山花已谢了。似乎闹中求静，边编边想。

小后生们不敢喧哗，只是悄声议论，像微风吹进了竹林。都猜测花篮是问话的引子。

独路头歇了手，站起来，那样子，仿佛突然发现来了那么多人，还是后生。他把花篮挂在院中，独棵桂花树枝上，转身，一脸为难，终于说：我只收一个徒弟，来了这么多人，我选一个，其他人肯定难过，当着你们的面，我实在说不出口，这样吧，容我想一想，选中了谁，我会托人报信。

那可能是独路头大半辈子说的最多的一堆话。后生们面面相觑，不好声张，一个个垂着头，相跟着，出院门，各自走，散开了。

院门前是石台阶，台阶下横躺着一把斑竹扫帚——扫院前的扫帚，可能倒在台阶下了。

一个一个后生，抬腿跨过扫帚。最后走出的是一个身体单薄的小后生，仿佛乳毛未脱，又矮又瘦，该是会睡会玩的年龄。小后生来自十几里路外的一个小村庄，翻了几座岭，很可能没睡够，走累了。

事后，独路头说了他的发现，别以为他只顾埋头编花篮了：又矮又瘦的小后生见院中屋里或站或座，满是人，他就坐到灶旁的柴草上，仿佛热闹、拥挤的场面跟他没有关系，他倒似一个好奇的旁观者；师父（已认定了师父）要大家“都回去”，大家走了，他将弄乱的柴草归整齐了，他不敢看师父。最后一个出去，不声不响，好像生怕脚发出声响那样。

那个小后生出院门，下台阶，似乎脚上长了眼，他止步，随手捡起脚前的扫帚，竖靠在院门一侧。

就在这个时刻，篁匠独路头喊：小后生，你留下，不要走了。

小后生呆立着，看看院门前的街两头，那些后生已走出好长一截路了，他猛然清醒，师父叫的是他。

独路头还向他招了一下手。

小后生赶紧上台阶，跪在院门槛前，叫：师父。

十几个后生反应快，奔过来。一呼百应，整条街都像发生了奇事一样，还有许多看热闹的居民，纷纷赶来。怎么会选中这么个不起眼不招人待见的徒弟呢？

独路头的脾气来了，说：躺倒、扶起，连捡一把扫帚这样简单的事儿，也不入眼，怎么能做精细的活呢？

书中人

熊仪婕

好像除了读书，她再没有什么别的爱好。

那是一个下午，闷热的空气裹着阴云徘徊在她的窗前，看着她把书翻到下一页，这原本是一部平平无奇的言情小说，出自平平无奇的作者之手，讲着平平无奇的剧情。

“好像除了读书，他没有什么别的爱好。”

这是描写男二的第一句话，也是让她的眼睛再也离不开这本书的一句话。

后来，她看着男二暗恋女主，看着他的纠结，看着他的痛苦，看着他的温柔，看着他的成全，她看着看着，发现那个平凡如她的男二静默地坐在她的身旁。

“你为什么这么爱女主啊？”这是她第一次开口和他说话。

“嗯？我也不知道，不过，她已经结婚了，她以后也和我无关了。”温柔的男孩把视线放在窗外，却还是耐心地答复她。

“那你以后可以喜欢我吗？”她突然发现，表白也不是那么难。男孩有些惊讶，转头看向那个捧着书的她，投向自己的眼神里没有玩笑，而是对幸福的期许。

她那样地认真，就好像这是一件很平常的事，就好像他真的存在一般……

“我，我先考虑一下吧。”他被她热烈的目光暖得有些羞涩。

书里的人真的可以存在吗？如果不行，那他为什么这么真实呢？

这已经是三个月后了，她早就习惯男二时时刻刻待在她的身边了。他们会在吃早饭的时候闲聊，吐槽一下娱乐新闻，再念叨念叨昨天的烦心事，又或者下午坐在咖啡馆里一起看书，然后埋怨一下无厘头的剧情，最后因为都忘记带伞而一起淋着雨回家。

她躺在床上，听着耳机里的音乐，轻声念道：“今天是我们在一起的第三个月。”

“怎么？想要什么礼物吗？”他转过身来仔细端详着她的面容。

“我想要你一直陪着我。”

这一次，他没有说话了，他知道，生活终究要带她走。

“请新娘入场！”

她穿着洁白的婚纱走上红毯，脸上带着恬淡的微笑。

她环顾四周，看见男二穿着正装，站在欢腾的人群中微笑着鼓掌，看着她的眼神就如同当初表白的她。

他看着新郎为她戴上了那枚闪耀的戒指。

“我以为你不会来。”

“你最美的一天，我可不能错过。”

时光兜兜转转，她忙碌在生活里，工作、孩子、父母，她见到他的次数越来越少，但她知道，他始终在。

终于，时间开始慢下来了，四季的白雪终究凝结在了她的头上，岁月带走了她的很多，现在，甚至要带走她的丈夫。

苍老的男人躺在病床上握着她的手。

“这么多年，辛苦你了。”

“说什么呢，这都是应该的。”

“其实，有件事我一直没跟你说……我看到你的第一眼，就知道我们是同一种人。”

她眼里似乎多了些笑意。

“所以我想啊，既然都是孤独的灵魂，为什么不在一起取个暖呢？”

她被逗笑了，皱纹拉扯着眼角，湿润的眼里倒映出这个与她相伴半生的人。

“跟我说说，你的那位吧。”

他们聊了一整晚，像是为了弥补新婚之夜的无言。

时间敲响了钟，她放下洁白的花。

在一个温暖的午后，她捧着书躺在摇椅上，享受着偷来的时光。阳光哄着她轻轻入睡，似乎只是一小会儿，她感觉有双手轻柔地落在她的膝上，她睁开眼，看见了那个失踪了很久的家伙。

她埋怨道：“你舍得来了？”

他只是微笑着蹲在她的膝前。

“这么久都没有消息，偏偏现在来。”她瞥了一眼他，收了收自己的小脾气。

“对不起，我迟到了。”他还是和以前一样，慢吞吞的温柔，不过眼里有些哀伤。

“你还是和以前一样呀，哪像我这个老太婆。”她老了，老得走不动，跑不动，只能慢慢等着被赶出时间。

“没关系，在我眼里，你一直没变过。”他握住了她爬满皱纹的手。

她看着被握住的手，静默了片刻，抬头注视着他，笑得甜蜜。

“带我走吧。”

“好。”

她在他的搀扶下，身体逐渐变轻，她离开了摇椅，离开了衰老的躯体，年轻的她闪着光沐浴在暖阳下，跟着她不存在的爱人跑出了这个世界。

“放心吧，在另一个世界我来陪你一生。”

好像除了读书，她和他再没有什么别的爱好。

错 过

汪云飞

阿康是我一个写文章的朋友。之前，他一直都在我面前夸他老婆勤劳能干，聪明贤惠。可最近一段时间却突然变了腔调，说天下大多数夫妻其实都是在将就着过。风花雪月，卿卿我我、轰轰烈烈的浪漫爱情其实都只有在文学作品里、在影视剧里才会发生。

之所以说这样的话，是因为最近他常常与老婆闹别扭。我说，女人再漂亮，再能干都怕年纪大，年纪大了，脾气就变坏了，脾气变坏了，就不那么温柔了。女人不温柔了，嗓门就大，嗓门一大，男人就得受气。大度的男人受气的时候都选择忍耐，一些不聪明的女人就以为男人软弱。软弱的男人其实知道自己不应该软弱，可是既然选择了忍让，就只好继续沉默，只是，沉默的时候就像阿康一样难免想起一些事来。

一起散步的时候，阿康对我说："正如你所说，跟什么人在一起，就有什么样的人生，与不同的女人在一起过日子，就有可能产生不一样的结果。失去的总是美丽的。就拿爱情来说吧，有许多邂逅都有可能成全婚姻，有许多遇见若是没有把握便遗憾终生。"

"你一定有过许多美好的邂逅和遇见？"

"可惜都错过了。"他笑笑说，"现在想起来似乎都很美好！"

"都说说曾经有过哪些错过？我很想听听。"

"真的，我不骗你。如果不是这些错过，我的人生也许不会是这个样子。"

我们在城郊一条没有多少人行走的河堤上边走边聊。

"你知道我是学木工的。我有个师兄，一天得知我手里的活不多，便让我去他那里跟着他干。他家住在几十里外的乡下。我之所以答应他，是因为他神神秘秘地告诉我，若是跟了他，他一定将堂妹介绍给我。还说他这个堂妹柳眉大眼，腰细辫子长。于是，我去了师兄家，并和他一起去邻居家里干活。中午或是没有活干的时候，他便带我到小河里摸鱼。摸鱼的时候，就有一个跟我差不多年纪，差不多高，长得柳眉大眼，细腰，长辫子的女孩在我们屁股后面跟着。他说这就是他的堂妹。可是，我们在一起的时候，师兄并没有对她说些什么。那女孩似乎也和他一样不善言辞。后来，女孩还来过我和师兄干活的地方，来了也不说话，只是低着头双手抚弄着两条长长的辫子。我依旧埋头干活。第二天，我因为家中有急事就离开了师兄，也离开了那个村子……”

“第一次就这样错过了！”我说。

“后来，我到京城打工。一起在一家装修公司干活的有来自各地的20多位小伙子、大姑娘。吃饭时，大家都不约而同地哼着《年轻的朋友来相会》这首歌。晚饭后，大家都成群结队去公园散步。可是无论怎么走，总有一个女孩跟在我身边。她来自水乡江苏，热情大方，皮肤又白，言谈举止温文尔雅。暗地里我确实喜欢过她。可惜，后来我因为感染了红眼病，公司老总怕我会传染更多的员工，委婉地劝我去医院治疗。我觉得这是小题大做，于是，我找了在石家庄开诊所的舅舅。一个星期后，红眼病就好了。好了之后，舅舅决意留下我，让我到他儿子开的装修公司干活，这一来就离开了京城。”

“第二次错过了！”我说。

“就在石家庄，又碰到一位来自山东临沂沂蒙山区的姑娘。这姑娘性格爽朗，待人真诚。一天夜里，她突然来到我们宿舍，要我陪她去城区老街一家鞋店里取回一双钉掌的皮鞋。离开宿舍的时候，那帮男同事（包括我老表）都一个个突现怪异的眼神，我在他们的眼神里读出了羡慕、赞叹、疑惑、嫉妒。我和她走过大街，钻进小巷，来到一家修鞋的小店。可是，店门关了，我们只好往回走。往回走的时候，我猛然发现她对没有拿到皮鞋一点也不在意，她在意的是头顶上那一轮明晃晃的月光。她好几次对我说，今晚的月真圆。我也跟着她说真圆。我们一前一后就这样在月光下走着，两个影子也一前一后。我心里想，这个姑娘不一定是真爱上月亮，而是像我一样爱上一同看月亮的人。可我也和她一样没有说。这之后不久，我们都回家过年了。其间，由亲戚介绍，我和邻村一个姑娘订了婚。也就是我后来的老婆。当时，我也确实喜欢她。喜欢的原因是她不仅有一条又长又粗的辫子，有着又白又嫩的肌肤和常常浅笑的脸庞，还有一副真诚善良的心肠……”

“也就是说，兼有上述三个女孩的优点！”我说，“这也是你一直夸赞你老婆的原因！”

“应该这么说。当然也是我这些年几乎忘了这些经历的原因。可是，这几年，孩子大了，日子稳定了，夫妻感情却逐渐疏远了。寂寞的时候，不免回想往事。对其中的遇见和错过似乎有些怀念。”

“是不是想重温旧梦？”

“说实话，真的想过。可惜都没有了联系。”

“相见不如怀念，也许她们都和你一样，有着同样的心情。”我说。

“怎么见得？”

“昨晚，我爱人告诉我，你老婆跟她聊天时，也谈到同样的话题。她说，她曾经有过一次难忘的遇见，许多年以后突然有了联系。有了联系之后对方很想与她相见，可是被她委婉地拒绝了。你老婆说，之所以拒绝，是不想因为弥补曾经的错过而失去已有的东西，否则，又将成为一个新的过错。”

听了这句话，阿康突然不说话了。

巨狼

申平

月亮升起来不久，那条巨狼就已经蹲伏在山顶上了。它仰天嚎叫一声，山下的这座村庄，便抖得像风中的小草。巨狼目光霍霍，俯瞰着脚下的村庄，心里在盘算今天是去吃东家的牛，还是去赶西家的猪。

对于巨狼来说，现在村里的一切，都如它的囊中之物。它非常清楚，村里那些两只脚的人，光剩下老人和妇女儿童了，只要它嚎一声，家家都会关门闭户。

巨狼不慌不忙往山下走，月光之下的它显得优哉游哉。这头狼，个头就像一头两岁的牛犊子。也许就是因为它身躯高大，才引起了狼王的忌惮。狼王派它外出侦察，要它去为狼群寻找新的领地。出发前狼王特意对它说：大个子，你去吧！只记住一点，一定要远离那些人类。在这个世界上，他们才是我们狼族最危险的敌人。

巨狼故意没听狼王的话，它直接来到了草原边缘这座村庄旁。开始的时候，它也对那些两脚人充满好奇和恐惧。可是当它和他们打过照面以后，却发现他们不过是些软包蛋。凡是见过它的人都吓得魂飞魄散。这些人又传染了其他人，一个个躲进屋子里不敢出来。它试探着吃了他们的鸡鸭，他们不反抗；接着又吃了他们的猪，他们也不反抗；随后它又吃了他们的牛，他们还是不反抗。巨狼的胆子越发大了，每次进村，都是大摇大摆，如入无人之境。哼，狼王还说人类可怕，有什么好怕的呢！它不由得嗤笑起来。

巨狼进入村庄，它的身影出现在哪里，哪里就是一片死寂。猪不敢哼，狗不敢吠，人不敢喘息。偶尔听到一声孩子的哭声，但是马上就被堵住了。巨狼很喜欢这样的感觉，它觉得此刻它就是这座村庄的主宰。

有时候，它还得意扬扬地立起身来，把前爪搭在人家的墙头上往院里看。它很想看到人类此时的表情。

巨狼终于看中了一家的肥猪，它纵身跳进那家的院子，撞开了猪圈门。肥猪大呼小叫，但它不管这个，它一口叼住了猪的一只耳朵，扫帚般的尾巴就往猪屁股上猛抽：亲爱的，请跟我走吧。

就在巨狼用爪子扒开大门，准备扬长而去的时候，它听见背后的屋门响了。嗯，是哪个不怕死的出来了？巨狼转头看去，却是一个干瘦如柴的老头。他的手里举着一把菜刀，声音颤抖地说：给我把猪留下，我还指望卖了它，供我孙子上大学呢！

巨狼当然听不懂他的话，但是老头胆敢出现，就已经深深激怒了它。它的嘴巴依然咬着肥猪，却从喉咙里发出了咆哮之声。那声音宛如雷鸣，在村庄的上空滚来滚去，滚来滚去。

但是那老头却不逃避，他的嘴里继续说着：你给我放下！你赶走了我家的猪，我孙子上大学就麻烦了。

巨狼目光凶狠地看着他，它的目光绿莹莹的充满杀气，再加上它那高大的身躯，钢铁巨人见了都会胆寒。但是那个老头竟然开始往前走了，并且高高地举起了菜刀。

双方离得越来越近，最后只剩下几米远了。巨狼恼羞成怒，终于放开肥猪，它龇牙瞪眼，向他发出了最后的警告。但是眼前这老头却仿佛吃了熊心豹子胆，仍然举着菜刀一步步向它走来。巨狼前爪按地，准备猛扑。但是它突然发现，这个老头，和它见过的所有人都不一样。在他身上，仿佛有一股凛然不可侵犯的劲头。一时间，巨狼竟然有点心虚了，它不敢动，硬撑在那里，连发狂吼，期待对方抱头鼠窜。

但是，对手不但不退，反倒继续前行，一步，两步，三步……他在声嘶力竭地怒吼着：恶狼，滚！给我滚出村庄去！

巨狼动摇起来，更可怕的是此前被吓坏的村人，现在好像突然都活转过来，纷纷推门出来，亮起灯笼火把，朝着这边冲来。

巨狼的意志被彻底击垮了。它虚张声势嚎叫一声，掉转身子，朝着村外慌忙逃窜，只恨爹娘少生了两条腿。直到这个时候，它才真正懂得了狼王之言的真正含义。

他的名字叫许戎

徐全庆

认识许戎是在尊者酒楼。这酒楼名字挺虚荣的，因为它充其量算是一个小饭馆。二楼是几个单间，吃酒席的可以上二楼；一楼只一个大厅，摆着两张圆桌和几个卡座，三五好友炒几个菜，随意吃点什么，一般都在这儿；如果你只吃碗面条，也一样受欢迎。我只要了一碗面条。旁边一个五十岁左右的人，也在吃面条，只是面前多了一荤一素两个炒菜。相比于我的婉约，他吃得很豪放。吃完，他很潇洒地朝空中打个响指，高声喊道，老板，签单。一个服务员颠颠地把单子递给他，他很潇洒地签上名字，高傲的目光扫过众人，端着脑袋走了。而我也记住了他的名字，许戎。

结识许戎后，又在尊者酒楼碰到过他两次，都是他替我付的账。我起初不肯，他用居高临下的口气说，你和我争什么，我能签单，你能吗？我喏喏地依了他，惭愧中对他充满了羡慕。

只是这羡慕并没有维持太久，我就知道了，他只是单位的一个副主任科员，手中并无实权。自然也完全没资格在酒店签单。他能在尊者酒楼签单，是因为他不定期在酒楼预存一笔钱而已。

真够虚荣的。和他的朋友说起这事，他的朋友嘴角滑过一丝嘲讽的笑容，你才知道呀，我们都叫他“虚荣”。

他的朋友还说起一件往事。许戎从小在农村，他爹给他起名叫许戎，是希望他将来能当兵。有一年征兵他也报了名。他各方面条件都不错，接兵的人很满意，准备要他了。可是问他为什么当兵时，他说，当兵让人看得起呀。接兵的人说他太过虚荣，目的不纯，没有要他。这说法是许久之后传出来的，真实性无法考证，但大家愿意相信。

但许戎有另一套说法。许戎说他们村一共两人报名，人家只要一个，自然是他。但另一个人学习远不如他，如果不当兵，肯定要修一辈子地球。可他不一样，他学习好，点子多，即使考不上大学，也不会窝在农村，所以就把机会让给那人了。那人在部队当到团长后转业，现在在市某局当局长。许戎常常说，我当初要不把机会让给他，说不定早当厅长了。听的人就笑着说，可惜了，许厅长。

那以后，我也叫他虚荣。第一次叫他，他脸色骤然一变，仿佛愤怒的葡萄。我叫许戎，他纠正道。再见到他我仍然叫他虚荣。他后来也不再纠正，但在尊者酒楼再遇到他，他也不再替我付账。

之后不久，我单位一个同事的爱人得了癌症，治病需要一大笔钱。同事家底耗尽，欠的债还是能封住门。同事是个要强的人，单位每人三百五百地凑了两万多元钱给他，但他坚决不要。他宁肯卖房还账。

这事不知怎的传到了虚荣耳朵里，他给我打电话说，他和县红十字会的房主任关系铁到共穿一个裤衩，房主任看在他面子上，答应资助我同事三万元。

我把这消息告诉同事时，同事远没有我想象的兴奋，反而有些犹豫，问，有什么条件？会不会有记者采访？我理解同事的想法，接受别人捐赠，于他如嗟来之食，即使是红十字会的捐款，他仍有屈辱感。

我把朋友的顾虑和虚荣一说，虚荣把胸脯拍得像放炮似的说，我可以做主，什么条件都没有，也不宣传。我的面子，红十字会敢不给？

看着他鼻孔朝天的样子，我总觉得事情也许没他讲的那么简单，生怕伤害了我的同事。事实证明我多心了，红十字会只悄悄来了一个工作人员，把钱交给了我同事。

有一天，我参加一个饭局，正好和红十字会的房主任坐一桌。聊起虚荣，才知道房主任并不认识他。我纳闷，问那次捐款是怎么回事？房主任拍了一会儿脑袋，才说，想起来了，他把三万元送到我办公室，让我以红十字会的名义给你同事，还嘱咐说是我们看他面子捐的。真虚荣。对了，好像听说他就叫虚荣。

我愣了好一会儿，正色道，不，他的名字叫许戎！

飞机失事

凌鼎年

阿运三十好几了，还没有出过国。这不，这次终于下决心去新马泰玩几天，来个自由行。

阿运是早上 8：26 的航班，从娄城到浦东机场要一个半小时。拿登机牌，安检，到登机口，提前上机，怎么算也得一个半小时左右，合起来，至少得提前三个小时，也就是说五点要从家里出发。

老话说：店大欺客，客大欺店。航空公司向来是朝南坐的，飞机打出牌子不等人的，所以只能提前，不能候分掐秒。阿运很识趣，把手机闹钟调到早上 4:15。按他平时的速度，穿衣、洗脸、刷牙，应该来得及。

但不知是不是第一次出国，前一夜，阿运莫名其妙激动得睡不着觉，不知啥时候迷迷糊糊睡着了。突然惊醒，发现坏了，4:45 了，急得他跳起来，飞快穿上衣服，草草刷了牙，毛巾抹了一把脸，就出门了，紧赶慢赶，总算到了机场。还有几分钟这趟航班就关闸了，安检慢，小跑到登机口，他是最后一个上飞机的，谢天谢地，有惊无险。还好还好，没有误机，他很庆幸自己运道好，看来阿运这名字可不是白起的。

飞机刚飞了半小时，突然剧烈颠簸起来，晃动起来，飞机发出“咔嚓、咔嚓”的怪响。机舱里响起了机长的声音：“本次航班突遇强对流空气，请各位……”机长的话说到一半，突然，飞机垂直往下掉了三次。大家的心都到了嗓子口。“完了完了！”有人祈祷，有人惊呼，有人哭泣……也就几分钟时间，飞机冲向了一个山头，只听轰隆一声巨响，发生了剧烈的大爆炸，火光随即冲天而起……阿运大叫一声：“我的妈呀！”

惊醒了，原来是个噩梦。一看手机，三点还不到。可阿运再也睡不着了，想了很多很多。是老天的警告？是祖宗显灵？是第六感？阿运觉得这是不祥之兆，看来这班飞机乘不得，但退票可能来不及了。不去的话，机票钱损失好几千呢，阿运还是有点肉痛的。七想八想、八想七想，他难以决断，矛盾啊，脑瓜子都疼了。就这样糊里糊涂就又睡着了，等醒来，竟六点了，就算有神行太保的本事也来不及了。算了算了，看来老天爷也不让我出国。罢罢罢，一辈子做个乡巴佬算了，阿运的心情糟糕透了，索性赖在床上不起来了。大约九点的时候，他的手机响了起来，是他最要好的同事阿丙打来的，用一种十分吃惊的口气问："阿运，是你本人吗？"阿运觉得他问得太奇怪了，本想说："如假包换。"但一刹那有了开玩笑的念头，就怪身怪气地说："我是鬼。我是鬼！"阿运听到阿丙大惊失色地大叫了一声，手机好像也甩到地上了。阿运没有想到阿丙这么胆小，哈哈大笑起来。笑过后，又感觉不对，阿丙素来天不怕地不怕的啊，真见鬼了吗？他就查看起手机的微信，谁知微信里都在发飞机失事的消息。再一看，这不正是自己误了的那趟航班吗？阿运揉揉眼，再细看，不错，千真万确，就是自己原本要乘的那架飞机。阿运惊出一身冷汗，要是没有那个梦，没有睡过头，自己应该就在那航班上，不，已成了粉身碎骨的孤魂野鬼。他双手合十，嘴里喃喃自语："菩萨保佑！菩萨保佑！谢谢！谢谢！！！"阿运的手机再次响起，这次是单位里的领导，领导小心翼翼地问："阿运，你在哪里？"阿运知道不能再开玩笑了，就实话实说："我在家里，没事！""你没有上飞机？"领导有点不相信。"喔，睡过头，误机了，没有赶上，只好不去了。"也就半个小时，敲门声响起。领导带着阿丙等几个同事来看他。阿丙一见他，在他胸口来了一拳，说："你小子福大命大造化大啊，竟逃过一劫。请客请客！"领导说："我请我请，为阿运压压惊。阿运是福星！"阿丙把阿运没有上飞机，死里逃生的事，添油加醋地描绘了一下，发到了朋友圈，还发了与阿运的合照。很快，看到的人到处转发，阿运一下子成了网红。很快，有自媒体来找他，拍短视频，问这问那，还让他摆 pose，拍了一次又一次，送走一个又一个。有说阿运真幸运的；有说阿运既然做了这样的梦，说不定有特异功能的，应该保护起来，发挥特殊作用；也有人说，阿运这家伙太自私，为什么只顾自己小命，不通知航班？侥幸苟活了，出来显摆什么，早晚得倒更大的霉……阿运惹不起，还躲不起吗？他关了手机，请了十几天假期躲到了乡下姑妈家。只是不知假期结束后，还会不会有人来烦他。但愿自己很快被人忘记，他祈祷着。

藤师傅和他的天堂椅子

邵宝健

在我们这条古老的小巷底端，住着一位没有结过婚、没有碰过女人的编藤老男人，大家都叫他藤师傅。有点弱智的说话口吃的徒弟小藤子，其实是他早些年捡来的弃婴，确切地说是他的养子。藤师傅到底姓滕还是姓邓，没有人留心过。因为藤师傅的“藤”已深烙在街坊邻居的脑海和口碑里。不管男人女人，也不管是上了年纪的还是年幼的，一律叫他“藤师傅”。一提藤师傅，大家就知道是指小巷底端那扇木门里左腿有点瘸的藤师傅。

他的腿不好使，十根手指却灵巧极了。生计是制作各式藤椅以出售，也兼营修复旧藤椅和破损的藤具，手艺堪称精湛。

藤师傅对待自己的养子小藤子可算得上慈父了，从来没打过他，也没大声斥责过他。即使小藤子读小学时数学常考零分，他也没动过怒。这个羸弱的胆小的别人家的弃孩，他爱都爱不够，哪儿忍心去怪罪和惩罚这孩子由于先天不足而表现出来的笨拙。这么多年来，藤师傅总是和声和气，总是笑眯眯，总是轻手轻脚，就是树叶子掉下来也怕砸了孩子的头。现在小藤子已经十八岁了，个子长得高高大大的，想想藤师傅，他制作了成千上万把藤椅，家里却没有一把像样的，狭窄的卧室里那张旧木椅勉强可以坐坐。更叫邻居沮丧的是，小藤子“朽木不可雕也”，弄了个初中毕业证，再也读不上去了，只好跟着藤师傅学编藤。学编藤手艺也有一年半载了，就是不见长进，主要是缺乏悟性，人还特拗。藤师傅心里头那个急呀。急也没有用，只能自己生闷气，所以这段时间就比以往多喝了点酒，想以酒消愁嘛。

藤师傅专心制作新藤椅，修修补补的事就交给小藤子干。这些天，藤师傅闷声干活儿，也不多搭理小藤子。他是在做一件绝活儿：制作一把特别精美的藤椅，不出售，也不自用，是专给小藤子做示范的样品。他曾跟邻居刘花匠不止一次说起过，他要做一把天堂的椅子。因为小藤子不够灵巧，过于笨拙，为师为父心里总有些不爽。都说强将手下无弱兵，良师出高徒，可他与小藤子就弄不出这等好事。

藤师傅在卧室的墙壁上贴了一张画有藤椅图样的纸，小藤子曾问过他那墙头的纸上画的啥。藤师傅说，那是一把天堂的椅子，是在梦境里寻觅到的。小藤子就站墙边，仔细瞧。

图样是有点特别：阔平的扶把，宽敞的微微后倾的靠背上，描有仙鹤独立的图案；接近坐者后脑勺的位置有一道凸出的拱枕，四只椅腿的上端环连着镂花的藤面。

“这、这个样子叫、叫天堂的椅、椅子啊？”小藤子不胜惊讶，又有点疑惑。

藤师傅说：“是呀，你空下来好好看看。接下来我就要做这把天堂的椅子。”

这天，藤师傅忘我地让飞舞的藤条按梦境中的图样编织，小藤子则自顾自加工一把即将修整好的老式躺椅，技术含量不高，收收尾而已。少顷，只听得小藤子“哎呀”一声，随即嘭的一声脆响，这把老式藤椅一根横贯背部的旧藤绷断了。小藤子顺势瘫坐在地上，人蔫了。

藤师傅放下手里的活计，看着小藤子，终于发火了：“你这个笨蛋也太没用了，这点小事都做不来，将来你怎么娶老婆养家？！”

小藤子蒙了，老父还从来没这么凶过啊。他心里虽然害怕，从地上爬起来却回嘴道：“我、我是没有用，你、你这么能干，不是也、也讨不起老婆吗？”

藤师傅这下真动怒了：“好，你干不好活儿，说不好话，还学会了回嘴。你给我滚，我看你还是去庙里当和尚吧！”

说者无心，听者有意。小藤子虽然不清楚自己的身世，但也听闻自己是养父从深山里寺庙门前捡来的。悲愤、羞愧之情涌上心窝，他扔下编具夺门而出。

小藤子失联了，不知去向。与此同时，墙上的那张藤椅画也莫名失踪了。藤师傅自此一蹶不振。“天堂的椅子”工程也只好半途而废。

一年后，藤师傅患重疾卧床不起。小藤子回到小巷。他带回来一把制作精良的宽扶手藤椅。

当藤师傅昏花的眼睛一接触到这把椅子，即刻有了精神。他颤巍巍地坐起来，尽力地移身，慢慢地坐上了这把藤椅。他两手按着藤椅扶把，身子微微后倾，背脊靠踏实了，轻轻地吐出：“舒服，舒服……”

小藤子轻声轻语地说着，还用手比画着什么，藤师傅明白了，这椅子是小藤子按照他梦境里的图样制作的。造型新颖，技艺精湛，堪称一流。

有人说，小藤子失联，是去认了亲生父母；也有人说，是到某山寺庙里吃斋饭，专练编藤手艺。不知哪个传闻更接近事实。但小藤子的手艺长进神速，藤师傅后继有人，这是真的。

月如钩

侯德云

“梧桐落，蓼花秋。烟初冷，雨才收，萧条风物正堪愁……山如黛，月如钩……”

刘哥自言自语。我听得出来，那是南唐词人冯延巳的《芳草渡·梧桐落》。此人词作，满纸凄凉。

刘哥说，那年，他们全家，爷奶、父母、兄弟，被一辆大卡车，一路颠簸，卸到芦屯，以为是定居，没想到局势有变，后来又返回瓦城。

每隔一段时日，刘哥都要跟我茶聊一次，茶香里全是往事。

刘哥说，住草房没问题，难的是做饭。生米做成熟饭，没草不行。烧煤？想都别想。家家都烧草。

第一顿饭，草半干半湿，二斤火十斤烟，好歹把稀粥糊弄到嘴里。刘哥抬手在自己眼前划拉一下，端起茶杯说，此刻他还能闻到当年的烟味儿。

草我知道。在我的童年和少年时代，每逢秋天，都要漫山遍野去捡草。草是一个笼统的称谓，包括杂草，也包括树叶、树枝、树根等等一切来自山野的可以燃烧之物。

刘哥说他下乡的最初两年，年年都要捡草，从第三年起，他不捡了，改成偷草。

刘哥交了两个朋友，一个叫虾兵，一个叫蟹将。都不安分。刘哥更不安分。三人行必有“领袖”，刘哥是领袖。

芦屯西边，是一大片草甸。草有一人高，但不准割。谁都不行。草是生产队的，是集体财产。草甸一角，支一茅屋，晚上有人打更。

秋花惨淡秋草黄，耿耿夜灯秋夜长，山如黛，月如钩，正是偷草好时光。刘哥上了自家房顶，向西眺望，看草甸那边的茅屋有无烛光。房后，地面上站着两个小弟，都手持镰刀，腰扎草绳，抬头往房顶上瞅。他们在等待，等待刘哥下达作战命令。

刘哥竖起耳朵，听。夜空里，隐隐有音乐声。他对音乐敏感，乐声刚起，就被他抓住。不是歌声，是乐曲，65325352161……很熟悉。

刘哥跳下房顶，一挥手，率虾兵蟹将，往音乐响起的方向走，边走边唱：“我们坐在高高的谷堆旁边，听妈妈讲那过去的事情……”

那天晚上，三个好汉没顾得上去偷草。他们倚住一户人家的院墙，听乐声。是板胡。

刘哥说，用板胡拉此曲，有别样滋味。顿了一瞬，又说，那天晚上，他听得泪流满面。

第四年初冬，刘哥还是跟虾兵蟹将一起，偷花生。此时，花生已经入仓。在场院上，一仓挨一仓。不敢看。看一眼，嘴角是湿的。

事先准备作案工具，麻袋一条，树杈一枝。

我问刘哥，麻袋用来装花生，树杈做什么？

刘哥说，那时候家家都用明锁，看场的小屋也一样。锁扣在门外，用树杈拴住，看场人出不来。

山如黛，月如钩，行动开始。

三人有分工：虾兵负责望风，蟹将负责闩门，刘哥负责扒仓。

扒仓是技术活儿。不能把口子扒得太大，还不能弄断秫秸。口子大，花生流速快，响声也大，那不行。弄断秫秸，会留下偷窃痕迹，更不行。刘哥不相信虾兵也不相信蟹将，非要亲自操作。他操作得很好，花生哗啦啦从不大不小的缺口流出，流了二十分钟，行了，麻袋鼓起三分之二，六七十斤。刘哥掩住缺口，拎着麻袋一角，背起就走。

过程很完美。唯一的遗憾，作案二十分钟，看场人竟没发现，树杈的功能，没显现出来。

花生分成三份，三个好汉各一份。都抿着嘴乐。

刘哥他爸，黑着脸，把刘哥摁到炕沿上，拿扫把，啪啪打屁股，边打边说，看你还敢再偷！

刘哥还敢。

第五年秋天，刘哥做成了一个大案，偷了上百斤苹果。这回没跟虾兵蟹将一起，是跟小芳。“村里有个姑娘叫小芳，长得好看又善良”，对，就是她。

刘哥喜欢人家小芳，不是一天两天。从山桃刚刚开花时就喜欢。想表白，却胆怯。每天上工下工，都拿眼睛睃小芳。有时小芳有警觉，脸腾一下红起来。

刘哥说，一直熬到端午节，他才找到一个突破口。

端午节，吃粽子，吃鸡蛋。刘哥他妈养了几只鸡，鸡屁股里抠蛋，好歹攒出半笸箩，煮了，不分老少，每人四只。刘哥不舍得吃，揣兜儿里。兜儿里有蛋胆子壮，刘哥把小芳约到村东小树林，四只蛋，都掏出来。小芳鼓鼓囊囊的胸脯有了起伏，拉风箱一样喘着粗气，手上却有了执拗，硬是退给刘哥两只。两人脸对脸吃蛋，关系算是定下来。

摘苹果的季节，一天下午在果园里，刘哥跟小芳咬耳朵，说，你敢不敢跟我一起做坏事？小芳小声问，啥坏事？刘哥说，偷。小芳一时不解，愣住。刘哥急了，不是偷你，是偷苹果。小芳抬手甩了刘哥一巴掌，你坏！

农民上下工，从来没准点。看天。天要亮没亮，是上工时间；要黑没黑，是下工时间。

吃罢晚饭，刘哥与小芳会合，手拉手进了果园。刘哥脱了裤子，系上裤腿，把裤子当口袋。两人摸摸索索，将苹果从树枝上一只一只扭下来，装进裤子。一裤接一裤，倒腾到附近的山沟。沟里的山坡地上，有刘哥事先挖好的一个坑。苹果倒进坑，上面铺一层野草，再盖上一尺多厚的沙土。

是夜，繁星如眼，一眨一眨，似有笑意。

腊月底，月依然如钩，刘哥和小芳，到沟里取苹果，一人一筐。

刘哥他爸，照例黑着脸，把刘哥摁到炕沿上，拿扫把，啪啪打屁股，边打边说，看你还敢再偷？

大年三十，晚饭后，一家人围坐一桌，咔咔啃苹果。爷奶、父母、兄弟，脸色都很祥和，跟上一年，全家人围坐一桌吃炒花生，情形近似。刘哥突然胸口一热，觉得自己很了不起。

说到这里，刘哥陡然叹息一声，随即用手背拭眼角。

恋

袁炳发

我出生的那个小镇叫安镇。小镇不大，从上到下只有一条直肠子一样的主街。客运站、小旅馆、银行、菜市场、铁器社、邮局、镇医院、裁缝铺、皮革店、中小学分列街道两侧。镇子虽小，但有了这些商铺店所的存在，安镇便有了浓浓的烟火气息。

曲叔住在我家前院。曲叔是屠夫，他和曲婶在市场上摆摊卖猪肉。

曲叔家的猪是自产自销，买母猪受孕产崽后，精心喂养，养大了出栏。

曲婶大个子，肩宽臀肥，有力气。每年家里猪圈内的几十头猪，都是曲婶从小猪崽子开始，一口一口给喂大的。据说每天喂猪的猪食菜，都要剁上十几筐。

猪食菜都是曲叔和曲婶从西大地的荒甸子上采来的，每天都要背回几麻袋来。

安镇上的人都说，曲叔家的猪肉好吃，香！又说，那两口子也真能吃苦。

有一天，我放学回家，见到曲叔家的门口围了很多的人，我看到妈妈也在人群中。

我喊了妈妈。

妈妈和我回家。路上，我问妈妈：曲叔家门口怎么围了那么多人？

妈妈说：你曲叔在市场卖肉时，和肖胖子打架，把肖胖子杀了，你曲叔被派出所拉到县里去了。

我问我妈，曲叔和肖胖子为什么打架呢？

我妈摇头说不知道。

停了停，妈妈叹了口气，说：两个孩子那么小，你曲婶今后的日子可怎么过呀？

曲婶有两个儿子，大的八岁，小的六岁。妈妈说得没错，曲婶今后的日子可怎么过呀？！

杀人偿命，这是古理。半年后，曲叔被公安押回安镇执行枪决。

曲叔是在安镇的西河边的河滩上被枪决的。那天，西河边的河滩上围满了人，我和妈妈也去了。妈妈和我说，儿子，咱们最后看你曲叔一眼，算是给他送行了！

妈妈说这话时泪眼汪汪。

我突然想到了曲叔以往对我家的好，我家没少吃曲叔给送过来的猪血肠。有一次，曲叔杀完猪，直接把接猪血的盆子端到我家，告诉我妈，这次没灌血肠，你蒸血豆腐吃吧，佐料我都给你调完了。

我妈接过猪血盆，说，谢谢他曲叔！

但让我不理解的是，吃饭时，妈妈把蒸好的血豆腐端上桌，爸爸不但没吃，还把血豆腐给扣在屋地上，发疯一样地叫喊，以后不要吃他送的东西！

我妈没有和我爸爸吵，她坐在炕沿儿上一直哭……这天晚上睡觉时，我发现我爸在我妈耳边极力地讨好道歉，我佯装睡着了。不一会儿，我感觉到我爸趴在我妈的身体上，妈妈长吁了一声，我爸的喘息声开始浓重起来……

正是秋天，西河两岸大地里的庄稼被秋风吹得摇摆不停，飒飒作响。曲叔是被一辆大卡车押过来的，他戴着手铐、脚镣站在河滩上，放眼望着四周的父老乡亲，最后曲叔的目光落在了人群中我妈的脸上，他眼里盈满泪水，看着我妈时，脸上露出了满足的笑容。

我妈不忍直视，别过头来。

西河边上的河流淹没了枪声，曲叔倒在河滩上……

曲叔被枪毙的那天夜里，我躺在妈妈的身边，望着天棚，漫无边际地想着。秋夜里的月光，洒进屋子里，有一种很冷清的感觉。我突然觉得浑身上下很冷很冷，便一下抱紧了妈妈。

曲叔被枪毙后，安镇的人再见到曲婶时，曲婶再不是那个高大的女人了，仿佛一夜之间矮了一大截。

有一天，曲婶见到我就说，孩子，你知道你曲叔为什么杀了肖胖子吗？

我摇头。

曲婶说，为了帮你妈。

帮我妈？待我要详细询问时，曲婶转身走了。

为了解开曲婶说的“帮我妈”之谜，我去了市场。曲叔的猪肉摊西向一千米左右，是张剃头的理发铺。张剃头是我同学张军的爸，他认识我，我去过张军家里玩。

在理发铺门口，我碰到我堂哥，当时他已在镇北的针织厂上班。堂哥手里拎着录音机，录音机播放的是邓丽君唱的歌《何日君再来》。当时邓丽君的歌在大陆刚刚流行。堂哥甩了一下他那头长发，告诉我，晚上去他那里听歌，他买了邓丽君的新带。

我点着头。

进了理发铺，我答应张剃头多帮张军学习，张剃头才肯说：你曲叔那天真是帮你妈才和肖胖子动手的。那天你妈在猪肉摊前和你曲叔唠嗑，肖胖子走过来，笑嘻嘻掐了一下你妈的屁股。你曲叔看到了，拎着刀俩人扭打起来。你曲叔被肖胖子压到身下时，动了刀，连捅几刀，肖胖子就趴在那里不动了。

回到家，我再问我妈，曲叔和肖胖子为什么打架呢？

我妈和上次一样，摇头说不知道。我看着妈妈的眼睛，想尽量从她的目光中捕捉到更多的信息，但妈妈非常淡定，目光空洞，没有任何内容。

我不再问。那一刻，我突然觉得自己长大了。

豆腐店

安石榴

东安市场里只有一家做豆腐，夫妻俩。我眼看着这一对从青年伉俪变成中年夫妻。这得多少年呢？怎么也得十几年，小二十年吧，没算过，反正生生地，眼见着男人的鬓角长出了白发，女人的发际线也大举后退。当然了，岁月又饶过谁呢？有一次，男人一边给我往塑料袋里装水豆腐，一边对我说：你应该染染头了。我就笑了，对吧？我们主顾之间蛮熟的。

我们家爱吃豆腐。豆腐是个平常之物，市面上做豆腐的多了去了，看起来都一样，实际上才不是，差异可大了，有的豆腐没法吃，都没法忍。我选择他们家的豆腐可不草率，一边吃一边找了多少年呢，那真算得上淘尽黄沙始到金。要问他们家的豆腐到底哪儿出奇？就简单一句话，好吃。真的，有时候我们做出的评价相当简洁，但你知道那是可靠的，比一大堆五颜六色的描绘可靠多了。他们家豆腐现场做，电磨、烧锅、纱布什么的都亮闪闪、干净净，全在眼睛能看见的地方。很多人不太知道，三伏天豆腐坊卫生差的话就惨了，有一种叫蛆的东西你可以了解一下，这简直让人不敢深想。超市就只见豆腐，不见坊，难免不让人担心。其他奥妙就不知道了，不知道有没有“喜欢做豆腐，所以才好吃”那种浪漫的原因。

最初选择他们家豆腐的理由就是这样。

吃豆腐这件事不是小事，真的，我不开玩笑。我家几乎每天都吃，我也就几乎每天和这对夫妻见面。后来我搬家了，离东安市场挺远。为了吃，当然拼尽全力，连走带坐车地去买他们家的豆腐。水豆腐冰箱冷藏可以保质两天，干豆腐买一大卷冷冻上像是可以永续利用，不必每天劳顿去买。所以，十几年、二十年下来，还是他们家的顾客。

这样说了，或许有人认为这不就是朋友了吗？也不算，我都不太能理解人与人动不动就成朋友的思路，我不行，我不擅长这个。我不知道他们叫什么名字，也不知道他们几岁，单纯主顾关系。买卖交接的过程倒不可能一句闲话不说，那极其有限，我都写在这儿了。我认真想过了，的确全写这篇文章里了。

有一次我看着他们家售卖案台上一溜腐竹、豆皮、海带、玉米面条……我指着酱色的冷面，问她，真的是冷面吗？东北人爱吃冷面，一种荞麦产品。我小时候见到的冷面只有绿色淡到几近于无的圆柱形荞麦面条。而如今市场上还有一种酱红色的。我已经怀疑它很久了。她摇了头说，我猜它就是掺了酱油的面条。就这一句话，我没买，她也就没能从我这儿赚到这份钱。

还有一次他们夫妻在吃饭，小铁锅里炖着酸菜肉粉条，火锅的吃法，热乎乎冒着白汽。东北人好这口儿，过去家家腌酸菜，现在多数人家不再腌制，手工作坊应运而生。我问她，酸菜哪儿来的？她指一指售卖台上的卖品，那一档全是一个牌子的袋装酸菜。我又问，怎么样？她抿了抿嘴角说，一般。就这一句话，我没买，她也就没能从我这里赚到这份钱。

现在想一想，这么多年一直在他们家买豆腐，或者这个原因也不能忽视吧？

小二十年下来，粗看仿佛一切都没有变化，人还是那人，所谓长了白头发、发际线后退，也就说说罢了，它们都不是生活的实质，我想也没有多少人真正把它们归入人生或命运当中去，不值一提的事情。东安市场小麻雀一只，地盘不大，却是个综合农贸市场，各种行业都在一个屋檐下。豆腐坊对面是个卖鸡蛋的，也卖鸭蛋和鹌鹑蛋，有一对红扑扑脸蛋儿的胖老太太多年来一直端坐在那儿。豆腐坊后面一溜五家蔬菜摊，全都夫妻档、原装的，丈夫还是那个丈夫，妻子还是那个妻子，这么多年头型没变，仿佛一年四季穿的衣服也是那相同的几件。真实的生活是不是藏着一些简单的要义？或者还有一些容易解释又没人解释的东西？反正你在某些朋友那里看到命运的多变和不确定性，或许有个朋友都离了三次婚了。在这个角落里，有一种淳朴的稳定存在。我当然也知道那不是生活的全部。

有段时间我一直没见到豆腐坊的男人，女人告诉我，他住院了，脑梗。等他回归老板岗位，我看他没啥变化，还是那个黑眼睛浓眉毛、身高超过一米八的东北大汉。他说只有他自己知道，他已经不是之前的那个人了。后来还有一次，他又不在了，女人说他犯病住院了。不记得哪一年，这回轮到女人了，女人不在了。我去买豆腐，通常一次两次不见夫妻一方，我不会问，谁家还没个事儿呢，对吧？后来我还是问了，男人说，媳妇住院了。我再见到她时，她穿着皮质长围裙站在豆腐坊里，叼着一根烟，一边沉思一边吸。

豆腐坊有个惯例，旧历年十五之前他们家不开板。今年十五过后我过去，豆腐坊在，人换了。新的老板说，前老板夫妻去南方养老去了，不干了。听起来有点浮夸，却也未必不可能，东北人对南方的温暖有热望。我只好顺着他的话聊下去，我问，怎么这么早就养老去了，他们也没多大年纪呀。他说，没招儿了，老板娘瘫痪在床起不来啦。

我惊在那儿了。

这个新老板长了一个圆乎乎的大脑袋，一对圆乎乎的大眼睛，一般说来这是个实在人的样子。可他眼白大，黑眼仁小，这又是一个不太牢靠的模样，我不知道他是不是信口胡编的。

我就惊在那儿了。

改 婚

相裕亭

谭淑芳的家在供销社后面。

那个时候，政府取消了私营经济，三五个小村，组建一家供销联社（又称供销社），卖油盐酱醋，也卖渔网蓑衣；卖建房子用的洋灰（石灰）、茅竹，也卖女人手上戴的顶针和滚鞋口的花丝线。还卖掺了水的劣质白酒，散装在一个大肚小口的乌釉坛子里，摆在柜台上面，专门馋那些好酒的男人。

中华人民共和国成立以后的供销联社，如同一个小集市。每天一开门，便人来人往，家家户户，吃的穿的用的，样样都离不开那儿。

供销社里销售货物的同时，也收购鸡蛋、鸭蛋、虾皮、鱼干，以及具有药用价值的车前草、长虫皮、狗奶子（枸杞粒）、姐儿猴外壳（蝉皮）等等。好多时候，女人们纳鞋绣花时，发现少了根绣花针，鸡窝里摸一只还很热乎的鸡蛋，拿到供销社便可以换来。乡里邮递员，斜背着一个帆布包，满头是汗地奔到供销社，就算是把信件送到千家万户了——前来购物、卖货物的乡邻，顺便就把柜台上的包裹、信件给带走了。

可以想到，那个时期的供销联社，是乡村货物的集散地，是乡民们娱乐的场所。大家不买东西时，也愿意凑到那里去玩耍。尤其是阴雨天，乡民们不好下田干活了，很自然地就会聚集到供销社里来，相互间插科打诨地讲一些乡间笑话，也怪有趣。

盐区供销社里有一任售货员叫孙大胖，他不是盐区人。但他的家离盐区不是太远。他的真名叫什么，乡民们并不关心，只晓得他是公家人，吃着国家供应的白米、细面，脸盘子白白胖胖的，个条儿挺高爽，乡民们就叫他孙大胖。

那个时候，乡里的干部，包括乡邮员、售货员，兽医站里劁猪的，都属于吃国库粮的公家人员。在乡民们眼中，他们高人一等，是很吃香的。好多年岁大的，长相丑的男人，只要能谋到一个吃国库粮的职位，都能在乡间娶到漂亮的媳妇。甚至，连他的家人也都跟着沾光。

孙大胖是有家室的。但他有个弟弟尚在部队服役。

孙大胖来到盐区以后，物色到供销社后面谭秃子家的闺女谭淑芳为人不错。那姑娘大眼生生的，胳膊腿儿都很有劲儿。在生产队的“识字班”中，她是劳动能手。收麦子、割稻子时，大家一字排开，别人割五垄稻谷，她割六垄或七垄，还总是抢在别人前头。年底分红时，她戴大红花，喜获花毛巾和印有“劳动标兵”的白瓷缸子。

孙大胖想把谭淑芳介绍给他二弟做媳妇，便托了一个村干部，把他二弟（孙二胖）在部队当兵，并有可能要留在部队提干的消息，转告给谭淑芳，问谭淑芳是否愿意与他二弟谈对象。

谭淑芳没说同意，也没说不同意，谭淑芳说要先看看人。

谭淑芳那话，应该是一个姑娘家，对婚姻的矜持与慎重。其实，换一个角度来思考，她谭淑芳能嫁到孙大胖他们大家庭去做媳妇，本身就很荣耀了。再加上媒人说孙二胖在部队将来还要提干，那就更好了。

孙大胖把谭淑芳的想法，写信告诉了孙二胖，让他在适当的时候回来一趟。

孙二胖很快回信，说他们部队正在整编中，暂时回不去。但他随信寄来一张半身照，二寸的，胖乎乎的大圆脸，斜着身子，歪在一个四面都是小锯齿的相片当中。

从照片上看，孙二胖的身条与孙大胖差不多，大高个儿，戴顶黄军帽，穿着带有红领章的黄军装，怪威武的。谭淑芳拿到那张照片以后，就没有再还给人家。显然，她是相中了孙二胖。

接下来，谭淑芳瞒着家人，跑到县城去照了一张上了彩的四寸大照片，悄悄地寄给了孙二胖。这以后，她还给孙二胖纳了鞋垫、绣了香包，寄过两回干虾皮和花生米。其间，她还把她内心的喜悦，透给了她的闺密杨桂花。

杨桂花一手拿着孙二胖的照片很是入神地左右端详，一手抚摸到谭淑芳的大腿那儿，不轻不重地掐了一把，说：“怎么好人都让你给遇上了呢！”

谭淑芳捂着腿，羞红着脸，笑得咯咯的。

转过年，春暖花开时，孙二胖写信来，说他不久将要回乡探亲。其实就是回来与谭淑芳相亲。

双方见面的地点，就选在供销社。

方式嘛，中间人帮助策划了一下——让谭淑芳装作去供销社买东西的样子，在柜台外面，向柜台里面东张张、西望望。而柜台里面的孙大胖与孙二胖，可以东一句、西一句地说些无关紧要的什么事儿。双方假装谁也不认识谁，不经意间，互相打量一下对方的身高呀，相貌呀，就可以了。

谭淑芳感觉那样的方式好，不紧张。

可真到了要去相亲的当天，原本很会出风头的谭淑芳，忽而变得慌乱起来，以至于当天她该穿什么衣服，梳什么发型，怎样空甩着两手往供销社里行走，她都不知道了。她让杨桂花陪她一起去。顺便帮她长长眼睛（参谋参谋那个人，到底是行，还是不行）。

杨桂花自然愿意陪同。

可出乎意料的是，当天相亲之后，孙大胖问二弟对方怎样时，孙二胖咂摸了半天嘴儿，说："和照片上的长相不一样呢？"言下之意，他没有看好谭淑芳，反而对陪同谭淑芳来的杨桂花产生了好感。

孙大胖略顿了一下，说："行呀，那我差人去问问杨桂花。"

杨桂花听到这个消息后，先是脸色羞红了，随之自言自语地说："怎么会是这样子！"听口音，杨桂花没有拒绝孙二胖。

一桩婚事，就这样歪打正着地另谋其主了。

随后，杨桂花跟着孙二胖到部队上结了婚。

那以后的一段日子里，乡邻们都很羡慕杨桂花，都在猜测杨桂花可能不久就要随军——跟着孙二胖去做军官娘子。可谁也没有料到，半年以后，孙二胖却复员回乡了。

复员回乡的孙二胖，很快就与群众打成一片。当年冬季上河工（修海堤）时，孙二胖被编到民工队伍中，并驻扎到谭淑芳他们小村里。

当时，谭淑芳还没有婚嫁，她得知孙二胖也来修海堤时，心中无比畅快！她选在一天中午下工时，假装在村口的井台上洗衣服，刚好堵上在工地上放炮炸石头弄得满身泥灰的孙二胖，问他："你也来修海堤呀？"言下之意，好你个孙二胖，你不是要在部队提干吗，怎么也两腿插进泥沟里，来修海堤了呢。

孙二胖明知道对方那是挖苦他，脸一红，低头绕到一边走了。

应该说，谭淑芳那一番挖苦孙二胖，已经很解气了！可接下来，更令谭淑芳解气的事又来了——孙二胖在一次排除哑炮中被炸身亡。

已经是孩子妈的杨桂花，抱着儿子来哭丧时，谭淑芳也挤在人群中抹了泪水。但她并没有靠近杨桂花。那个时候，她们俩人早已经断了来往。

后来，也就是孙二胖的墓碑在海堤上立起时，谭淑芳选在一天傍黑，独自前去祭奠了。小村里，两个黑夜照蟹的人撞见了，谭淑芳也没有避讳，她就那么单腿跪在孙二胖的墓碑前，一张一张地烧着火纸（冥币），口中还絮絮叨叨地说了些什么。那两个照蟹的人，与她隔着一小段距离，听不到她口中絮叨什么，只见她跟前那团跳跃的火苗子，在黑暗中映照在她脸上，忽闪，忽闪。

丑 爷

刘建超

丑爷不是一般的丑，是真丑。丑爷的丑不是天生的，都知道丑爷是被火烧后留下的疤痕。没有人知道丑爷是如何被火烧成这样的，丑爷也从来不说。丑爷整个面部没有一块好的皮肤，撕拉扯拽的疤痕让嘴角眼睛都错了位，鼻子只剩下两个孔出气。

丑爷也怕自己的丑脸会让人心里不适，他用一块黑纱捂着半张脸。

丑爷在洛河上撑船摆渡往来人物，撑船技艺高超，平稳安全，老街人宁愿多走一段路来丑爷的码头登船过河。

没有人知道丑爷来自哪里，如同天空的一朵白云，也不知道从哪里飘来，洛河水宽流长，能养人生活呢。

丑爷摆渡往来客人，很少说话，开船喊一声，走咧，坐稳。船靠岸，丑爷吆喝一句，到咧，走稳。

丑爷摆渡，也不为赚钱，来往过客，随意往挂在船头的篮子里放钱物，丑爷看都不看。

丑爷摆渡有个规矩，只要过客是带着孩子过河，不收钱。往来的过客，尤其是女过客，为了省下仨核桃俩枣，都爱带着孩子，还有的过客带着别人的孩子，丑爷知晓了也不作声。

丑爷摆渡的生意好，自然让做摆渡的同行生忌，同行又学他不来。

丑爷光棍一条，一人吃饱全家不饿，其他人都是拖家带口的，不赚钱，喝洛河水啊。

有的同行就商议，是不是得摆治摆治丑爷。马上就有人摇头，说亲眼见，几个孩子嬉闹，趁着丑爷溜神，把摆渡船的拴绳解开了，船漂离码头三四丈。丑爷不慌不忙，撑起长杆纵身一跃，轻飘飘就落在船上。那功夫，可不是三年五载能练出来的。

老街人以为丑爷喜欢孩子，许是他孤苦伶仃，寂寞无聊，有孩子做伴，哭乐打闹，图个不冷清。

只有住在洛河边的洛老大看出些门道。

丑爷对船上月子娃一两岁的孩子几乎不看，对四五岁的半大孩子却格外留心。洛老大揣摩着，丑爷八成是在寻人哩。

洛老大住在洛河边，也是河上捕捞为生。

那日，风清日暖。洛老大带着小儿子来到丑爷的渡口。

孩子登上船，兴奋地又蹦又跳。

洛老大吆喝道，水生，安生点。

丑爷一怔，孩子叫水生啊，好名字。

洛老大看着安静坐在船头玩耍的孩子，说，也不是我给起的名字。1945 年秋天，我在这河上捕鱼。喏，就从那上游，看到一只大木盆晃晃悠悠漂下来了，里面放着个孩子。孩子的肚兜上写着两个毛笔字：水生。我想着，这也许是孩子父母给起的名字吧。

丑爷的船桨节奏显然乱了一阵，洛老大觉察到了。

丑爷说，叫水生的孩子多啊，许是为了好养活吧。

洛老大卷着一根烟，划着火柴，双手遮挡着点燃烟，深深吸了两口，烟雾随风散去。

洛老大从衣兜里掏出一枚玉佩，这是当年在孩子身上戴着的。

丑爷伸手接过，细细地看着，粗糙的手指轻轻抚摸着玉佩，阳光下，眼睛里有亮亮的东西在闪烁。

丑爷把玉佩还给洛老大，平缓地说，是块好玉呢。

船靠码头，丑爷跳下了船，双手把水生擎起，轻轻放到栈桥上。

洛老大带着水生走远，听到了丑爷哼唱的小曲：

> 八月里来是中秋呦，
>
> 小女子一双好白手呦，
>
> 想起了小情哥呦，
>
> 打死也要跟哥走呦。

过客都觉得丑爷的话比以前多了，时不时地还唱上几句曲儿。

丑爷闲时，便在南岸开荒种菜，养着鸡鸭。

洛老大隔三岔五地就带着水生来坐丑爷的摆渡，丑爷船头放的竹篮里总是有些糖果瓜枣煮熟的鸡蛋，丑爷大把抓给水生吃，喜滋滋地说，这娃，喜欢人哩。

洛老大吸着烟，看着天上的云。

豫西闹饥荒，食不果腹。

洛老大在河上捕鱼，几无收获。

丑爷扛着长杆站在岸边，看到洛老大的船划来，丑爷双手握杆，挑起个布袋子，长杆一掂，布袋子在空中划了个弧线稳稳地落在洛老大的船上。丑爷也不说话，扛起杆子扭头就走。

洛老大解开袋子，里面是小米、萝卜干还有煮熟的咸鸭蛋。

丑爷在洛河上摆渡了十个春秋，政府在洛河上架起了大桥，丑爷摆渡船也歇息了。

丑爷最后一次撑船，摆渡的是自己。

丑爷的旧伤复发，自知时日不多，他安静地躺在船上，沿着洛河顺流而下。

有人给洛老大送来个精巧的盒子，说是丑爷交代的。

洛老大打开盒子，里面是枚玉佩，与水生脖子上戴着的玉佩一模一样。

卖保险的女人

申　弓

这天，我在柳镇的车上，拾到了一只手机，紫红色的，很小巧玲珑，不知是哪个粗心的人丢失的。

我不是想据为已有，只是我不拾，别人拾去，说不定就会将卡除掉，换卡使用，或者将来卖给别人，得个三多二少的实惠。

我说过，我不想据为已有。因为那机开着，我也没有将它关闭。我想，失主一定会打过来的。这不，正想着，那手机奏起了美妙的乐曲，好像还是一支萨克斯咧。本想立即接听，见那曲子动听，便贪婪地多听了一会，这才按了接听键：“你好！”一个比乐曲更美妙的女声传了过来。

“请问先生，这机子是我的，是你拾到了吗？你可以还给我吗？”

我说：“是的。不过……”

“不过什么？我会给你酬谢的！”

“我说的不是这个意思。”

“要不，你留下机子也行，只要你将卡还我就行了。”

“什么这么重要？”

“是电话。”

我们约好了在这里交还，这样我不用挪动了，就等着。趁等待的时间，我打开了手机的电话簿，一看，果然满当当的，其中还有一个是我的号码呢。只是我已经换号了，那是一年前的机号，不知道她从哪里搞到的，因而，我也从来没有听到过这个美妙的声音。

一会儿，她来了。我将机子交还给了她，她一定要酬谢。我说：“难道还给你是想要你的酬谢的吗？”

我们便相互地笑笑，算是认识了。

认识的下一步，便是交换电话号码。当我将我的号码报给了她，她在保存时不动声色地说：“怎么个称呼？”

我报出了姓名。只见她猛按一气，然后抬起头来莞尔一笑：“啊，原来早有了你的存在，可怎么改了？”

“是的，一年前便改了。”说实在的，她那个莞尔的笑很好看，让人过目难忘。

可难忘也得忘，她是保险公司的。我向来对两种行业的女人持有异见，一是直销，二是保险。印象中她们就像是缠人的蛇，只要认识你，或者是知道你的电话，就会抓住你不放。

不过，对她，却是想忘也忘不了。慢慢地，我们成了朋友。

那一次，我应邀到五百里外的一个市去出席个庆典活动。想到一个人驾车的寂寞，便邀上了她，她欣然同意。

上了车，她就一头沉浸在电话里，打完了一个又一个，都是宣传她们的工作意义，还有重要性和实用性。听得出，她还答应了一个又一个的要求，说等回来时再聚。

好不容易才停歇下来，正想说说话，手机又响了，又是约她吃饭的。这次她答应得挺爽快，说：“行，不过，得带上个女友。”对方便不说了。

回来之后，忙过了一阵，我也想到要跟她吃个饭聊聊。一个电话打过去，她也极爽快地答应了，临了说：“两个人太冷清了，不如多邀个靓女吧。”碍于面子，只好答应了。不久，便来了一个五大三粗的大姐，说话跟人的体魄一样，嗓门也是大大的，特别是笑声，肆无忌惮，整个餐厅都将目光投到我们这一桌来。

便快快吃完，结账走人。在车上，她还是不停地打电话。隐约中，对方似乎男性居多。打了十来个，这时又是一个来电。听得出那男音挺大，说了一些不咸不淡的话，然后说他那保险有问题，要求她现在就去他的办公室谈。

她却十分坚决地说：“不去！”

“不来怎么办？”

“退保！你明天到我们保险办公室来，我给你退！”

“退？那差额怎么办？”

“差额由我个人付！”

我也就忍不住了：“看你好不容易才谈成一单，怎么可以轻易退掉？”

“是不容易，不过，像这种人，我宁可不做他的生意！”

“这人怎么了？”

“他呀，一副无赖样，他要求跟他开房！”

“哦，是这样！”

“其实干我们这行还真不容易，外边的人都误以为我们是靠色相来吸引顾客，其实不然，我们有两个同事，就是因为把握不好，跟人家上了床，她们的业务也就做到了头了。我呢，前车之鉴，我不能这样，我要靠自己的人格魅力。”

于是我将车子停了下来，瞪眼看了她一会儿。

“怎么这样看我？不认识？”

“是的，重新认识了。”

意念中的每一天

许心龙

张小思用转业安置费购了辆出租车。

张小思开出租车，却跟别的出租车司机不一样。不一样到哪里去呢？一早他睡醒后，要闭目养神几分钟。在这几分钟里，张小思要做一件大事，当然不是给媳妇再来个“回马枪”，那太俗了。他要做的是，用意念判断一下今天能拉多少钱。这个意念不是胡来的，是神来之笔，是自由之神赋予的。他执拗地认为，不能把人“出租”给车，人要驾驭车，做自由之人，开自由之车。比方说，一早他的意念是今天拉 300 块，他出门上路，拉够 300 大洋，绝对回家，不讲早晚，反正就 300 了，认定的数目雷打不动。有一次，为了拉够他意念中的一个数目，竟一连跑了 17 个小时。他蛮拼的。

19 岁那年秋天，张小思没有拿回来大学录取通知书，却给父母带回来个女朋友。龟孙，没出息！父母一致斥骂他。张小思悟出了父母的意思。张小思告诉女朋友，同学王鹏仁要去参军，我也试试吧？女朋友点点头，眼里含着泪花说，你去吧，我等你！为了这句话，张小思去了部队，三年后又从部队回到了地方。可谓“来也匆匆，回也匆匆”。听说他有机会留在部队的，可他硬是拿着转业安置费，拿着一张鲜亮的驾照，回到了女朋友身边。张小思幸福地拥着媳妇说，王鹏仁上班了，当了警察，我的脾性呢，喜欢自在，不愿受人管，咋办呢？媳妇说，那好办，找个自由职业，你有驾照，开出租车吧，行行出状元。

于是，张小思成了一个出租车司机。

张小思捏着一天挣到的一沓整的或零的钞票，“啪啪”在左手上摔摔，很享受地笑一笑。或者是打开手机微信，看一下当天的进账情况，如果恰好是意念中的数字，那美妙的数字就会令张小思很受用，很熨帖。余下的时间，他大都看电视剧，追剧，喜欢追 50 集以上的电视剧。他说这样的长剧看着过瘾。他有时看着看着还抹眼泪。

昨晚儿子放学回家，张小思得知儿子考试成绩年级第三，高兴得一夜没睡好，儿子要超越自己了呢。

张小思一大早就意念今天肯定有个好进账。刚出门不久，两个小青年招手拦住了张小思的车。张小思也没注意那两个小青年。每天乘客多了，哪儿有恁些心思呢。这时，一个硬东西顶住了张小思的腰。张小思一激灵，一股冷气蹿了上来。就听一个说，听我们的，要不然这枪会走火的。另一个命令似的说，把我们送到前面，然后把你的钱都拿出来！

张小思开着车就想起电视剧里打劫的一些情节。张小思冷笑一声，心里说，乖儿子，今天遇见张叔叔就是你们的不幸，张叔叔是不怕枪的，我打枪的时候，恐怕你们还穿着开裆裤呢。我可以不收你们的车费，但今天必须让你们“缴学费”，两个没有信仰的家伙，走着瞧！

张小思想着想着，猛地一打方向盘，车子朝右方驶去。右方不远是刑警大队，战友王鹏仁在那儿任副大队长。

一个小青年急了，咋呼道，这往哪儿去？快停下！说着用枪猛捣了张小思几下。

这一捣，张小思心里有数了。张小思沉稳地说，年轻人，玩过真枪吗？真正的枪头子是钢硬的，是锐利的，也是正义的，它体现了枪的真正含义。

张小思感到那小子的枪慢慢滑落了下去。

张小思摁摁喇叭，像吹响了冲锋号。

两个小青年没料到撞到这么个硬朗的主儿，低声求饶说，叔叔，让我们下车吧。

张小思气得好像自己的儿子犯了错误，一副不好好教育就不罢休的劲头，把车子开进了刑警大队院里。

后来，两个小青年感叹说，我们的这支枪，第一次失去威力，并身败名裂。

张小思从刑警队出来，没再去拉客，而是掉头朝浴池驶去。今天的事多少有些晦气，万一遇见亡命徒……他后怕地想着，就来到了浴池。

与张小思同进澡堂更衣室的，还有个酒鬼，嘟嘟囔囔地也不知道说的啥，好像谁都欠他的。在湛蓝的温水里，张小思闭目仰躺着。这时，他听到“咕嘟、咕嘟”的饮水声。他猛然想到刚才那个酒鬼，睁眼发现果然是那个酒鬼一栽头一栽头地正喝水呢。喝多酒咋能泡澡呢？他心里埋怨着，起身奋力把那人扛了出来，放到了休息床上。那酒鬼吐几口黄水，醒了过来。张小思复又跳入大池子。七八个搓背工和六七个泡澡的都不约而同地“哦”了一声。张小思突然意识到一个问题，那么多泡澡的咋没有一个发现酒鬼“喝水”呢？万一死了人，不麻烦大了吗？

澡堂老板闻讯后，感动得急忙寻找施救者。

张小思在水池中，露着个大头，笑着对老板说，我刚到呀。说着，一头扎进了热水里。

回到家，张小思打开电视机，接着追剧。他突然感到今天很不平凡，虽然改变了不曾改变的意念，没有收入一分钱，心里却是少有地舒坦，少有地愉悦。跟儿子交流也有了新的内容，或许会感动儿子的。生活中五颜六色的事，总是层出不穷，只是要选择怎么去面对。

1957年是鸡年

谢大立

老桂得了绝症，活不久了。这人一辈子扎灵屋，要死了，会给自己扎个什么样的灵屋呢？

老桂跟我家是邻居，我喊他桂伯。桂伯不光灵屋扎得好，还会看风水，谁家有人死了，该埋什么地方，说得你心服口服。桂伯扎出来的灵屋，因人而异，有官人的、文化人的、一般人的。风格，也跟我们罗场街传统的灵屋不一样。除了我们罗场街周边的人家死了人都来找桂伯扎灵屋外，还有从几十里外的县城跑来找桂伯的。

桂伯扎的灵屋，虽然只有三尺来高，用材却非常讲究。四根柱子，非香樟木不用，椽子都是楠竹劈出来的，捆绑柱子和椽子用的都是铜丝。架子扎好后，按红墙黄瓦青山绿水的套路，往上装裱五颜六色的蜡光纸。订户托着灵屋回家，像托着一座金碧辉煌的宫殿，且有好闻的香樟木的香味。

我对桂伯的事知道得这么清楚，是因为我经常去桂伯的作坊。桂伯的作坊在他家的偏屋里。一起去的还有我的几个小伙伴。我们去的目的是到桂伯的工作台下捡蜡光纸的边角余料。我们过年扎灯笼，把那些五颜六色的蜡光纸糊在灯笼上。听大人们说桂伯活不久了，我们着急，往后去哪里弄蜡光纸？我们也想知道，桂伯给自己扎的灵屋会是个啥样子。

于是，我们更勤地往桂伯的偏屋跑。一次，我们被桂伯的婆娘堵住了。她要我们帮她给桂伯送饭，还要我们给桂伯倒马桶，不答应就不让我们走过去。桂伯是左腿坏死，已坏死到屁股了。婆娘嫌他，就找人在偏屋里给桂伯支了张铺，让他吃住干活都在偏屋里。开始给桂伯送饭倒马桶是她的事，她嫌臭，看我们在桂伯那里有所求，就打上了我们的主意。

没办法，我们只好依她的。我们把饭端给桂伯后，给他倒马桶。他以为我们是长大懂事了、变乖了，对我们的态度也转变了。以前他是烦我们进他的作坊的，为了不让我们进他的作坊，有了纸屑就用撮箕装了在我们放学前倒到屋后的垃圾堆去，有时候还点一把火烧掉。现在他把那些蜡光纸的边角余料给我们攒着，在我们帮他倒完马桶之后，平分给我们。

我们的手头，虽然都攒了不少的蜡光纸，放了学仍然往桂伯的偏屋里跑。多多益善，即使桂伯不在了，我们也不用担心扎灯笼的事。我们虽然都只有七八岁，也懂了一些人情世故，桂伯病成这样，没有亲戚来看他，是不是他的亲戚们还不知道他病了？我们可以去帮他通知他们呀！我们找大人们说这事，才知道桂伯是个外乡人，桂伯的婆娘在中华人民共和国成立前是住青楼的，是中华人民共和国成立后经过政府的教育改造后才跟桂伯的。桂伯不想让人们总用看青楼女子的目光看他的女人，就带着婆娘从很远的地方来到了我们罗场街。我们问青楼是什么、在什么地方。大人们说，小屁孩问那干啥，又不是什么好地方！

从大人们的口气里听出来，桂伯的婆娘不是什么好人。桂伯可怜，我们再到桂伯那里，就不完全是为了蜡光纸而去。桂伯的婆娘再对我们说那些不客气的话，我们就怼她——你不说，我们也会帮桂伯做这些的。一次，我们再次说了这些话进桂伯的屋里，见他眼眶湿湿的，并给我们每人一张巴掌大的鸡的剪纸，说我们运气好，他剪坏了，只好给我们了。这是我们在他的偏屋里得到的最大的蜡光纸，而且是在我们没帮他倒屎尿盆之前就给了我们。

也许是因为桂伯的绝症，也许是一股悄然兴起的破旧立新的风潮，一些人开始了用花圈替代灵屋，来找桂伯扎灵屋的人不像以前那么多了。但桂伯仍然成天摆弄灵屋，把一座灵屋，从秋天扎到了冬天。这期间，有人来定做灵屋，他就抓紧扎，扎完了就再摆弄那座灵屋。某一天在灵屋的里面添一个写字的男人，某一天又加一个磨墨的女人，某一天又在屋子的外面种几棵树，某一天又在树上开几朵花……就在我们猛然醒悟，桂伯是否扎的就是自己的灵屋的时候，桂伯死了。

桂伯是喝农药死的。我们刚进到他的偏屋里，就闻到了一股很浓的农药味，地上扔着个 1059 的空瓶子。就在我们想着究竟发生了什么时，桂伯猛地从工作台后的地上站起来，挥起他平时当拐杖使用的竹竿，对着那栋扎了几个月的灵屋往死里一阵乱打，打得灵屋支离破碎后，他轰然倒地。

我们大叫，五个声音一起大叫，叫来了很多人。诊所里的仲青医生也来了，他扣着桂伯的脉搏摸了会说，没救了。桂伯的婆娘突然大哭着从外面冲进来喊，你死了我可怎么办？我的命怎么这么苦……仲青医生见工作台上有个枕头，拿到手里看了看，捏了捏，解开枕头扣，把里面的钱全部抖到工作台上说，你的命苦什么，这些钱够你这辈子花的了，办理后事吧！

桂伯是腊月初十死的，很快就被忙年的人们忘到了一边。我们也开始到肖家湾后面偷竹子、劈篾扎灯笼。我们把桂伯给我们的用红蜡光纸剪的鸡裱到灯笼上，除夕的晚上提出来显摆时，吸引了很多人的眼球。我们听到有人小声地说，这些小屁孩们也知道过了今天就是鸡年……我们就想起桂伯，想哭。

离家出走

靳雪明

“我要离家出走！”

吃晚饭的时候，七十岁的母亲缓慢地扒拉着米饭，然后把筷子停在半空，突然说了这句话。

我和父亲愣了一下，对望一眼，筷子同时停在空中。

“好好的，怎么说要离家出走？”我诧异地问母亲。

“就是，好好的，干吗这样说？”父亲也随着我问。

“跟你父亲结婚后，我都说过好几次要离家出走，可每次都不能实现。现在，我再不离家出走，恐怕再也没机会了。”母亲款款地放下筷子，郑重地说。

母亲的确说过几次要离家出走。每次说这话的时候，都是母亲跟父亲闹别扭的时候。父亲是个长途货车司机，每次出车都是十天半个月，回家后趴在床上痛快地睡一天一夜。这样算下来，父亲一年待在家的时间，加起来也就不到两个月。家里赡养老人，照顾小孩，地里的农活，大大小小里里外外的事，都是母亲一个人张罗。母亲的鬓角过早地染上银丝。

母亲第一次跟父亲说要离家出走，是他们婚后两个月的时候。母亲姐妹四个，她是幺女。在家时，一些重活是轮不到她做的。比如去井上挑水。父亲是家中独子，他出车走后，挑水的活就落到母亲身上。母亲怯怯地挑着空桶，两只空桶仿佛洞穿她的心思，不停地跳跃着。母亲觉得那水桶在嘲笑她，戏弄她。她尽量放慢放轻脚步，让水桶停止跳跃。挑水的乡亲帮她打上水。母亲挑着满满的水桶，左摇右晃，像一只喝醉的鸭子。水桶里的水不听话地跳出水桶，泼洒在她裤脚鞋面上，走起路来，“吧唧吧唧”地响。

母亲觉得路上的人都在盯着她，笑话她。她低垂着头，却仍旧能够感受到脸涨得火辣辣地红。她一边踉踉跄跄地挑着水前行，一边在心里狠狠地骂着父亲。回到家，水桶里的水只剩下半桶，母亲的肩膀酸痛，双腿无力，瘫软在那里。母亲憋着气，等父亲回家。

“我要离家出走！”这是父亲进家门，母亲对父亲说的第一句话。

“好好的，怎么要离家出走？谁欺负你了？”父亲大吃一惊，顾不得疲惫，把母亲揽进怀里。

“你欺负我了！”母亲推开父亲，开始抹眼泪。

“我刚回来呀。”父亲更是蒙了。

“在娘家我都没挑过水，在你们家我却要挑水。”母亲委屈地说。

“原来如此。以后，我来挑水。”父亲揭开母亲肩部的衣服，看着母亲红肿的肩膀，心疼不已。

母亲没再提离家出走的事，这一切仿佛没有发生过。以后父亲出车前，总是将水缸挑得满满的，可是却怎么也不够十天半个月的用量。母亲仍旧挑起水桶，穿梭在水井与家之间。渐渐地，水桶不再跳跃，水也不再调皮地泼洒。父亲回家后夸母亲进步不小。母亲羞涩地笑着，阻止父亲替她挑水。她知道，父亲回家是休息的。

类似的情况发生过几次。那次父亲母亲吵得最凶，母亲怒气冲冲打开衣柜，把换洗的衣服收拾在包袱里，冲到大门口。

“我自己的家，干吗要离家出走！”母亲突然反悔了。

“是呀！这个家你付出那么多，该离家出走的人是我。”父亲嬉皮笑脸。他趁势拉住母亲，把包袱接了过去。

至此，母亲再没提过离家出走的事情。可是现在七十岁了，却又重新提起这个话题。

“都这么大年纪了，别闹好吗？”父亲劝母亲。

“就是因为年纪大了，才要任性一回。”

母亲的态度很坚决，任谁劝都不行。她让我给她买一个行李箱。她说她要体面地离家出走。

母亲开始收拾衣服。每次等母亲转过身，父亲快速将行李箱里的衣物取出。收拾了大半天，行李箱的衣物还是没收拾好。

“你干什么？！难道我连离家出走的自由都没有？！”母亲生气了，脸涨得通红，冲父亲吼着。

父亲一直对母亲有深深的愧疚，他说他没能让母亲享福，跟着他受了一辈子罪。退休后，他包揽了所有家务。母亲有时跟他抢着做家务，父亲不让，吵吵着拌几句嘴。看着他们，我觉得就像一杯白开水倒进另一杯白开水，水乳交融。

父亲“嘿嘿”干笑两声，眼巴巴地看着母亲的一举一动。他在屋子中间转了两圈，抬头盯着天花板看了几秒，转身冲到门口，跑了出去。

“爸去干什么？”

“不管他。”母亲继续收拾着行李，嘴里哼着一段《打金枝》。看来母亲的情绪转换得很快。

我把母亲送到车站，仍旧不死心。

“妈，你确定，你一个人出门，能行？”

母亲没说话，定定地看着我身后。

我转身。父亲拖着行李箱站在我身后，冲母亲笑着。

“你来干什么？”母亲问。

“陪你一起离家出走。”父亲从口袋里掏出两张长城五日游的旅游票笑嘻嘻地说。

母亲笑了。

彼时，阳光照在父亲母亲的脸上，焕发出醉人的光芒。

玉兰探照

陈毓

“张兰，你看，这是厨房。”

张兰在移动的手机屏幕里看见那厨房。她看见一块小狗瓷砖，当即喊肖大佐把镜头转回去，仍只看见一片瓷砖上有小狗图案。

“这是啥讲究？”她问肖大佐。

肖大佐说：“这叫不对称美。”

自从进了城，肖大佐说话跟在村里很不一样了。张兰现在也进了城，她往后也会和在村里的自己不一样的。

为了和张兰视频，肖大佐这一天等得心急。但心急没用，张兰一早要赶到东城小区，接送那家的孩子去幼儿园。送过孩子即刻返回，顺路买好粥铺的包子和豆芡饭，送到这家爷爷奶奶的餐桌上，再赶紧下楼，买菜，回来给二老做好午饭。两位老人的午饭时间严格，十一点半准时开饭，这倒给张兰留出二十分钟的时间，可以叫她赶回出租屋，弄好自己和儿子的午饭。匆匆吃过饭，她要再次返回，把两个老人吃过饭的厨房收拾干净，把晚饭要用的蔬菜洗好放妥当，之后，去幼儿园接回孩子交给这家老人。晚饭她不用管，由年轻的女主人回来做，他们要在晚餐桌上团圆。

张兰收拾好厨房，下楼时带走垃圾。把垃圾分类放进垃圾桶后，她会伸个腰。脚步缓下来，目光缓下来，她的手臂、肩背、目光现在都是向下的表情，她觉得这样舒服。

肖大佐就是在这时接到了张兰的视频电话，早上出门时他就嘱咐过，必须在这个时间段，错过就没机会看了。

昨儿下午，肖大佐遵工长安排走进新苑小区，为一户人家铺地板。他走进房间，对照清点了木地板的型号和数目，准备干活。

他一抬头，看见一棵开花的树，其中一个花枝，从敞开的窗子探进来，阳光打在洁白的花朵上，一朵朵花，像明亮的灯盏，把肖大佐的眼睛照亮，真是美呆了，肖大佐嘟囔。此刻，他还不认识玉兰花。但他确信张兰要是看见这花会有多高兴，要是张兰和他能在这座城拥有一间这样的房子，多辛苦他都愿意，张兰也愿意。他骑上电动车回家的时候想的是如何让张兰看到这花。

尽管足够细致，肖大佐还是在午后就铺好了地板，只等和张兰视频后，就能把钥匙交还工长。

肖大佐给张兰看的，正是这家的厨房。肖大佐并不直接给张兰看那树花，他要铺垫到高潮。但张兰却迷上了那块小狗瓷砖。肖大佐把镜头移到那伸进来的花枝上，给张兰看一朵花，张兰果真大呼小叫。张兰喊："玉兰花，多好看的玉兰花，你快闻闻，保准闻得见荷香气。"肖大佐觉得张兰真好笑、真可爱，他把鼻子凑近花，闻了闻，还真闻到了荷花的香气。

张兰嘱咐肖大佐往后退，她要看清那间有玉兰花的房子的整体模样。肖大佐于是"向后，向后""向左，向右"，把那间有玉兰探照的厨房完整呈在张兰眼前。张兰夸赞女主人的眼光，说配的青色窗帘好看，尽管她叹息在厨房安窗帘实在是浪费钱。

趁着这喜欢劲儿，张兰索性放开，她指挥肖大佐，把每间房子都照给她看。于是张兰赞美地板，张兰赞美客厅，张兰赞美门廊，张兰赞美那个小小的房间，张兰和肖大佐争论，小房间会住这家的儿子还是女儿，最后她索性说，这户人家肯定有个儿子，和他们的儿子一般大，都上三年级，还是一所学校。肖大佐忍住笑，不和张兰争，他想张兰也许是对的，张兰很多时候都能预测对一些事情，但愿张兰这次也对。就像他确信，这家的女主人美丽，会过日子。男主人长相也好，很爱家庭，这家有个儿子，正像他们儿子一样，上三年级，没准在同一所学校呢。

肖大佐和张兰不由得一起在电话里笑，这一天，他们真是高兴啊。

肖大佐打点工具箱的时候忽然想到一枚钉子，他几次三番看见那枚细长的钉子，他想不清这枚钉子会用在哪道工序里，但此刻他找不到那枚钉子了。他把垃圾袋打开查验，仍不见钉子，他担心钉子被嵌进木板，他回忆最后看见钉子的时间，恰是他就要完工的时候，那，钉子去了哪里呢？他蹲下，检视最后铺的那几块地板，他轻轻叩击，用手掌一一抚摸，看哪里有异样，之后他"嘿"了一声，当即出了一头细汗。他迅速揭起最后的一块木地板，他看见，那枚细钉嵌在那块木板和墙的缝隙之间。肖大佐舒了口气。

留一枚钉子在不该有钉子的地方，多不完美。

幸好我找出来了，我纠正了错误。

肖大佐扣好那块被自己揭起来的木板，心里那个美，那个舒坦，那叫一个对自己满意啊。

他提着垃圾，倒退着出门，把门轻轻锁好。

去看一棵树

吕志军

志远一直往家里搬材料，房子里叮叮当当的声音持续不绝。有人问他干什么，他闷闷回一声：“做梯子。”

在居民楼里这声音很震耳。楼里住着七七八八的人，近的远的，无一例外都听见志远做梯子的敲打声。有人很好奇，下楼有电梯，上楼顶有步梯，做梯子干什么？志远说：“去看树。”

人们说，树长在院子地里，有国槐，有杨柳，一仰脖子就是，难道你要爬上枝头去看树？志远又回：“看悬崖上的树。”

人们哄堂大笑：钢筋混凝土的楼，一家一个鸽笼，从楼上往下望就是“悬崖”。如果要去山里，多长的梯子才能攀到悬崖？

志远不管别人言语，照样搬材料进屋，做他的梯子。

半年过去了，没见志远搬出梯子来，人们问，你的梯子到底做得怎么样了，有多长多高？志远说：“还不够长，也不够高。”

人们见志远不断运进材料，不断把碎余的废料扔进垃圾桶。估算运进屋里的材料，足够把他的房子改造几个来回了。时间一久，人们都当志远要么是说笑话：要是做梯子，那么长的梯子怎么架得出房子，架得出，又如何扛得动？要么是神经出了问题．没有人长年累月做梯了，不卖不售，他吃什么穿什么？

志远大学毕业，经过商，做过工程，有一些积蓄。后来当志愿者，为下岗职工、残疾人、老年人、失学儿童、特殊困难家庭提供力所能及的帮扶，救济那些在贫困、疾病里挣扎的人。一做十年，自己头发灰白了，还成了贫困户，只剩一套房子属于自己。人们说他尽干不打粮食的事。但志远不管不顾，一如既往，跟他一起做帮扶的志愿者也多了起来。

时间久了，大家不再关心志远的梯子，该上班上班，该出游出游，该逛荡逛荡，过自己滋润的日子。到了晚上，听见叮叮当当的声音，也慢慢习惯了，在这时短时长、或高或低的声响中沉入梦乡。

有一天人们正要睡觉，忽然感到有些不对头，看厨房，锅在瓢在；看客厅，沙发依旧电视依旧；看卧室，床是老样子柜是老样子。人们思来想去，发现是叮叮当当的声音没有了。

是的，志远做梯子的声音停下了。

整栋楼沉寂下来，人们顿时陷入了空前的恍惚。人们都在问，志远怎么了？是志远把梯子做成了？

人们从床上骨碌碌爬起来，一股脑地涌向志远家，想看看志远，瞧瞧他做的梯子。

门大开着，志远不在家。

志远在楼顶。

志远静静站在楼顶，望着天上的月亮。十五的月亮很圆，圆得像精密圆规画在天上的。月亮很亮，把楼顶照得光灿灿的，人影子黑黑地踩在脚底。站在月亮下，志远的头顶上也闪着光，脚下像是黑云托着要往天上飞。

志远伸出手去摸月亮。

随着胳膊伸开，人们看见，志远身上挂着一架梯子。那梯子一阶一阶，针一样细，两边的扶手丝一般柔韧。梯子缠在志远的腿上，从左腿到右腿，到肚子，到腰胯，到胸膛，到脖子，然后挂上左臂，再攀缘到右臂，沿着他的手指向月亮去了。

“有人！”眼尖的人惊呼。

人们凑近去，果然看见一阶一阶的梯子上，爬着密密麻麻的人，有四肢并用的，有手抓脚踏的，还有摇摇欲坠的；有穿红的，有着绿的；有老的，有少的；有单个攀爬的，有互相搀扶登援的，还有肩头背负着他人的。他们一个个睁瞪着眼，瞅着更高的阶梯，总有个人在后面托着他们。

又有人喊出声来，“那个是我！”于是人们更凑近些去，辨认梯子上的小人儿。

志远似乎不知道周围围满了人，也听不见人声嘈杂，高昂着头，手越伸越长，梯子越举越高，终于探进了月亮。

在矮坡弱草面前，悬崖才有高大险峻的意义。志远喉咙里咕哝起来，声音越来越沉闷厚重。继而，他悠长地喊了一句：“树啊！”

人们看见，月亮里巉岩耸立，壁立千仞，暗影里突出的棱角，显得峥嵘嶙峋。一棵树虬曲蜿蜒，努力向上攀缘，猛然跃上了崖顶，粗壮的枝干插入湛蓝的天空，整个天空染绿了。

突然想要痛哭一场

徐 东

我和李多都热爱写作，从认识到现在已经有十多年了。

结婚成家以后，我清楚写作难以养家，就选择了去工作，后来也就有了车子和房子。李多这些年来基本上没有正经上过班，而写作所得的稿费又总是不多，妻子对他有很大的意见，两人常吵架。他苦恼时，常会和我打电话说一说。

前不久，李多又给我打电话。

李多说，我真是不想活了，如果能给家里人留下一笔钱，就真的可以去死了，但是现在孩子还没有满十八岁，我父母亲七八十岁了，生活在乡下，身体不好，而我也没有钱给他们看病。你知道我的情况，我向你借过多少次钱了，实在是不好意思再向你张口了……唉，写作真是没用，我那么努力地去写，也发表了不少，可所得的稿费呢，永远都不能让我过上衣食无忧的生活！

我不知在电话里跟李多说什么，以前通电话或者见面时，有些话我早已说过。我自然是主张他去寻找一份收入稳定的工作，然而他总天真地以为困难是暂时的，说不定哪一天写出一部畅销书，他可就发了。一方面我欣赏他的天真与纯粹，另一方面我又觉得那样的他是在逃避现实，不可理喻。

李多又说，没办法，你还能再借我一些钱吗？我实在没有地方可以借了。因为借钱，这些年我几乎失去了所有的朋友。有些人没有钱，不借我可以理解，有些人非常有钱，也不借，他们还好意思说自己喜欢文学，我看他们就不配读书，不配写作。真的，可以说你是我为数不多的朋友了。你知道吗，有时我真想在微信上拉黑你，再删掉你的电话，因为我实在不想再向你开口了。

我哭笑不得地说，可是你还是开口了。我早就对你说过，不要再向我开口借钱了。你也知道的，我一个人工作，每个月一万多块钱的工资，即使是加上不固定的稿费收入，就算每个月有三千块，也不够用的——我供房每个月需要八千，供车每个月需要七千，生活费少说每个月需要三四千，我在乡下的父母每个月至少要给他们一千——我这两年早已入不敷出了。我能向谁去借钱呢？我的两个妹妹生活得也不太好，有时还需要我帮衬着点儿。我只能靠几张信用卡，拆东补西，倒腾来倒腾去，结果越欠越多。这些我都不敢告诉我老婆，我真是没有钱借给你了。

李多说，在我的心目中你是位真正的写作者，是一位真正有文学情怀的，而且你认同我的写作，欣赏我的作品，我相信如果你是一位富有的、不差钱的人，肯定会愿意帮我，不幸的是，你也没有钱。唉，我真的是想去抢劫了，可现在到处都是电子眼——你说有没有谁愿意雇杀手的？如果价钱出得可以，我真可以去杀人——当然，要杀那些该死的坏蛋，好人不行，给再多的钱我也不干……我给你说的是我现在真实的想法，是，我真的想要自杀，但现在不能死，我不放心我的孩子。我确实也想要杀人，想要变成一个无恶不作的坏蛋，但你知道我是一个作家，心里还是善良的，我不会走到那一步——我向你说出我的想法是想让你明白，现在的我真的很绝望……

你很绝望，但你知道吗，我听到你的这些话也很绝望。我现在就想在没有人的地方痛痛快快地哭上一场——但不只是为你，也为我自己，为我说不清楚的一些人和事。

我明白，想哭就去找个地方痛哭一场吧，这也许是个好办法。一会儿我也会找个没有人的地方去哭一场。但是，但是，最后再借给我两百块吧——家里真的是买米的钱都没有了，房租就不说了，我们已经欠了两个月了，我老是拖欠，房东早就要赶我搬家了——我保证来了稿费后第一时间还给你。

抱歉，我一块钱都不能再借给你了，你再想想别的办法吧。你知道我这么说的时候心情是十分沉痛的，而且这种心情过去在我们之间已经有过许多次，我有必要对你，同时也对自己狠心一些，因为我的身上可以支配的钱不到三百块了，加满一箱油的钱都不够……

你有房，也还有车，你明白，我们的困难是不一样的……

对不起，请原谅我挂掉电话后再把你的微信拉黑，请你以后再也不要给我打电话了。你理解也好，不理解也罢——但你永远是我的朋友，一个写作的朋友。我希望你将来能越来越好起来，但现在请让我们暂时别过吧。

……也好，我知道，我不应该再向你开口，拉黑我吧，这甚至让我高兴，让我想要对你说一声“谢谢”！

好吧——希望你走出困境，将来通过写作名利双收，过上你理想中衣食无忧的生活。

挂了电话，我难过地把李多给拉黑了，接着把他的手机号也删掉了。

我想要痛哭一场，可在家里不合适。但是，在到处是人的城市里，有什么地方合适呢？

马仔的葬礼

李晓东

五一假期，我原本打算去龙虎山看悬棺表演，了解古越人的丧葬之谜。可两天前接到邻村同学的电话，说他父亲去世了，望我赏个脸，来乡下送老爷子最后一程。

同学的村庄叫樟源村，原本有村民两三百人，后来打工的打工，进城的进城，如今村里满打满算也不满四十人。要是哪个老人过世了，村里冷冷清清的，别说送葬的人少得可怜，就连做“将军”（俗称“八仙”）的青壮年男子也凑不齐，还得到邻村去请。

同学的父亲据说是属马的，别人都喊他“马仔”，我七八岁时就认识他。那时，樟源村是大队（后来叫村委会）所在地，设有小学，邻村的孩子都得去那里上学。一下课，我们便涌向校门口唯一的小卖部，去买瓜子、糖果等零食。而开小卖部的就是马仔夫妇。那时，马仔不到四十岁，见人便满脸堆笑，老远就打着招呼，还允许我们欠账。马仔待人和气，我还从没见过他生气。

想不到马仔就要走了，要去樟源岭上“守山”了。

这天清早，在阵阵哀乐声中，樟源村外的禾场上聚满了人。应该说，我的同学人缘好，而马仔的运气也好，选在五一假期出殡，亲友和乡邻大都有空来送行。

这时，鞭炮声响起来了。先是大伙排队来到灵柩前鞠躬、跪拜、烧纸钱，然后是主持人念悼词，接下来便是“哭灵”。马仔的妻子泣不成声，女儿、儿媳也都放声大哭，请来的那位专职哭灵的女人更是表情丰富，哭得声情并茂，催人泪下。

在哭声中，我隐隐感受到马仔一生很不平凡。作为农民父亲，他把两个儿子和一个女儿抚养成人，供他们读完大学，还帮扶着成家立业。不容易啊。马仔种了一辈子田，开了二十多年的小卖部，自己平日省吃俭用，从不喝酒。当然我偶尔见过他抽烟，但抽的都是几块钱一包的劣质烟，比如白沙、红梅、湘南、庐山等牌子的。

鞭炮声又一次响起来。洋鼓洋号声也跟着响起来了。八仙起杠了，抬着灵柩朝前走，送葬队伍排到一里多路长，单看花圈就有 30 多个。可以说，马仔的葬礼还算体面，甚至隆重。马仔总算奢侈了一次，排场了一回。

我低着头，茫然地跟随着送葬队伍缓慢前行，顺着荒废的古驿道，走向村后高高的樟源岭。樟源岭是村里的祖坟山，年年暮春山上映山红开遍，如火如血，村里人又叫它清明花。只是马仔再也看不到明年的清明花了。大伙满脸悲戚，还有人不时啜泣，我的眼睛湿润了。记得读初中时，我个子矮小，总挑着米袋和书包去镇上中学读书，有时遇到马仔去镇上进货，他二话不说就抢过担子，替我挑过很长一段路。马仔可真是个好人啊！

鞭炮声再次响起来。爬到半山腰，送葬的人要与八仙分手了。八仙扛着灵柩走向墓地，马仔将长眠在寂寞的樟源岭。送葬的人不能走回头路，必须从另一条小路返回村中。大伙一边下山，一边顺手采折山道边的柴枝，寓意带“财”归。

当鞭炮声又一次响起时，我们回到村里。大伙排着长队，依次走进马仔老屋的大门，然后放下柴枝，堆在地上，这叫“聚财”。紧接着，大伙走到马仔的遗像前，一一作揖下跪，算是最后告别。

人生苦短，往事历历，我心里酸酸的。不瞒你说，读小学时，我曾在马仔的“小卖部”的“小”字头上添了一笔，人家都看成“不卖部”了。一次放学后，我还趁乱摸走马仔店里的一包葵花籽呢。唉，那时我真是太不懂事了！

总算轮到我作揖下跪了。我猛一抬头，发现马仔的遗像似乎动起来了，他冲我微笑着，还眨着眼睛，既亲切，又神秘。我不由得揉了揉眼睛，再细瞧。

忽然，我瞥见马仔遗像旁边的挽联上写有几个黑字：张福贵先生千古！

顿时，我的眼泪止不住地流下来。

怎么啦？众人齐刷刷地望着我。

没什么！只是几十年了，直到马仔去世，我才知道他的大名叫张福贵，仿佛刚认识他一样。

指　路

阎秀丽

“那就是一道铜墙铁壁，一道无法突破的铜墙铁壁……”老人喃喃地说。

这是一个瘦削而又矮小的老人，满脸沟壑纵横，坐在院子里那把大大的圈椅上，身板挺得笔直，这应该是一位军人标准的坐姿。我尝试着从他的眼睛里看到一些什么，可那双眼睛是沉静的，我什么也看不到。

我忽然觉得，那下沉的夕阳不是落向西山，而是落在老人的眼睛里。

作为报社的记者，领导让我去挖掘一些革命老战士的英雄事迹。经多方打听，才找到他，听说他曾经参加过一场著名的阻击战，不过他不愿和任何人提起那段岁月。

谁也没想到，他会住在极普通的筒子楼里。因为我们的到来，特意换上了一身干净的军装，一顶军帽放在旁边的石桌上，那上面似乎沉淀着老人的峥嵘岁月。这让我不禁肃然起敬，更想从老人的身上挖掘出一些东西。

我提起了那场阻击战，老人沉默了很久，阳光从侧面照着他，让他的脸有一半笼罩在暗影里。

“您能亲历那场阻击战，一定有很多记忆深刻的人和事。”我说。

老人的身子瑟瑟地抖动一下，腰板瞬间佝偻起来，那宽大的木椅，竟然让他显得有些羸弱不堪。

“那是一道无法突破的铜墙铁壁……”老人喃喃地说着，“我的耳边都是爆炸的声音，鼻子里全是烧焦的味道……”

这是真正经过战火考验的老英雄！我身体正了正，虽然他什么也看不到。

“当我醒来的时候，周围很静，眼前一片漆黑，我以为我死了……还好我的腿还能动……”

“我很害怕，怎么只剩下我自己？都死了吗？我不敢喊，但是我能感觉到风刮过我的脸……一股血腥味，是我的血，从我的脸上一直流，流到我的嘴里。”老人的身体在抖，声音也跟着抖起来，“我趴在地上，能闻到土里也有血腥的味道，我不知道是谁的血。但是我知道，我还没死，只是我的眼睛看不到了……”

“我想活着，我不想死，香兰还等我回去娶她……”老人在我的安抚下平静下来，喃喃地说着，“她很漂亮，两条大辫子在身后甩来甩去……”

老人的脸上似乎闪过一抹红晕。

“我又听到了枪炮声，整个大地都在震动，我甚至听到很多人的呐喊声。”老人挪动一下身子，靠在椅背上，好像很疲惫，“我听到有人喊‘给我上’，我很高兴，我得救了，因为我知道这是谁喊的话。”

“我大声地喊着，嗓子都哑了，除了爆炸声和喊杀声，还有那越来越浓烈的烧焦的味道……”老人想睁大双眼，那里似乎藏着深深的恐惧，“那天是阴天，我能感觉到空气是湿漉漉的，就连喊杀声也是湿漉漉的、黏黏的……我又听到有人喊‘跟我上’，随即……一发炮弹在我的身旁爆炸……”

“当我醒来的时候，什么声音也没有，只有那种难闻的味道。”老人的声音像从很远的地方飘过来，“像是地狱的味道……”

“没有人救您回去？”我惊愕地看着老人。

“我以为我会死在战场上……我却碰到了他……他向我爬来，他的声音很虚弱，问我的眼睛是不是看不到了……我忍不住哭了，我再也看不到我的香兰了……”老人的声音有些哽咽地说道，“我问他是谁，他告诉了我……他的两条腿都负了重伤，不能走路了……他说他想活着，要不然他的狗剩子就没爹了。”

我的鼻头一酸，看着老人的眼睛，我以为那里也会有泪水流出来，可是什么也没有。

“我不得不跟他走，因为我也想活着。我背着他，他给我指路……他的两条腿晃荡着，一下一下地敲打着我的大腿。”老人的脸上闪现出一丝琢磨不透的神情，继续说道，“他没有叫，甚至连呻吟的声音都没有，我隐隐感觉到他竟然有些兴奋。他说这里就是一道铜墙铁壁，没有谁能够突破……后来，他哭了，我没想到他也会哭，他的哭声太难听了，说他整整一个连的战友就剩下他，连长是第一个牺牲的……”

我不由得站了起来，我无法想象老人当时的那种情况，背着一个负了重伤的战士走下战场的壮烈。

我无法想象一个眼睛受伤看不见的人，背着……

“我让他闭嘴，他身上的血一直在流……我真想扔下他……他说你知道我们为什么胜利吗？因为我们共产党人的口号是‘跟我上’！而他们，只会喊‘给我上’……”老人的身体抖得更加厉害，声音也跟着抖得变了形，“他连说话的力气都没有了，但他还是不停地说……”

“那你扔下他了？”我问。

“我没有，虽然我很想扔下他……我知道他说的都是对的，我的眼睛受伤了，但是我的心明白着嘞……”老人忽地从椅子上站了起来说道。

“我的眼睛受伤看不见了，但是我的心能看得见……”

我看到他的眼睛，真的有眼泪流出来。“我想让他活下去，可是他死了……我顺着他指给我的路往前走，因为他说过，只有走这条路才是正确的……后来，军医治好了我的眼睛，我按照他说的，和他们的战友一起，重新奔赴了战场。”

“啊？那您是？”

“那时我是国军……”老人低下头，声音轻得像风。

空气中揉搓出干燥的摩擦声，是老人拿起桌上的军帽，端端正正地戴在头上，那鲜红的五角星，在阳光下变得更加鲜红。

老人的眼睛里，被西落的阳光映满了温暖：

“不过他给我指了一条最光明的路。”

一条慢慢死去的鱼

王　溱

梅雨天真是可怕，整栋木公寓都像泡在水里似的，每天她从湿滑的楼梯战战兢兢往上爬时，总疑心台阶的后头躲着密密麻麻的蘑菇。鲜活蘑菇的味道是微腥的，带着土味，这算比较好的，踏进自家房门后闻到的就是一股叫人窒息的霉味了，她眼前立即浮现一只只被雨水泡烂了的老鼠尸体，忍不住一阵作呕。

房东太太摊开手说："没办法，木房子就这样，要不你自己买个抽湿机吧。"

租这里图的就是便宜，谁会花钱买什么抽湿机啊？她安慰自己，忍忍，忍忍就过去了，梅雨也不会持续很长时间。天气预报说，这一波的梅雨天气大概会持续十天，然而她忍到第四天的时候，情况就开始不妙了。

那天的确是升温了，潮湿的水汽氤氲上升又找不到出口，整辆地铁到处是蒸隔夜鱼的腥臭味。按照以往的经验，这些腥臭味部分来自腋下，部分来自球鞋或皮凉鞋里的脚，她把头扭向相对远离源头的一边，然后用串珠子那样的气息小心翼翼吸进一丝空气以维持住呼吸——不是说这样就不臭，只是臭得比较不明显。下车的时候她像一条鼓眼翻白肚的鱼一样被人潮拱下来，直到行至公寓门口还是处于缺氧状态，在楼梯口歇了好一阵才长吁一口气往上爬。鲜蘑菇味竟莫名其妙消失了，她用力吸了吸鼻子，真没有。更奇怪的是，房间里的死老鼠气味也不见了，取而代之的是地铁里的那股鱼腥臭味。她抬起胳膊来嗅，拉起衣角来嗅，味道都似有似无，并不能圈定臭味的准确来源。她干脆脱了衣服哗啦哗啦冲了个澡，把脏衣服统统扔进洗衣机。就在她以为解决了一切麻烦正准备坐到床上刷手机时，她悲催地发现那股腥臭味更浓烈了，而且很明显就来自自己的身体。

她仔仔细细把全身闻了一遍，终于确定味道来自左脚，此刻的左脚就像是一条刚开锅的隔夜咸鱼幽幽往上冒着热气，分明是腐烂了的味道。她恍然大悟为何死老鼠味会忽然消失了，不过是小巫见了大巫。她屏住呼吸细看，左脚与右脚并没有什么明显的不同，微微有点肿，有点皮屑，这并不能成为它腐烂的证据。她冲进浴室把左脚用沐浴露仔仔细细搓了一遍，想了想又用肥皂搓了一遍，鼻孔因长时间浸泡在腥臭味中变得麻木，胃随着她手部的来回搓洗反而翻腾起来。她想了很多办法，比如用丝瓜络来搓，或者用去角质膏，味道依旧若隐若现，说不好到底有用没用。最后她只好在筋疲力尽中匆匆睡去，寄希望于明日醒来腥臭味就会自行消失。

这个渺茫的希望在第二日晨起时就宣告破灭。经过整夜被窝的焖焗，味道有过之而无不及。她只好忍着酷热把脚套进最厚的袜子和运动鞋里，即便是这样，一路还是像做贼一样胆战心惊生怕被人发现自己左脚的秘密。幸好梅雨天的霉味足够叫人屏住呼吸，屏住了呼吸自然也不会闻到她脚上的气味。

然而腥臭味是会传染的，就好像一条鱼腐烂了，紧挨着的另一条也不能幸免。右脚就是这么沦陷的，仅仅是在第二天。她并不是没有挣扎过，也咬咬牙买了很贵的修脚套装，当那两条热气腾腾的脚从运动鞋里抽出来的那一刻，她感觉到了绝望。电话接二连三地响起，客户在那头催，老板在里头咆哮，她实在没有太多的精力应对双脚的背叛。

办公室也是密闭的，空调有气无力来回搅着那点空气，走到哪里都像是浸泡在一个发臭的酱缸里。那种迈不开腿的感觉让她深深感到恐惧，恐惧加剧了烦躁，这一早上她已经好几次不耐烦地戳破了办公室表面上的和谐与惺惺作态，像个刺猬。她狠狠掐自己的大腿，果然不怎么痛，看来双腿沦陷的速度超乎想象。“得寸进尺！”她愤愤骂道，骂的是什么自己也不知道。

身体的沦陷则要比腿快得多，第四天醒来，她整个身体都不是自己的了，像在臭水沟里泡了一夜的枕头，肿胀而掩沓，包括手，包括半截脖子，只剩下头。她用手紧紧箍住仅剩的半截脖子，试图阻止腐烂的蔓延，直勒得自己喘不过气来。

人是没有办法用手把自己勒死的，正如你没有办法阻挡一条鱼的腐烂。头部很快也昏昏沉沉失去了知觉，她甚至没有办法从语言中枢中调出合适的词来应对周围的一切，先是胡言乱语，然后开始沉默，最后干脆面对客户和同事的指责装聋作哑。这仅仅发生在左脚沦陷之后的第六天。女娲造人花了七天，看来毁灭一个人也只需要七天。

周末来临的时候，她感觉自己不能动了，瘫在床上丝毫没有反抗的想法。横竖自己就是一条鱼呗，一条鱼的宿命除了被端到餐桌上，就是腐烂掉，相比之下还是第二种方式要更温和。温水煮鱼与温水煮青蛙应该是一个道理。所有的臭味都随着鼻子“被煮熟”而消失了，整个身体也消失了，脑子却还在。脑子这东西终究不容易腐烂哇，整个周末都在脑壳里活跃地跳来跳去，把记忆搅得乱七八糟的，一下是自己小时候在大树底下跳橡皮筋，一下又是读大学时与初恋在后山捉萤火虫，放电影似的。

当周一的闹钟如往日一样丁零零吵个不停时，她一秒钟就弹了起来按掉，并迅速把挂在床头的衣服套到身上。窗户难得射进来几缕光，还是从两栋楼的缝隙斜斜射进来的，宣告着梅雨季节的结束。她机械抽动手里的牙刷任由泡沫往外冒时脑子里想的居然是：噢对，我已经死过一次了，该开始新的生活了。鱼的记忆果然很短，她自始至终都完全没忆起来去年的梅雨季节自己也是这么死过来的。

明子和她的姐姐们

乔正芳

娘在堂屋里陪着大姐二姐说知心话，明子在厨房里忙乎着包饺子。

饺子馅分三种，二姐的是鲅鱼韭菜，大姐的是梅豆肉，妈喜欢吃素食，明子就准备给娘包大白菜、虾皮和豆腐三鲜馅的。

鲅鱼馅做起来最复杂最精细，首先要挑新鲜的大鲅鱼背上那块厚肉，用尖利的竹刀一片片削下来，盛在一个大瓷碗里，再一根根挑净小刺，依次放上料酒、葱末、姜末、盐、香油，打上两颗鸡蛋，然后拿筷子朝一个方向使劲搅拌，直到搅拌成均匀的黏糊状了，再撒上事先切好的韭菜末，这鲜美无比的鲅鱼馅就算成了。

别看技术复杂，但这点活却难不倒明子，明子从小就是家里的一把好手，用邻居的话说叫：拿起笣子捞扫帚。

二姐人长得俏丽机灵，在城里百货大楼站柜台，找了个承包建筑的老板做老公；大姐脑子聪明，大学毕业后进了机关。只有明子学习不算好，人又长得黑胖。娘说，啥人啥命，她就是个干活的料。

明子将饭菜一样样端上桌。

大姐说："谢谢明子，辛苦你了！"

娘说："一家人，说什么辛苦不辛苦，她自己不也得吃嘛。"

二姐噘着小嘴咬一口饺子，说："好吃，真好吃！明子妹妹这手艺是越来越好了，娘真是偏心，将这种家传绝活都传给了小妹。"

娘抿嘴笑了。一桌子人都快活地笑起来。

饭罢，姐姐姐夫们喝茶，明子收拾碗筷。娘便忙着把头天准备好的各种新鲜菜蔬瓜果大包小包塞到姐姐们的后备厢里去。

娘站在村口，笑眯眯望着两个闺女的车子远去了，转过身来，这才发现了站在旁边的明子。娘说："老三呀，下个星期天，你得再早一点过来，里里外外门窗啥的帮着擦擦抹抹，你两个姐夫都是场面上的人，家里邋里邋遢的，让人家看见了笑话。"

明子想说什么，终是没有说出口，只“嗯”了一声，点点头。

娘这阵子不舒服，总说吃饭时咽喉里有个东西堵着。明子陪着娘到城里找大姐，一起去医院检查。一查，娘竟然是喉癌晚期了。

晴天一个霹雳。姐妹三个紧急召开会议。

大姐说：“我的工作很紧，没有时间照顾娘。”

二姐说：“我们家小宝马上中考了，我得天天盯着呢，我更没有时间。”

那怎么办呢？几个人唉声叹气，愁容满面。

明子想了想说：“那我辞了铁艺厂的工作吧，反正是个临时的，我回家侍候娘。”

大姐二姐松了一口气，脸上瞬间阴转晴，最后商定，姐妹两人每月出一千元钱，就当是付给明子的工钱。明子没吭声，算是答应了。其实，她在铁艺厂每月挣三千六百多呢。

明子开始一心一意侍候娘。

清晨，她先给娘倒尿盆，然后烧温水洗脸、梳头，接着做早饭。娘越来越吃不下东西了，人消瘦得不行。明子蒸了香香嫩嫩的鸡蛋羹，她抱着娘的头，一小勺一小勺地喂。喂完了，再去洗衣服，收拾家务。

这些明子做起来一点都不愁，最愁的是娘的脖子上插上了管子，黄乎乎的浓痰从管子里流出来，明子一天要给清洗四五次。那种难闻的刺鼻味道，常常熏得明子饭都吃不下，躲在墙角干呕。

那天，大姐二姐回来了，站在炕前看了看娘后，转到了厨房。

明子正在忙着给娘熬小米粥。二姐说：“真想吃明子妹妹包的鲅鱼韭菜水饺呀。”

明子笑笑说：“那你去给娘清洗清洗管子，我给你包。”

二姐皱皱眉，说：“那算了吧，不吃了。”

大姐说：“明子妹妹的手艺确实好，我们家阿姨就包不出你那种味儿的梅豆肉馅饺子。”

明子说：“那我给你包饺子吃，你去把水盆里娘的脏衣服给洗了？”

大姐摇摇头说：“算了吧，不吃了。”

晚上，明子给娘擦身子，娘忽然拉住她的手，流下泪来。娘已经说不出话了，娘深深地看着明子，示意明子把她的两只耳环摘下来。

明子不知道娘要干什么，就听从了。娘将耳环塞到明子手里，眼泪仍旧止不住地流。

娘走了，两个姐姐很悲伤。

二姐主动出了大份子钱，请来了唢呐班子，呜呜咽咽，唢呐悠扬，把娘的丧事办得很是风光体面。

出殡时，二姐哭得梨花带雨，她一声一声悲悲切切地唱着："亲娘哎，您咋就这么狠心扔下俺走了，俺从此再没有亲娘啦——"凄婉哀怨的声调，感动了旁边很多围观的老妇人，也抹着眼睛陪着流下泪来。

老人们咬着耳朵悄悄低语，说看看人家老唐家几个闺女，真是孝顺长脸呀！

明子默默流着泪，将娘留给她的，那副金灿灿的耳环，小心地给娘戴在耳朵上。

明子知道，娘爱美了一辈子，娘心里喜欢着呢。

仁 心

高 军

罗阳飞的担忧越来越重，他隐隐觉得，方大人能早一点杀身成仁，也许才是最好的结局。

初夏时节，阳光明媚，暖风和煦。但罗阳飞一点也感觉不到温暖，反而觉得一阵阵发冷，不时还会打一个冷战，上下牙齿磕碰得嗒嗒响。下一步时局会怎样摆布，已经基本明朗，自己应该早一点想好后路，尽快离开这个是非之地。

看到方大人整天忙于大事儿，身体上出现的问题还没有根本好转，确实还需要继续调理一段时间，他就没有决绝地离开。

燕王早已绕过济南，绕过自己的家乡阳都，直接来到了南京城下。南京城的陷落就在眼前，打下这里以后，自己家乡那儿也不会安稳，燕王回头还是会去收拾山东的。

罗阳飞的家乡琅琊阳都，是三国时期著名的蜀国丞相诸葛亮的家乡。那儿物华天宝，人才辈出，远近闻名。罗家连续几代都出现名震一方的医生，广有影响。罗阳飞在洪武十八年（1385 年）参加科考落第，遂滞留京城行医，由于和黄子澄同科参加的考试，所以后来被引荐结识方孝孺，并成为方孝孺颇为依赖的医生。罗阳飞很佩服方孝孺这个人，那真是个读书的种子，且日夜为朝廷操劳，因而身体一直比较虚弱，也就时常离不开医生了。

燕王眼看就要打进南京城，罗阳飞看到方孝孺眉头皱得越来越紧，并经常会唉声叹气一番，甚至也不避讳他，动辄就议论，话说得十分露骨："燕贼造反，天理难容，叔叔想篡夺侄子的皇位，这真是斯文扫地啊。"

罗阳飞听了，忧心忡忡道："方大人，朝廷有什么得力的对策吗？最坏的结局又会怎么样呢？"

方孝孺脸色一下变黑，沉默了一阵子，声音低沉地说道："那就是以身殉国，家破人亡。"说着，声音又变得高昂起来，"那是个什么东西啊，我与燕贼势不两立！"

罗阳飞很担心，怯怯地说道：“您是德高望重的才子，又是朝廷倚重的栋梁，燕王恐怕不会放过你，会让你受一些为难啊。”

方孝孺显得很决绝：“没有什么可怕的，最多不就是一个死？”

“问题是，这可不是仅仅关系到您方大人一身的事体，而会牵扯到很多人啊，这……”罗阳飞心里的话不能说出，但看到朝廷大势已去，他担心南京城会变成一片血的海洋，担心方大人的言行会株连到很多人，所以他甚至有些残忍地想：最好的结局应该是方大人战死或失败后杀身成仁。罗阳飞也是一个读书人，考中过举人，更知道“医者仁心”的道理。他往外门走的时候，狠狠地抽了自己几个嘴巴，“你这都是想的什么啊！治病活人才是医者的本分，你怎么会产生这么卑劣的想法啊？”

几天后，罗阳飞的担心变成现实，燕王率军打下南京城，皇帝在一场大火中下落不明，方大人成了俘虏。

燕王要即皇帝位，需要读书种子呢。燕王始终把方孝孺挂在心上，他的父亲太祖皇帝多次称道方孝孺的学问和为人，更对方孝孺的治国理政才能赞不绝口。他自己也觉得那是一个人才，包括这几年方孝孺建议实行的削藩，那也是看准了问题的关键所在，如果不是操之过急，如果多讲究一些谋略，那应该是一个很完美的施政方略。可惜的是方孝孺太迂腐，允炆侄子也太嫩了一些，以至于变成了今天的局面，让自己那“清君侧”的计划得以圆满实现。

不久前，颇为信赖的高参姚广孝也劝说过他，打下南京后方孝孺绝对不会低头，但一定不要杀害方孝孺，要是杀了他，读书种子就绝了。

燕王自己想得更多，只要方孝孺能为自己所用，将会省却无数烦心事。这样得来的江山肯定会引来一些微词，要想装点好门面，稳固朝廷上下，是需要方孝孺的。

在朝廷上，燕王显得很有耐心，在方孝孺大哭着走来的时候，还是耐心劝说他：“方先生你就别再这样了，我这是学习周公辅佐成王呢。”方孝孺鄙视地看他一眼，追问道：“成王在哪里？”

“在大火中烧死了。”“那可以立他的儿子、他的弟弟。”燕王看到方孝孺确实太迂腐，觉得很可笑但又不能表现出来，只好耐心而又明确地告诉他：“这是我们朱家自己的事啊。麻烦先生帮忙起草诏书，这个差事非先生莫属呢。”

听到这里，方孝孺拿起桌子上的毛笔使劲摔在地上：“我就是死了也不会干这种大逆不道的事儿！”燕王再也忍不住，直接冷冷地告诉他说：“你这样固执下去，会被株连九族的。”方孝孺声音也高了起来：“就是十族也无所谓，威胁恫吓岂能让我折腰。”

罗阳飞担心的事儿全部变成现实。受方孝孺牵连，当时就有八百多人被杀，其中大多数都是无辜的。“医者仁心，好像我的仁心并不符合大义啊！再说了，身体再好，也禁不住刀斧的杀戮。可能方孝孺一个人或者还会有几个人将会留名千古，可是，那么多无故被杀害的人到底是因为什么啊？我能治得了身体，却不能疗救人心，当医生又有什么用啊？”

他痛哭几天后，踽踽独行着来到滚滚流淌的大江边，面对北方家乡的方向，使劲磕了几个头，然后毅然跳进了滚滚江水之中。

柳林春雨

刘 帆

老游在乌蒙山区扶贫。

乌蒙山位于滇东高原北部和贵州高原西北部，这里的山连着山，望不到头。一座山翻过一条河，仿佛苍天在呼唤云端的歌。

老游说山区孩子缺书，缺好书，他说第一件事要文化扶贫。收到他的想法和请求后，我决定去那里看看。单位的小谢和小莫，跟着我，几个人带着一大批书、写字本和文具，前往老游所在的扶贫点。

老游的扶贫点在乌蒙山区一个叫乌峰山的地方，此处有一个叫“柳林春雨”的景胜处。满天的乌云，细密的雨丝，穹宇之下，雨滴雨声滋润心灵。

这些优美的描述是一群孩子你一言我一语说的。我们到达之后，老游安排了一场赠书仪式和一堂课。赠书仪式后，老游跟学校联系请我讲一堂课。面对一双双渴望的眼睛，多年没上讲台的我，那天居然滔滔不绝，讲得十分出色，孩子们听得也很兴奋。看到激动万分的孩子们，我觉得我们为孩子们做的事太少了，一种愧疚之情油然而生。

那天，老游还给我讲了一个真实的故事：红军在扎西会议后不久，有支长征小部队经过“柳林春雨”，一个不愿意说出自己真实名字的女子给红军带路。红军走后，女子被恶人告发，当地的头人勾结民团抓她，女子只好连夜逃走，跑到一个人烟稀少的地方，跟一个只知道种玉米疙瘩的老实男人成亲，后生下一个儿子，女子给孩子取名叫“望红”。

岁月如风，很快望红长大，结婚后生了一个女儿，女儿长大后嫁到邻村，但隔一座山和一条河。望红跟女儿虽然隔山隔河，但行政上却同属于一个自然村，也就是老游蹲点所在的扶贫村。望红给女儿讲过外婆的故事，望红的女儿生了一对儿女，她又给儿女们讲红军和外婆的故事。

我们扶贫工作组进驻后，他们非常欢迎。由于自然条件限制，包括望红在内，他们都没有读什么书。老游走访中听说“望红”的故事，觉得自己无论如何都要多帮助他们。

老游东奔西走，联系单位，因此就有了我们的乌蒙山之行。老游特意带着我们将书、课本和文具送给望红女儿的两个孩子，孩子们像过节一样高兴，脸上阳光灿烂。

我们在乌峰山里穿行攀爬几十里山路，那一刻我忽然觉得很值。

我们走时，孩子们依依不舍。回来后老游给我打过几次电话，他说你们走后，几个散落的村不再是一个个孤岛，已经联合起来了，这个联合村取名叫望红村。

从老游那里回到单位后，一忙，时间一眨眼就溜过去一年多了。

当我沉溺于庸常俗事又脱不开身时，没想到老游来包裹了。

我打开封口，剪掉外包装，挺沉的一袋东西。说老实话，我是有点好奇，难道寄的是土特产？上次带回来的玉米棒子甜高粱、马铃薯，大家都说好吃。我说，那是，那里空气好，没有污染，绝对的健康食品。

在乌蒙山几天，老游带我们去过一个地方，他说跟当地学会了用土法酿酒，他的土酒绵软不上头，我们喝过，不比茅台酒差。

想到这，我的眼前似乎出现了幻影，看见老游穿过一片玉米地，慢慢地，影儿不见了，阳光下，一棵挺拔的玉米秆在眼前晃动。老游就那样站在地里，朝我微笑。

我一边想一边打开包裹。包裹里面有包裹，而且包得很严实，我小心翼翼剪开，竟然没猜准。

老游寄的不是土特产，而是一堆作业本。在作业本上面他写了一段话，他说记得我是语文老师出身，水平高，帮孩子们改改作业吧，看看孩子们进步没有。

我的鼻子一酸。

老游心细，作业本码得整整齐齐，有十多本，看得出，这是课外作业，不像是课堂作业。老游搞什么鬼？批改作业也轮不到我啊！但老游的信，还得继续往下看，看着看着，玉米秆子又在眼前晃动了。

那是老游！

老游说，你给孩子们上课，还带给孩子们书本、笔、写字本，孩子们想着你，念着你，每个孩子不约而同地做了这些作业，是向你汇报呢。

我翻开一个本子，第一页就说：刘老师，您好……

多好的孩子啊！很多年没有人这样亲切地称呼我了。

都说距离远了人容易生分，但我怎么不觉得呢？“柳林春雨”那个地方，总是时不时让我想起。

老游啊，老游！面对那个曾经舍生忘死为红军带路脱险，还给孩子取名叫望红的老妈妈，我惭愧啊！请转告他们，她后人的作业，我要永远地看下去。

我提笔给老游写回信，我说我忘不了“柳林春雨”那位好妈妈，忘不了望红村，我希望我们和望红村结成对子，世世代代帮扶下去。

锅巴肉片

安晓斯

冬至那天，七叔来城里办事。午饭时，七叔对桌上的锅巴肉片赞不绝口。盘大，量足，味道鲜美。临走时，还打包带走了两份。回家让你七婶也尝尝，女人家整天围着灶台转，没出过远门。

今天是周五，李小照晨会结束刚进办公室，七叔就和本家的金柱进来了。

七叔脱了鞋，盘腿坐在沙发上。你这孩子，都当主任了，回家也不吭声。要不是问了门岗那老头，叔还不知道哩。

李小照赶紧递烟，叔，小主任，不值一提。

金柱也点了烟，用胳膊肘捣捣七叔，看您那脚脏的，赶紧穿上鞋，小照哥的沙发恁干净……

七叔笑笑，拍拍金柱的肩膀，你不了解叔和你照哥的关系。

抽了烟，喝了茶。李小照问七叔，啥事？要不要帮忙？

没事，没事。七叔喝了口茶。我和金柱到县城坊街南头置办些农具，先来你这儿报个到，晌午咱爷儿仨喝点。

对七叔，李小照还是很有感情的。当年，父亲在村里当支部书记，七叔是分管治安的村干部，朴实厚道，聪明能干，是父亲的得力干将。

大学毕业后，李小照应聘进了这家公司。靠着自己的才华、努力和勤奋，一年后就成为总经理助理。几年后，又成为董事长助理、办公室主任。本来，李小照是可以坐着轿车、西装革履回老家的。谨记父亲教导，李小照回老家从不声张。穿着个旧夹克，骑着辆破自行车，到了村头，就推着自行车走，见人就递烟，叔啊伯啊，哥啊弟啊，让人感到亲切。村里人都说，瞧老李家这孩子，都在县里工作了，一点架子都没有。

对七叔，李小照更是尊敬有加。小时候，李小照偷偷到村东的大水塘里洗澡，要不是七叔舍命相救，差点被淹死。救命恩人，一生都不能忘记。

午饭时，七叔和金柱来了。

李小照在公司附近一家熟悉的饭店预订了包间。按七叔和金柱的意思，点的都是肉菜。出门不吃肉，不如在家受。朋友朋友，喝酒吃肉。七叔开玩笑说，来俺大侄子这儿喝酒，没有素菜。

自然有七叔喜欢的锅巴肉片。

喝了三大杯酒，七叔话就稠了。

照啊，叔就佩服你这为人处事。抽了口烟，七叔说，咱村东街老刘家那孩子小光，听说在县城一家公司当经理，回老家横七竖八，太霸道。下个象棋，不能输，不赢一盘不散场。打个乒乓球，不赢一局不收兵。坐酒桌必当司令，动不动就拍桌砸板凳。太逞能，不知道天高地厚。

金柱喝得不少，话也稠。七叔您还不知道，就那小光在村里打篮球，在球场不能碰他，谁碰和谁急，几次都差点打架。

见两人一直絮叨村里的事，李小照赶紧截住话头，吃菜吃菜，叔，咱再来份锅巴肉片。七叔点头，好，好，叔就好这口。

临走时，李小照依旧打包了两份锅巴肉片，让七叔带走。

和老家人有缘分，未尝不是一件好事。和老家人相处，有着很深的学问。参加工作后，李小照谨记老领导孙总的话。

那时，李小照还是孙总的助理，经常替孙总接待老家的人。

孙总说，老家的人，一年可能就找你一次，可不敢马虎。替他们办十件好事，一件办不好都会挨骂。打电话联系你了，最好说出差了。堵在了办公室，能帮的尽力帮。帮不上，多说宽慰话。到饭点了，千万记得请老家人吃饭。

经历的事多了，李小照觉得孙总的话很有道理。

那天，七叔打来电话，李家祠堂要搞续家谱庆典。李家祠堂在二十公里外的李洼村，沁水湾的李姓家族是很多年前从那里迁来的。七叔想让李小照安排个中巴车，去十来个人。七叔说，坐个中巴车，亮亮堂堂，咱老李家有面子。

这些年，七叔是村里的李姓掌门人，操持着家族里的红白大事，管理着祠堂祭祀、宗族内部事务。遇上续家谱这类大事，七叔自然特别重视。

李小照没有多想，爽快地答应了。

公司里有中巴车，车辆也归李小照管。但公司内部有规定，公车私用必须按里程收费。李小照让司机算了算，到财务缴了费用。想了想，又买了两条玉溪烟、二十包奶糖。交代司机，到了车上，男的每人发两包烟，女的每人给两包奶糖。

当天下午回来，司机对李小照说，一车人都在夸您啊。

李小照笑笑，拍了拍司机的肩膀，没说话。

这以后，七叔来县城办事的次数越来越多，每次都先到李小照的公司报到。饭后，李小照依旧打包两份锅巴肉片让七叔带走。七叔爱炫耀，时间长了，村里人都知道李小照和七叔走得近。那爷儿俩，可不是一般关系。

倒是妻子的话提醒了李小照。咱七叔，知道不知道招待他吃饭、用车，都是咱自己掏的钱？他肯定以为你是公款招待的。

那个周末，李小照请了饭店的厨师长，到家里教妻子做锅巴肉片。妻子懂得李小照的意思，就很认真地跟着厨师长学习。试做了几次，还真的是有模有样。

从此，李小照每次回老家看望父母，都会让妻子在家里做锅巴肉片，然后打包两份给七叔送到家。七叔自然是满心愉悦。

转眼中秋节到了。李小照在电话里询问七叔都需要啥，回老家了带去。

七叔客气了几句之后说，照啊，啥都不用带，就来七叔家喝酒。

停了一会，七叔说，照，你最近给七叔送的锅巴肉片是不是换了饭店？

李小照就问，咋回事？七叔说，咋感觉最近那锅巴肉片的味道，不如咱常吃的那一家？

还买那家的，七叔放心。李小照赶紧说。

看着妻子愣怔的脸，李小照的心有点酸。咱再努把力，肯定能做好。不就一份锅巴肉片吗，又不是山珍海味。

牧羊犬

女　真

电话里，老爸声音焦急："闺女，你能马上来一趟不？！娜娜惹祸了！"

爸妈生活自立，平时很少给我打电话，都是我打电话问候他们。城里养大型犬受限，多年前一个朋友找我帮忙——朋友知道我爸妈住三环外，家里有院子。爸妈接收了大狗，取名娜娜。娜娜没惹过事，更甭提"惹祸"了。这次老爸用词重，我心里一惊。娜娜咬人了？不会吧！娜娜平时关在院子里，爸妈出门遛娜娜，每次都拴狗绳。我问老爸："娜娜咬人了？""没咬人，是羊。""家里怎么会有羊？""不是家里，草地上有羊。你赶紧来一趟吧，人家不让我们走。"得，爸妈是被扣了。我先跟领导请假。想过再告诉李宏一声，但丈夫出差在外，我觉得给他打电话让他分心不太合适。

开车往爸妈家走，很快反应过来不对劲：老爸说娜娜伤了草地上的羊，草地在哪儿？我给老爸打电话："给我发个定位。"开了导航，脑袋嗡嗡的：将近六十公里呢！虽然老爸是四十多年老司机，开车一点问题没有，但毕竟是七十多岁的老人了，我多次劝他不要开车，他就是不听。老小孩儿不省心啊。他们这是干什么去了？！

见到爸妈时，爸妈和牧羊老汉正坐在林子里说话，看上去不像有争执。我把爸妈拉到一边，小声问："娜娜怎么了？"妈抢答："你爸带我去卧龙湖看荷花，路过这片草地，你爸要小便，我们就把娜娜一起带下车透气。娜娜拴着绳的，看见附近有羊群，挣脱了跑去圈羊，跑得可欢了，把羊赶得团团转，放羊的说母羊可能受惊，会流产掉羔子，死活不让我们走。我和你爸身上只有五百块钱，放羊的说至少得三千，少了不让走，你爸没办法才给你打电话。"我说："凭什么张嘴就要三千？一只羊值多少？这不是讹人吗？"老爸说："也不算讹，现在羊挺贵的。"我爸人长得高大，心却软。

我过去单独找老汉，告诉他没有现金，可以给他转账。看上去跟我爸年纪相仿的牧羊人说他没手机，不懂转账，他只要现钱。我把身上搜罗一遍，只有一千五百块钱，加上老爸的五百，一起给了老汉。

李宏出差回来，饭桌上听我讲娜娜的祸事，明显不高兴："要多少钱你都给？真有钱。以后遇到这种事先打电话报警。"李宏有职业自信，我却有点不以为然："这事归交警管还是你们刑警管？我是怕我爸妈着急上火。他们万一病了可不是多少钱的事。"

儿子在旁边说风凉话："两千块钱够吃一顿烤全羊了，既然您花钱了，是不是应该把羊拉回来一只？您看见母羊掉羔子了？"

我嘴上骂儿子"吃货"，心里想儿子说的也不是没一点道理，但我强硬地回怼他们："你俩记住，以后在我爸妈面前谁也不许再提这件事。"

那天晚上我梦见娜娜在草地上赶羊，娜娜撒欢跑，无边无际的羊群，被娜娜管得服服帖帖，不断排列出各种奇葩造型。醒来睡不着，想一个问题：娜娜出生就被圈养，外出总是拴着，一直老老实实的。按狗的寿数，娜娜岁数挺大了。作为一只牧羊犬，娜娜这次虽然"惹祸"了，但没放过也许是此生唯一一次圈羊的机会，也算有幸。作为圈养的狗，能够完全放任天性的机会不多啊。

过小年那天，老爸来电话说："过年别买肉了，家里有一只全羊，够吃一阵子，过完年暖和了没地方放。"我问："哪来的全羊？"老爸说："要赔款的那个放羊老汉儿子送过来的。那天我给老汉写了电话，说回家以后再把钱转过去，他不同意，怕电话是假的，没办法我才打电话喊你。老汉回家以后，母羊一切正常，老汉让儿子给我打电话，要把钱给退回来。我说算了，老爷子挺大岁数还放羊，不容易，当交朋友了，但昨天老汉打发儿子开车送来一只收拾好的全羊。"

放下电话，我心里高兴又难过——娜娜一个月前已经走了，老死的。算起来，娜娜应该一共活了十三岁。

偷 马

杨轻抒

王小酒一脸兴奋地跑来找我们，叫我们一起去看马。我们问马在哪里？王小酒说在桥工队。桥工队拉来了一匹马。王小酒说那可是一匹好马啊，日行千里夜走八百，关二爷见了都要走不动道。

王小酒喜欢马。这有些没来由，因为除了连环画上的马，我们其实并没有见过活的马。我们那地方养的称得上大型的动物，除了猪，就是牛。猪能杀了吃肉，牛能耕地，马能干啥？我们那儿不是草原，马其实是没用的。没用，谁去养它？

马是什么？王小酒说，马只是一匹马吗？你们错了，你们要把马就当一匹马的话，我瞧不起你们！

马如果不是马，又是什么？我们傻乎乎地问。

你们……

王小酒长叹一口气，骑牛半天也跑不到镇上，骑马呢？你们好好想想，是不是可以跑很远的地方？

骑马可以跑很远的地方，这个我们知道，但是这跟我们有什么关系呢？我们需要去那么远吗？我们上学，在村子里；我们打酱油，在村子里；就算我们去买一双鞋，最多也就到镇上。我们从来不需要去更远的地方。

就像我们的父辈、祖辈，似乎都不需要去更远的地方。

王小酒一脸的绝望，说，夏虫真的不可语冰也。

多年后我们才知道这句话是骂我们的。

王小酒不想跟我们多废话，说，去不去？我们想了想，说，去！

但我们好像都忘了，凭我们的脚力，要赶到四十多里地外的桥工队肯定已经半夜了。但是我们都没想这个问题，在王小酒的鼓动下，我们觉得——主要是王小酒觉得——如果不能当晚看到那匹马，就等于过年没有放鞭炮没有穿新鞋没有贴门神对联不是红纸写的。

我们的未来将会是一片灰暗。

我们跌跌撞撞地走在去桥工队的路上，天上的星星稀落得跟田里的麦粒一样。我们一直走，走了很久，仿佛走了很多年，后来实在走不动了，仰面躺在田埂上，望星空。星空很远，远得无法想象，就像我们的未来和一些若有若无的梦。

半夜的时候，我们当真看到了那匹马。

看到马的那一刻，我们愣住了，我们毕竟是第一次见到活的马，那匹马比一个大人还要高，通体棕黄，摇头的时候，马鬃飞起来，像雾一样；四条腿很细，让我们不得不去想象，如果骑在马上，我们会不会成为小说里的英雄。

那匹马比我们天天放的牛漂亮太多了，漂亮得让我们口干舌燥，头晕目眩，尤其是王小酒，一口气差点没吸上来，我们真害怕他直直地倒下去就直接死了。

我们趴在围栏外面的草丛里，呆呆地看被灯光照着的那匹马，像看一尊伟大的雕塑。

王小酒的眼泪无声地流下来。

我要那匹马，王小酒抽泣着说，我要那匹马！

我们觉得王小酒疯了，人家桥工队的马，是你能要的？

但是，王小酒一边流着眼泪一边固执地叨叨：我要那匹马，我要那匹马！

我们想把王小酒拖走，但拖不动，固执的王小酒死死地抱着一棵树，像跟树长一起了一样。那会儿我们一致感觉到，如果让他拿自己的命去换，他也不会犹豫。

王小酒央求我们，威胁我们，使出了浑身解数。看着泪流满面跪在我们面前的王小酒，我们决定冒一次险。

事实上，我们毫无经验，在偷盗这件事上，我们纯洁得像一张洁白的宣纸：我们不知道该怎样对付桥工队养的大黄狗，不知道该怎样让那盏昏黄的大灯灭了，不知道该怎样能让马安静下来并且跟我们走——最关键的是，我们居然没有发现守工地的人起来撒尿了……

所以，后面的事情很糟糕。那天晚上，我们被桥工队几十个工人追得鸡飞狗跳。我们跳下坎，游过河，爬上荒草横飞的山梁，穿过大片大片的芦苇，我们的脸被划破了，脚在流血，衣服被扯开破洞，最后，实在跑不动了，趴在一个土坡上，大口大口地喘气，我们看到远处的火把像一条长蛇，在原野里游动，离我们渐渐远去。

我们在坡上趴了很久，累得直不起腰来，但是我们还是没想明白，为什么要帮王小酒偷马，仅仅是不忍心看到王小酒哭得像死了爹娘一样？肯定不是，但是，又是为了什么呢？好吧，就算成功了，我们又能把马藏在哪里？不用说，只要天一亮，只要我们出现在村口，不用多久，消息就会传遍整个镇甚至整个县。

是的，我们不可能真的偷到那匹马，即使偷到手了，也不可能牵回去，那么，我们为什么又要去偷那匹马呢？

我们躺在坡上，翻来覆去想，还是想不明白，直到远处那些火把彻底消失，头顶上的星星也不见了，天黑得跟墨一样，风呼呼地刮过，我们的心空荡得彻头彻尾。

在无边的空落里，我居然睡着了，睡着了之后还做了一个毫无道理的梦，梦见一匹健硕的马驮着我，嗒嗒的马蹄声清脆，一直把我驮到我从未去过的远方。

事实上，多年之后，我已经不确定这到底是我做的梦还是王小酒做的梦或者是其他人做的梦了，当后来多次提到这个梦的时候，我们都很迷糊，最后一致认定，没错，应该是我们所有人做了同一个梦。

满身枣花香

李 方

体育馆后面是湖滨巷。巷不长，也就百八十米，两侧全是沙枣树。树不高，耐寒，适宜在北方生长；开花迟，花骨朵小，如米粒一般，金黄色，但非常繁密。夏夜走进湖滨巷，有一种甜蜜的眩晕感。走出巷子很远，身上还有淡淡的香气。小巷的尽头，是农科所的家属院，一幢四层小楼，十六家住户。我结婚后搬进了新房，这里成为父母的二人世界。四年前母亲离世，父亲独居。

在我心中，父母可做天下夫妻的楷模。尽管他们的学历只是中专，算不上高级知识分子，但他们的恩爱，在这幢家属楼里是公认的。从小到大，我一直都沉浸在他们所营造的温馨和睦的家庭氛围中。令我不解的是，学财会专业的父亲，业余爱好却是音乐——古典的、现代的，中国的、外国的，甚至那种让年轻人浑身扭动的摇滚乐，也令父亲沉醉。他不光是聆听和欣赏，还动手演绎优美的旋律。冬日飘雪的傍晚，他坐在阳台上用手风琴演奏《三套车》；夏日落雨的黄昏，用小提琴演奏《梁祝》。没有哪位住户对此提出抗议。

和父亲如此大动静的爱好不同，学养蜂专业的母亲，业余生活却是那样安静：读书——全是文学类，四本一套的《静静的顿河》，各种版本、不同译者的，家里有五套。最独特的一套，是父亲出差时买给母亲的礼物。当时母亲亲过父亲，接过书刚翻看了两页，就笑得直拍大腿，说道："都说艺术是相通的，但隔行如隔山，喜欢音乐的搞不懂文学。这是盗版的。"那一套《静静的顿河》，母亲对照人文社版金人译本，用红色中性笔将差错逐一勘正，并指给父亲看。这让父亲在谈论音乐之外，对文学也有了谈资。他们就这样度过了大半生，直到母亲离世。

我不知道母亲的离去对父亲造成了怎样沉重的打击，但他把所有的乐器、唱片、功放、音响，都赠给了他和母亲曾就读的中学。业余时间，父亲就读母亲勘误过的那套《静静的顿河》。

父亲退休的前一年，我差不多有十个月时间没有见到他。打电话给父亲，要么不接，要么就回复两个字：在忙。

直到今年6月的一天，父亲发短信给我：来家。

沙枣花全开了。

父亲坐在阳台上，小桌上反常地没有摆放《静静的顿河》，而是其他的东西。他递给我一张纸。我吃了一惊：大粗黑的边框内，是纪委约谈父亲的通知书。我心惊肉跳地看完，发现日期是一年前的，这说明事情已经过去了。

我轻轻地放下了那张千斤重的纸，愕然地望着父亲。

父亲微笑着问："你看它像什么？"

我无语。

父亲说："有时候我想，如果我真的做了错误的事情，这张纸看起来就会像一张讣告啊！你看抬头直呼其名，连'同志'两个字都没有！是啊，谁会称呼一个疑似贪污犯的人为'同志'呢？但是儿子你放心，爸爸是干净的，组织上对我的工作是肯定的，我是对得起你妈和你的。"父亲将小桌子上的两本荣誉证书打开递给我，一本是嘉奖令，一本是三等功证书。他又把一个细绒包面的精致小木盒打开，里面是一枚三等功奖章。

父亲站起身，打开窗户，望向湖滨巷。沙枣花的香气扑进屋来，四处弥散，倒像是奖章证书自带香气，肃穆而严正，逼退了其他的任何气味。

父亲坐下盯着我说："我学的是财会，干的是会计，工作几十年，坚持原则，得罪人是免不了的。有人告我的状，纪委查我的账，这很正常。关键是，自身要干净。现在有了结论，连续三年考核优秀，嘉奖和三等功，也补发了。昨天，办理了退休手续。做人，要像你妈，把所有的错误都剔除干净，这样手脚才会干净。如果要贪，就要贪读书，像你妈一样，那样你的心才会纯净，才能安稳。'讣告'和奖章，我希望你都带走。这两样东西，就是生与死的界限。你干警察，应该比我更懂得它们的意义。"

走出湖滨巷，满身枣花香。不用回头我都知道，背后，是父亲站在阳台上深情注视的目光。

蝴蝶庄之树

司玉笙

满身浮土的乡邮员在路边喊："恒子，你的信！"

那时候乡邮员都骑着一辆自行车，每天走村串户的，很多人都认识他，他也叫得上很多人的姓名。恒子的父亲当时是蝴蝶庄小学校长，中华人民共和国成立前曾当过中共地下交通员，中华人民共和国成立之初在外省任地方区委书记，提拔他当副县长时，他坚持要回家乡办小学，因而在这一带名气挺大。

小学建起来后，周边的闲地就被栽上了树。人们常常看见老校长领着孩子们在地里忙活，渐渐地那里就有了一片清莹莹的绿色。而长得最快的就是那三棵法国梧桐。那树是60多年前老校长到北京参加全国英模代表大会后带回来的，栽下时只有大拇指粗细。其实，他总共带回来四棵，有一棵可能水土不服，连个芽包都没拱出来。老校长舍不得丢，拔将出来把两头削去，刮掉皱皱巴巴的硬皮，就成了一根教鞭。

20世纪70年代末初春的一天，已到中年的乡邮员给恒子送来一封信函。已是代课教师的恒子接过信函，瞄了一眼便掖怀里了。照旧请乡邮员到屋里喝水，对方说忙，一蹬车就走了。乡邮员不知道，此时老校长已重病卧床，很少能见到他的身影了。

不久，老校长去世了。临终前对恒子说："照顾好你娘，还有那几棵树……"

父亲去世后，教鞭到了母亲手里。老人家也是手不离教鞭，只是拄在了身前。天气好的话，她就踅摸到那三棵树下，来回走着，拍拍这一棵，再拍拍那一棵，侧起耳朵细听，眼睛里就有亮亮的晶体浮动。

有这根教鞭撑着，老人家比老校长晚去世11年。她生前对恒子说得最多的一句话就是："你要是教不好孩子，瞧俺用这硬棍棍儿敲你的头！"

接了父亲的班，恒子一干又是几十年。其间晚婚晚育，生有一子，他给儿子起的乳名叫学儿。

树长大了，学儿也长大了，人大了，心里就有了膨胀的枝枝叶叶。有一次他问父亲："有人说您连个大学文凭都没有，咋当上这校长的？"

恒子想了想，对儿子笑了："我没想当什么校长，只想照顾好你爷爷奶奶和那些树……"

18岁那年，学儿考入外省一所重点大学。临走时，父亲让他去看看爷爷的树。看过那些树，学儿带了一片硕大的树叶去报到了，到大学后没几年又考取了硕士研究生，毕业后留在一个科研单位工作。

一晃，又十多年过去了。那一天是周五，母亲突然打来电话说："你爹想你了，赶紧回来一趟……"

学儿匆匆赶回家，见父亲躺在床上，脸色蜡黄。旁边除了母亲，还有乡邮员老赵。见到学儿，父亲伸出一只手笑了笑，说："学儿回来了，好，好。"

被父亲紧紧地抓着，学儿止不住泪水外涌，低泣道："爸，我这就带您去省城看医生……"

"我没什么大碍，就是垒院墙累了，歇歇就好。"说着，缓缓坐起。

扶好父亲，学儿转而问母亲："妈，垒什么院墙能把我爸累成这样？"

"有开发商出大价钱要挖走你爷的那几棵树，你爹死活不让，围墙都扒开几回了，回回得补，补好了又给扒开，还不止一处……"

"甭说了，我也想去垒墙——走，看你爷的树去！"乡邮员拉起学儿往外走。

出了门，学儿问："赵叔，您又给我爸送信来了？"

"只要是你们家的信，别看我退休了，也必须亲自送到，交给年轻人我不放心……"

"赵叔，我的大学录取通知书还是您给送来的哩。"

"还有你爹的！"

"你说我爸也考上过大学？"学儿一脸惊诧，"我怎么不知道？"

"那是1978年，40多年过去啦……"

学儿猛地一愣，桩子一般立住了。"真的？"

从小学校回来，母亲已将几个菜做好，让学儿陪乡邮员喝几杯。

乡邮员喜滋滋地说："再喝，您家三代的酒我都喝了，越喝越有滋味儿！"

席间，话题都离不开那几棵树。喝到动情处，乡邮员突然站起身，说："放心吧，谁也弄不走那三棵树，还有我老赵哩！”

送走老赵叔，学儿问母亲：“妈，我爸考上大学的事您咋瞒了这么长时间？”

“你爹接到通知书时你爷病得正厉害，他对谁都没吐一个字。前年俺拾掇旧书时才翻出来的，恼得俺真想一把掐死他。拿给他看，他瞅了瞅，不急不躁地说，‘啥也不能比照顾父母更紧要！’。”

“妈，那张通知书还在吗？”

母亲起身到里间拿出一本旧杂志，怕惊动躺在床上的恒子，悄声对学儿说：“就是这，就是这……”

打开杂志，一张泛黄的纸页无声地飘落到地上，学儿俯身拿起来仔细一看，落款正是他就读的那所大学的前身！

学儿喉咙紧抽，喘不过气来似的。明亮的灯光下，他像小时候一样默默地卧在父亲的怀里，抓起父亲的手贴在泪水横流的脸上。

“爹，我也要护那些树……”

此刻，外面下雨了，是春雨。

猫忍不住

张爱国

劲松将车停到院子里，看到母亲弯腰屈背的身影映在厨房的玻璃窗上。劲松咳一声，母亲一愣。劲松“妈”还没喊完，母亲已跑出来，骂劲松回家不先打个电话。劲松弯着腰用手臂箍着母亲的肩头，狡黠地笑：“打电话，你不就五分钟一个电话问到哪了到哪了，还做一桌子菜？”母亲推开劲松，佯怒：“死孩子，越来越坏了。”

母亲要从鸡笼里抓鸡杀。“妈，不用，我下午钓了鱼。”劲松打开后备厢，一只黑色大塑料袋装满鱼。暗弱的天光下，母亲看看鱼，又看看劲松，拿出一条鱼。劲松要把鱼都拿下来。母亲说：“我吃不了，你带走。”劲松想了想，将后备厢关上。

母亲灶上烧菜，劲松灶下烧火。每次回家，劲松最享用这一情境，这总让他有小时候的感觉。给他小时候感觉的还有灶台上的大黑猫，虽然不知道是当年那只猫的几世孙了，但区别只是肥一些而已。大黑猫正蜷身睡觉，劲松拿一根草戳它鼻子。大黑猫太老了，半天才漫不经心地将眼撑开一条缝，轻描淡写地看一下劲松，又若无其事地闭上。劲松原本对猫就没好感，又被它的轻视惹怒了，于是揪起它的耳朵丢到地上。母亲笑了：“死孩子，还调皮。”

鱼烧好了，母亲盛进盘子里，放到一边，去外面拿鸡蛋，走出厨房门却站下，叫劲松把大黑猫赶出来。劲松一笑：“妈，猫现在还偷嘴啊。”

“偷不偷，谁知道啊？”母亲说，“你不记得那一年？那只猫多听话，多不贪嘴，但还不是忍不住偷吃了你的油渣？害得你哭了一晚上，第二天还把它打残了。”

“记得记得，那时候小，下手没轻重。”劲松赶着猫，笑着说，“现在的猫，听说除了吃配方猫粮，鱼送到嘴边都不吃呢。”

“我不信，这么鲜的鱼摆在面前，它能忍得住？”母亲伸脚将劲松赶过来的猫推了出去，又看着劲松说，“你也出来。”

“哦。”劲松应声往外走，又笑着站住，“妈，你……”

“出来吧。”母亲站着，直到劲松走到她前面才挪步跟着。

炒了鸡蛋，母亲又要出去拿什么东西，同样先赶走大黑猫，又要劲松跟出来。

“妈，你是真的怕我偷吃鱼？那一次是小，不懂事，又馋，偷吃了你待客的鱼。”劲松的脸有点红，“妈，你不是老糊涂了吧？”

“妈没糊涂。”母亲看着劲松，“这么鲜的鱼摆在面前，你能忍得住？”

劲松扑哧一笑：“妈，你真糊涂了，谁还稀罕鱼？常常一大桌菜，各种鱼都有，我筷子都懒得动一下……”劲松突然吞下后面的话，转过头不看母亲。

“哦，常常，是三天两头还是一天一回？一大桌菜，各种鱼，还有酒吧？得多少钱？你一个月工资够几桌？”母亲直盯着劲松，“你说你下午钓了鱼，你这一身一脚干爽得没一滴泥水，你从小一见塘啊坝的就犯晕，你说，你怎么钓的这么多鱼？还都是这种贵的鱼！”

“是钓的，下午……”劲松低下头。

“你钓的？”

劲松摇头。

“你到鱼塘边了吗？”

劲松低头。

“鱼塘都没沾边就钓这么多鱼，有能耐啊。”母亲的声音有些颤抖，“就是鱼？没别的？”

劲松把头垂得更低。

“当年那么好的猫，从来不偷嘴，但见了油渣还是忍不住。你小时候也听话，但那一次——你自己后来说的，你一开始只是想尝一口鱼汤，哪知一开口就停不下，最后把两条待客的鱼都吃了，一滴汤都不剩。”母亲坐到灶下的小板凳上，“妈相信你，但也不能不信，总是围着鱼，猫忍不住；你总是……”

“妈，我我……”劲松蹲到母亲面前，用纸巾擦母亲的泪水。

“你这才几年，才多大个差事，就这样了，以后还不……”母亲推开劲松的手，“不该你吃的，吃了就不会是好果子。那年那只猫被你打后，要不是我用心照料，何止是残？你那次吃了鱼，刺卡在喉咙，也不敢说，躲到厕所里，用手抠，抠出血，抠吐了，吐光了，才吐出刺。”

“妈，我，我下次……”

“还有下次？”母亲用干瘦的手掌擦拭劲松满脸的泪水，“想想这次，这次之前的，还能吐吗？怎么吐啊……”

需要说心里话的男人

徐均生

不知从何时起，男人整天无精打采的，吃不好，睡不香。男人看过很多医生，都没看好。

有一天晚上，男人做了一个梦，梦里有个漂亮的女医生对他说：“你来我这里说说心里话，身体就会好了。”

男人问：“我去哪儿找你？”

女医生说：“三院心理科。”

男人信了女医生的话，果然在三院心理科找到了梦里的那个女医生。男人很激动很惊奇。

女医生说：“你去躺椅上躺着，就当和老朋友叙旧，心里有什么话，尽管说就是了。”

男人便躺在躺椅上，闭上了眼睛。

女医生说：“现在心里想什么就说什么，不要有任何隐瞒。”

男人回答：“好。”

男人便开始说心里话了，男人说：“其实，我现在不知道如何对你说，真的，我一见到你就非常激动。你想啊，你是在梦里让我来见你的，这多神奇啊，可我在怀疑，说了心里话，身体真的能好吗？哎，既然我相信了梦里的你，就信你一回吧。”

女医生回答：“好吧，我在听着呢。”

男人说：“我也不知道说什么心里话才好，真的，感觉心里有很多话，可一想到这，又觉得没啥好说的。其实，如果问我什么叫心里话，我都不知道如何回答。对了，你知道什么叫心里话吗？”

女医生回答：“你这样问我，我倒真的说不上来了，因为没有人这样问，你是例外。”

男人说：“例外？呵呵，这个词我爱听。我确实是一个例外的人，我不相信任何人，父母、妻子、儿子，我都不相信。你可能会问我，为什么不相信自己的亲人？是的，我也经常问自己，可答案却是，我为什么要相信？你说我这人是不是很例外？”

女医生回答：“是的，你很例外，又非常特别。”

男人说：“你说我特别，这个词用得很准确。也正因为我的特别，才有了今天的成就，才有了今天的荣耀。我可以老实告诉你，我的特别就是我的不相信，对，我不相信单位里的任何人，包括我的上司。三年前，上司提拔了我，但这不是我要相信他的理由啊，你说是不是？”

女医生回答：“是的，你很自信。”

男人说：“你这个词说得太对了，我就是自信啊，正因为我自信，所以我对谁都不信。我只相信自己，我自信我很优秀！”

女医生由衷地道：“你真了不起啊！”

男人说了声“谢谢”，然后很自信地从躺椅上坐起来，对女医生说：“今天我们说到这里吧。”

女医生回答：“好。”

回到家，男人觉得，吃饭香了，睡觉也香了。男人很高兴，心想，认识这个女医生真的是太奇妙了！

三天以后，男人又去找女医生说心里话了。

男人说：“医生，真是奇怪，跟你说过心里话后，我有三天时间生活得很好，可现在又不行了。昨晚我在梦里见到你了，你批评我没对你说心里话。”

女医生说：“是吗，那你要好好想想了，是不是还有心里想说的话没说出来，或者你根本没有对我说过心里话。”

男人说：“我对你说的都是心里想说的话啊，你要知道，以前我从来不这样跟人说话的，因为我对谁都不相信。”

女医生问：“那你为何要相信我呢？

男人回答：“我也不知道，或许你是例外吧。”

女医生笑了，问：“今天你为什么要来？”

男人回答：“之前对你说的，虽然都是心里话，但好像不是很深的那种心里话。”

女医生说：“我明白了，那你今天想不想往深处说呢？”

男人想了想回答：“现在还不想，就是想来看看你。”

女医生说：“你什么时候想说了，就来找我说。”

男人回答：“好。”

回家后，男人又萎靡不振了，吃不香，睡不好，这让他很难受。

男人又来找女医生。

女医生让男人在躺椅上躺下，闭上眼睛。

女医生说：“想说什么，就说吧。”

男人说：“以前确实没有把真正的心里话说出来，主要是我觉得，我的心不见了。”

女医生问：“做过检查没有？”

男人回答：“做过了。”

女医生问：“心还在吗？”

男人回答：“还在的，可我就是感觉不到我的心在哪里了。我觉得自己是个没心的人了。”

女医生问：“这症状有多长时间了？”

男人回答：“有三年了。”

女医生安慰他说：“其实，这不奇怪，觉得没心的人，我见得多了。”

男人瞪大眼睛问：“真的？你说的这情况是真的？”

女医生回答：“是的！”

男人听了，轻松地笑了，站起身来，礼貌地和女医生道别。

回家后，男人吃饭香了。

当晚，男人梦见了女医生，女医生耐心地跟他讲，只有说真心话做真心事，才能吃得好，睡得香。

男人听得津津有味，不觉得自己是在梦中了。

雪落无声

赵国洲

昨天晚上，支书小伍和村主任杨再德一起离开村委会办公室的时候，纷纷扬扬的大雪把杨家桥高高洼洼地抹成了一片瓷白色。分手的时候，小伍说，这雪下的，分不出哪是道，哪是沟了……要不，我送您回去？杨再德说，好你个小伍，是说我老了，想赶我下台，在杨家桥来个一手遮天？小伍笑道，我倒是想呀，只是刚出壳，不敢从您的羽翼下飞出去！杨再德叹了口气说，这人哪，要是能不老多好……转念他又笑了，说，我要是不老，你这个支书岂不是要当一辈子傀儡？小伍呀，趁我还不算老，凡事你要向前冲，不出问题很好，出了问题，有我跟在你后面收拾……小伍说，村长，您说的是，我也想把村里大事小事揽下，让您歇会儿，只是一遇事，我怎么就拿不定主意呢？杨再德笑了，说，不是你拿不定主意，是你自己不想早早断奶……别笑，就怕有一天，我摊上事，把杨家桥一千七百多口人突然托给你，还真不放心！小伍说，您又没老到哪去，别说这不吉利的话！

没想到，不吉利的话应验了。

杨再德出事的地方并非是在回家的那条路上，而是在通往村外榆树坡的石桥口。人们发现的时候，他已经被大雪掩埋得无影无踪，是循着他的手机铃声从石桥下雪堆里把他刨出来的。

从石桥口到榆树坡有三条岔路：一条通向老围子，老围子是过去杨家桥人居住的地方，现在仅剩下些破破烂烂的老屋，住着些孤寡老人，难道他是怕刘瞎子的小屋让大雪压倒？另一条去潮河码头，码头两边的工业区有两家企业刚刚“凤还巢”落户，难道他担心白天铺设的产业大道冰冻受损？第三条岔路通往桑林，那边有“顾问”家的养鸡场……

小伍说的第三种猜测，大家听了直摇头，因为杨家桥人都知道，杨再德是“顾问”的死对头。

“顾问”叫张学问，一非党员，二非村民代表，却常常搅和村里事情，人们便送他一个名号：杨家桥顾问。

杨再德出任村长，第一件棘手的事就是铺设桑林致富路。老支书在图纸上给杨再德画了一个圈说，你能摆平这个水塘，你就能摆平杨家桥以后的所有事情。杨再德说，底线是什么？老支书说，不上访，不出人命。杨再德说，行，拿不下，我搬出杨家桥。

水塘主人就是张学问。他建鸡厂时，先后从自留田里取了三次土，夯鸡舍基础，有意识地开出了三口呈“品”字形的水塘。致富路通过他家门口，刚好要填平“品”字上面的那个“口”字塘。张学问说，我家好好的“品”字头宅基让你们一填，成了“哭”字头，谁敢坏了我家的风水，我刨他祖坟！

杨再德说，问哥，给我一回面子，我也给你一些补偿：由村里供土，把你家门前三口水塘一起填平，种庄稼收五谷好不好？

张学问说，杨再德，风水是能补偿的吗？你敢下令，我就敢刨你祖坟！杨再德说，我生下来就没见过爹娘，连祖坟在哪儿都不知道，知道就先指认让你去刨！说完，杨再德向推土机一挥手：开机。

张学问无奈，伸开两臂像插在田头吓唬麻雀的草人挡在推土机的前面。机手停在那看着杨再德，杨再德说，我数到三，他不让开，把他推下水塘喂乌鱼！一，二，三，推！没等推土机过来，杨再德推开张学问，两人都滚到了水塘里……

桑林致富路铺好，“顾问”不仅没有“哭”，沿路最大受益者恰恰是他张学问。原来阴雨天进饲料都靠人工背到桑林，有了水泥路，货车可直接停在鸡厂库房前卸货。

杨再德说，问哥，要不要再刨我家祖坟了？

“顾问”说，知道一定刨！

杨再德说，为什么？

“顾问”说，挪挪你家祖坟，也许你会把官做大。

听说杨再德出事，杨家桥人纷纷从家里走出来，顶风冒雪像一行行蚂蚁寻过去，在石桥头洁白的雪地上聚集了黑压压的一大片。

“顾问”站在人群中哽咽着说，都怪我，要是强留下他，多好；或送他回去，我俩牵着走，跌下去，死，也好做个伴啊。

可只有漫天大雪在无声无息地飘落……

老板对我说过

崔　立

他进公司的第一天，老板把他叫过去。来自外地农村，漂泊在大都市的他，哪怕凭借着自己的努力考上了大学，又读了研，来到这个规模并不算太大的公司，心里还是慌慌的，没有底。

老板——圆圆的脸蛋，矮胖身材的中年男人从那张软塌塌的真皮椅上站了起来，来到了他的面前，就这么近距离地看着他。

老板说，你可是公司学历最高的人了。来这个公司，算委屈你了。

老板还顺势地拍了拍他的肩，说，你现在的职位，其实是与你的学历，你的能力完全不能匹配的，但你也知道，你刚来我就提拔你到高的位置，难免别人会有想法，你好好努力，我会想办法提拔你的……

他走出办公室时，老板对他讲的话仿如还在耳边，嗡嗡地作响。

老板给他安排的，是办公室副主任。

说是办公室副主任，说好听点，是副主任；说难听点，就是个写材料的。办公室一共四个人，主任老胡，他，财务兼人事小姚，还有司机大张。当然，他已经是足够满足了。

公司虽小，事儿却不少。

老板一个电话打过来，说，小李，你帮我写个材料吧，有关下周的一个招商推介会的。小李回说，好的，老板。

那个时间，已经是快要下班了。

他很认真地写着，先找相关的材料，再找老板以前讲过话的口吻，慢慢地摸索着。他先大致写了个框架，再集中去写。

晚上 10 点多，老胡陪老板去完一个饭局回来，看到他还在写。老胡吐着一口酒气，说，你，你怎么还没回去呢？

他说，哦，我马上，马上就好了。

他写到了快凌晨 12 点，才下班。

第二天早上，他准时上班，把材料放到了老板的桌上。

他很勤勉。

老板交代的材料，还有相关的文件，他都能保质保量地完成。

老板又夸了他几次。

夸得他有点不好意思，回到办公室，看到老胡，他的头就低着，不大敢吭声。

老胡看到他这个样儿，突然就笑了。

老胡说，你每天干得像牛一样，是不是老板给你承诺，会提拔你？

他愣了一下，想说不，却又有些不忍，说不，这不是他的性格。想了想，他还是郑重，又不好意思地点了点头。

他还解释，说，这，这不是我的真实想法啊，胡主任，你别误会。

老胡问小姚，又问了大张，说，你们说说，老板有没有说过要提拔你们？

小姚笑了。

大张也笑了。

他们俩几乎异口同声地说，当然有了，这老板的话儿，能信吗？

老胡说，老板还说要把公司都交给我呢？你们说说，我这个能当真吗？我要当真我就真傻了……

他一脸尴尬，好久没说出话儿。

这天后，他倒似乎并没什么影响，依然卖力地写着老板交代的材料任务。

老板的公司像一艘远洋的大轮船，在大海里漂着，突然就触了礁。

公司里的同事，一个个地像逃生的鱼儿，奔向自己想要去的方向。老胡跟了老板十三年，到这个时候，也跟不住了。这次是老板遭遇到的最大困境，几乎就是直接到了零。

只剩下他，还在老板的身边。

他说，老板，我不走，您说过要提拔我的。

老板乐了，说，我现在公司都没了，怎么提拔你啊。

他说，没关系，您现在没有，不表示将来也不会没有啊！

他不离不弃地跟随在老板的身边，开始白手起家的创业之路。他什么都做，也什么都肯做。

但这创业，是何其难啊。

努力了一年，两年，连老板都对自己失去信心了，对他说，你走吧，我以前，都是骗你的。

他说，我不信。

他说，我一定要等到你提拔我。

老板真是又好气又好笑。

老板几乎就是在他的助力下，东山再起的。

新公司成立的第一天，老板对着全公司的人，介绍着他，说，以后，小李，哦不，李总就是公司的二把手。我不在的时候，他的话儿就等同于我的话。

他端端正正地站着，带着满足的笑。

古　槐

宁春强

五爷家的街门口，有棵老槐。

槐已老死，仅剩下一人多高的树干。树干朝南的那面，枯成了一个酷似人形的树洞。就在去年冬，五爷还差点儿没把这老槐，劈了当柴烧。想想都后怕。假若真的劈了，烧了，哪里还有如今的念想啊！

五爷的念想，是盼望着城里“眼镜”的到来。眼镜已来过好多次了，还在五爷家吃过饭。眼镜开着一辆“轿子头”，整天到处乱窜，寻觅着他中意的物件。

眼镜第一次见到这棵老槐时，就像哥伦布发现了新大陆。他跳下车，一头扑了过来，毫不掩饰内心里的激动：“好，好，太神似了！”

正傍墙晒太阳的五爷，热切地迎上去：“进屋里喝口水吧。”生怕眼镜跑了似的。眼镜咳喘着说：“这是你家的树？”五爷说：“是的了。”眼镜用手敲敲树干：“有上百年了吧？”五爷眼睛一亮，很有些兴奋了：“我爷爷说，他出生时，就有这棵树。”眼镜揉搓着自己的手，问：“卖吗？”五爷一愣，一个破树干，还能卖钱？没等五爷回答，眼镜接了个电话。匆匆离去前，眼镜叮嘱五爷：“给我留着哈，等两天我再过来！”

望着远去的轿子头，五爷乐了。往后的日子可算是有盼头了——盼望着眼镜的到来。有盼头的日子，那才是真正的日子呢。

这几年，因建大型石化基地，石门村的许多住户，逐渐被动迁了。五爷家与另外三户，位于村东南，恰好在规划线之外，成了无人问津的孤岛。五爷的老伴在城里给女儿看孩子，儿子在南方打工，家里只剩下他一个人了。女儿也曾劝他进城，可他死活不肯。城里人拉尿都在屋里，五爷不习惯，相当地不习惯。

之后，眼镜每隔些日子，就会来一趟。且不空着手，要么是酒，要么是水果。当然是来看树，眼镜仿佛对这老槐，有着难以割舍的情怀。

眼镜又来了。停好了轿子头，眼镜走向五爷，直奔主题：“老乡，这树你到底多少钱肯出手啊？”五爷像以前一样，依旧不说卖还是不卖。“不急，不急。中午在我家吃小鸡炖粉条吧，好不好？”眼镜连咳了好几声，问：“那吃完了饭，可以谈树的价格了？”五爷笑了。眼镜也笑：“那我先去趟乡里。”

五爷乐颠颠地开始了忙活。待眼镜领着乡文化站长再次赶回来时，农家小院里已充盈着炖鸡肉的芳香。

喝的是眼镜带来的龙泉老窖。酒过三巡后，站长说：“五爷，假如人家不是搞根雕艺术的，谁肯给你两千元买个枯树干啊？这是天上掉馅饼的好事嘛！”

五爷依旧是笑，不语。

“咋的，嫌少？”站长盯着五爷，“你想趁机敲竹杠不成？”

五爷摇头：“莫说两千，就是两百也不少。这破树墩子，不值什么钱。”

只喝白开水的眼镜欠起身来，一脸的灿烂：“那你是同意卖了？”

“不是钱的事。”五爷想，树在，惦念它的人就会常来；有人来，日子才是日子嘛。

“那是什么？”站长不解。

“念想。”五爷说。

“你这头倔驴！”站长丢下了筷子。

“理解。”眼镜说，“我给你留个电话吧，如果哪天你想通了，可随时打电话给我。”

“这样好，这样好。”五爷急忙接下眼镜递过来的名片。

可是之后，五爷再也没能等到眼镜的到来。眼镜像风一样刮过，了无踪影了。好在依旧有等待的念想，日子还算充实。至少比没见到眼镜前，要滋润多了。五爷时常会把眼镜的名片拿出来，仔细地端详，思忖着可不可以给他打个电话呀？五爷有部手机，是女儿淘汰的。五爷又想，还是别叨扰人家了，要来的话，他自然会来的。

果然来了。距离上次足有半年多，轿子头再次停在了院门口。只是从车上走下来的不是眼镜，而是一个很年轻的卷毛。卷毛站在老槐前，问：“你家的树？”五爷点点头：“他——咋没有来？”五爷总也记不住眼镜名片上的名字。

“去世了。我以为是什么好东西，临终前非逼我承诺能来一趟。”卷毛很有些不屑一顾了，“他让我们无论如何要保护好这个破树墩子，我是无能为力了。”

卷毛从衣兜里掏出一沓钞票，“那就有劳你老人家了。”

五爷没有接钱。他着实有些不喜欢这个卷毛，遂摆摆手：“你忙你的吧。”

轿子头绝尘而去。五爷不相信眼镜真的不在了，就掏出手机，对着名片上的号码，打了过去。

忙音。还是忙音。五爷呆愣了一会儿，再次打开手机，费了好长的工夫，给对方发去一条短信：树给你留着，不要钱的，等你来。

日头悬着，很亮，很灿。

老根的野鸭滩

孟宪岐

永乐江在渡口乡渡口村拐了个小弯弯，留下一片沙滩和一个不大不小的水泊，而后南去。这片沙滩，就是野鸭滩，那片水泊，就是野鸭潭。

二者皆因野鸭而得名。

过去，永乐江水清清，那野鸭子成群结队，在水里游，在沙滩玩，在旁边的芦苇丛里下蛋孵小鸭。

野鸭潭里鱼虾数不清，那可是野鸭子的极好食物。

后来，那芦苇丛被刨掉，种了玉米。

那永乐江水越来越浑了。小鱼小虾几乎绝种。

江水被污染，是因为上游建了一家造纸厂。

野鸭滩没了野鸭子。野鸭潭没了野鸭子。

再后来，就是分田到户了。老根就分到了野鸭滩旁边的几亩地。

刚开始退耕还林时，老根找到村主任："我不想还林，我想还芦苇。"

村主任说："这事我做不了主。你问问乡里吧。"

老根觉得乡长一定能做主，就去找乡长。

老根问："乡长，我不想退耕还林，我想退耕还芦苇。"

乡长就乐了："啥？还芦苇？没听说过。上级也没这个精神。"

老根说："过去我家那块地就是芦苇滩。这回我要栽芦苇。"

乡长奇怪："栽芦苇？栽芦苇做什么？"

老根："给野鸭子做窝呀？"

老根就跟乡长说："呵呵，我小时候，那芦苇滩住满了野鸭子，我曾经在春天捡了一筐野鸭蛋。那会儿山清水秀，野鸭子那叫多啊。我跟那些野鸭子熟了，它们就跟家养的鸭子一样，一点也不怕我。有一回我躺在芦苇滩上，竟有两只野鸭子想在我头上做窝呢。我一动，它们才惊惶地飞走了。"

乡长听着挺有趣。

老根还说："乡长，眼见这几年山上绿了，河水也清了，我琢磨着那些野鸭子也该飞回来了。它们飞回来，没有窝咋行啊？"

乡长明白了老根的意思。乡长有点小感动，老根这人对那些野鸭子都有情有义的，是个好人。

乡长就说："地是你家的承包田，你想咋办就咋办。只是，没有补助的。咱们没有退耕还林，不能往上申报，不能糊弄国家的。"

老根高兴地说："乡长，有你这句话就成。给不给补助没关系！"

一开春，老根就开始栽芦苇。他花了 200 多块钱，去外地买了一拖拉机芦苇根，还雇了二猴帮忙，栽了 10 多天。

第一年，芦苇一小片。来了几只野鸭子在芦苇丛里钻进钻出。

第二年，芦苇比原来又大了一片。几十只野鸭子在里面叽叽喳喳，在野鸭滩嬉戏，在野鸭潭游玩，捉小鱼，捉虾米。

野鸭潭里的小鱼小虾密密麻麻的。

第三年，那芦苇滩就更大了，郁郁葱葱。一面是淡黄的沙滩，一面是波光潋滟的野鸭潭，一面是翠绿的芦苇荡。

呵呵，老根坐在沙滩上，看天上云卷云舒，望江水滚滚东流，瞧芦苇滩绿浪翻滚，真是美极了！

有人见了这成群的肥肥的野鸭子，就动了心思。

二猴觉得跟老根一块儿栽过芦苇，就想弄几只野鸭子解解馋。

二猴问老根："老根哥，我想抓几只野鸭子吃。"

老根说："这可不行！犯法的。"

二猴说："大家都睁一只眼闭一只眼的，谁知道呀？"

老根说："你趁早死了这份心吧。这芦苇滩是我的，这野鸭滩是我的，野鸭潭也是我的，这野鸭子就更是我的了，谁也不许动野鸭子一根毛！"

二猴可不是一般人，他的鬼主意多着呐。明着来不行，干脆暗中动手！

白天老根在野鸭滩转悠，晚上就回去了。二猴就打着手电来捉野鸭子。

这事被老根知道了。老根直接就去森林公安分局报了警。结果，二猴被抓进拘留所，还罚了款。

二猴出来后，再也不敢打野鸭子的主意了。

有一回，省里来检查环境保护工作。乡长就把检查组领到了野鸭滩。

检查组的人来时，老根正在野鸭滩上晒太阳呢，他周围全是野鸭子又吵又闹。

这真是一幅人和大自然和谐共处的写意画啊！

检查组的人坐在岩石边上，微风拂来，芦苇滩像大海的波涛此起彼伏，野鸭潭清澈明亮，不时有小鱼越出水面，他们感到非常惬意。

乡长满面春风，向检查组的人汇报着情况。

检查组长兴奋地说："看看这江里的水，看看这沙滩上的鸟，再看看那芦苇滩，你们的工作还用汇报吗？我们应该给你们满分！"

乡长回去后，立即组织人力物力，在野鸭滩的边上盖起了一处小房子，供老根休息。

乡长对老根说："谢谢你为咱乡里争了光！"

老根说："我喜欢野鸭子，也喜欢这里的清净。"

如今，这野鸭滩可出名了，经常有人来参观。

一到周末，有许多城里人开着车来这里野炊。如果有人想靠近野鸭滩，老根就会告诉他们，不能打破野鸭子们平静的生活。

二舅是一盏灯

曹铁山

记得小时候，有天晚上在家门口玩耍时，忽然看见一只会行走的灯笼向我晃悠晃悠走来。

灯笼不大，桶状，好像一个西葫芦。灯笼离地面一尺多高，忽忽悠悠，不紧不慢。我知道灯笼自己是不会行走的，定是有人提着灯笼在行走。待灯笼到近前时，才发现原来是二舅一手点着盲杖，一手提着灯笼朝我家走来。我停止了玩耍，接过二舅手中的灯笼，牵着二舅手中的盲杖把二舅领到家里。

二舅可忙了，整天走东串西，靠一把三弦说书，靠一根笛子算命，据说收入颇丰，比心明眼亮的父亲还能挣钱。

二舅每次来我家都会住几天，不是他要住，是别人留他住。白天，常有人来找二舅偷偷算命，算一命五毛钱，谁都算得起。二舅算命有个特点，最后总会让人看到一线希望。有时也有人找二舅查订婚结婚的日子，查日子虽然不收钱，却要讨喜钱，喜钱多少没定数，所以来我家找二舅的人就多。到了晚上，二舅则更忙了，会被这个生产队请走，会被那个生产队请走，让二舅给说书。二舅消瘦，肚子不大，肚里却装着很多很多书。像岳飞的书、老杨家的书、老包的书，估计有一车书吧，好像一生都说不完。二舅说书当然不是白说，是包场，一晚上两块钱，由生产队支付。那时没有文化娱乐活动，除了那几部翻来覆去的电影，再无其他热闹。生产队长说说书是寓教于乐，名正言顺就能下账。还轮流管饭，把二舅最主要的吃饭问题也解决了。

虽然我还是个十四岁的孩童，却也是生产队半个劳动力了。我给生产队放牛，大人挣十分工，我挣七分工。因为有我挣工分了，我家从此也成余钱户了。可母亲却还是忧愁，忧愁我该是上学读书的年纪，却劳动了。

一天中午吃完饭，趁着没人来找二舅算命，母亲说二舅，给你外甥也算算吧，看看他将来命运如何。

因为二舅常上我家来，我辍学的事情和放牛挣工分的事情，还有平时喜欢看书的习惯二舅都有所耳闻。二舅向母亲要了我的生辰八字，双手十个指头一阵乱动，滴里嘟噜说了一大串子丑卯酉我听不懂的算命术语后，二舅说，从卦象上看，外甥的命运不赖呢，有官命呢。母亲就笑笑，你外甥是有官命，现在放牛呢，是牛倌儿。二舅就让母亲别打岔，说从卦象上看，外甥真的有官运呢。母亲说，将来那是当生产队长了？二舅说，生产队长不是官。母亲说，那是大队民兵连长啥的了？二舅龇牙笑了下说，比大队民兵连长官还大。母亲就惊讶，那就是公社干部啦，那就是吃“皇粮”啦？二舅说，从卦象上看，外甥将来就是吃“皇粮”的国家干部。

母亲就苦笑，若是将来能当公社干部，那敢情好，可是，公社一级干部都是有文化的，你外甥才小学四年级呀！二舅说，所以得继续念书呀！母亲叹息一声说，念不起呀！二舅说，念不起就自学，过去也有很多自学成才后来奔大前途的人呢，像凿壁偷光看书的，像囊萤映雪学文化的，最后都成了有才之人。二舅又把脸转向我说，外甥，你一定要争气呀！

二舅的话我记在了心里，我虽然退学了，虽然当牛倌儿放牛了，每天放牛时，却仍然背着书包，书包里装着四年级五年级六年级的语文课本，牛啃草时，我就啃书。我拼音基础好，课本里的生字都标有拼音。我记忆力也好，拼过两遍，就记在了心里。四年的放牛生涯中，我不但自学了初小、高小的语文课，还阅读了当时热门的《金光大道》《艳阳天》《欧阳海之歌》等几本大部头的长篇小说。再后来，一些禁书也逐渐开放了，我通读了《林海雪原》《苦菜花》《红岩》等战争题材的长篇巨著。其间，还借着“批《水浒》运动”，通读了《水浒传》。再后来，把《红楼梦》《三国演义》《西游记》都通读了个遍。当然是磕磕绊绊地读，老书都是竖排版、繁体字，我是借助字典读完的。

有了读书的基础，我竟不知天高地厚地写起小说来，写起散文和通讯报道来，还花八分钱的邮票寄了出去。有的短小说和通讯报道在地市报纸上登了出来，新闻稿在电台上播了出来，我竟成了当地的文化名人。

1983 年，全国各公社都成立文化站，我很荣幸被招入了，真的成了一名吃“皇粮”的公社干部了。

一天晚上，二舅又提着灯笼来到我家，母亲把我参加工作的消息当作喜讯说给了二舅，说二舅算卦算得真准！二舅高兴地说，不是他算得准，是外甥努力自学的结果。

我是很感激二舅的，是二舅给我心里点了一盏灯，我才暗下决心自学文化，自学成才参加了工作，成为人人羡慕的国家干部。

二舅在我家待了几天，走时我送二舅到村口。我把灯笼递到二舅手上时，向二舅问了一个问题，二舅，您走夜路打灯笼，您也看不到光亮呀。二舅笑笑说，我是看不见光亮，可是别人能看见光亮呀！我还是不解，别人看见光亮，对您有作用吗？二舅并不直接回答我，说，你已是个文化干部了，其中的奥妙，你自己慢慢琢磨吧。

二舅走远了。夜幕里，二舅提着一盏灯笼在夜路上闪烁。

寻找塔拉法

陈 炜

布泽带着年幼的儿子悄悄来到西罗王国西北部的海港齐沃勒。齐沃勒已经没落，就算在它的鼎盛时期，规模也不及王国最大海港泊拉多的十分之一。

住了两天最便宜的小旅店，布泽几乎花完了所有的零钱。就在他焦急的时候，一个小伙子来带他和儿子出去，到码头见一位大胡子。大胡子是拉艾博船长，小伙子是船长侄子兼助手费尔肯。

拉艾博船长望着布泽和他的儿子，说道："既然你们能找到我，就应该知道规矩，我一向是先收足钱再让人上船的，否则免谈。"

布泽说："能让我先看看船吗？"

船长和助手带着父子俩在落寞的码头上走了好一会儿，在角落里见到一艘看上去年久失修的帆船。

"这……"布泽说，"这船遇到风浪不会散架吗？"

"不会。"拉艾博船长说，"这条船已经运送了很多人。当然，你要是觉得不安全，可以选择回去，留着你的钱。"

"不不不，我怎么可能回去呢！"布泽掏出沉甸甸的钱袋递给船长，"我把所有的东西都卖了，故乡对我们来说已经不存在，只有塔拉法才是我们的出路。"

拉艾博接过钱袋，看也没看就放在随身的皮袋里，这个动作他已经做了许多次。"那好吧，现在就上船，等起风了就出发。"

船在海中航行两天后，遭遇浓雾，海浪越来越大，布泽开始忧虑。为了舒服一点，他大多时间躺在底舱的床上，但船体在风浪中的嘎吱声让他根本不能得到休息。

"爸爸，这船会不会散架呀？"儿子问道。

"别担心，不会的。"尽管布泽也是这么想，但他还是安慰着，"你没听船长说嘛，这条船已经运送了很多人。他是经验丰富的老船长，我们该信任他。"

儿子说："塔拉法究竟在哪里呀？我看船长也不是非常心里有数，两天里航向变了好多次。”

布泽说：“海上航行本来就不容易。你好好休息吧，说不定过两天我们就到那里了。”

儿子闭上眼，没多久就发出了鼾声。布泽想，毕竟是十几岁的孩子，虽然忧虑，但还能想睡就睡着。

一周前，布泽以很低的价格把房子和土地卖给了同村的铁匠。铁匠付钱的时候笑嘻嘻地看着布泽：“你要去塔拉法了？”

布泽很惊讶，他以为自己是村里唯一知道塔拉法的人。开春没多久，他去集镇上补锅，两个外乡人在小饭馆里悄悄说着什么。反正闲着没事，他偷偷听了一会儿，原来这两人是兄弟，逃离领主的地盘，打算到齐沃勒找一个船长，去一个叫塔拉法的海岛。

布泽听了好一会儿，弄不清塔拉法是什么样的地方，毕竟那兄弟俩说得太轻了。他好奇心大盛，拦住了走出小饭馆的兄弟俩：“你们这么逃亡可是犯法的，被抓就要坐大牢！”

兄弟俩吓得瑟瑟发抖。布泽说：“告诉我塔拉法是个什么地方，否则我要去告发。”

兄弟俩请布泽到了僻静处，说：“前些天，他们听说海上有个叫塔拉法的岛屿，土地广阔、气候适宜而人烟稀少，更没有领主，去的人可以得到大量土地并且不用交租交税，过上自由富足的日子。齐沃勒有个船长可以带人去那里，当然，要付不菲的船资。他们兄弟变卖了所有家当，正在去齐沃勒的路上。他们担心的是，这些钱也许不够船资。”

布泽也心动了，但怀疑兄弟俩在骗他。兄弟俩说，如果他们近期没从这里经过，那就是到了塔拉法。

布泽天天留意着这对兄弟是否折回来，好久也没等到。他跟儿子说了这事，儿子也心动了：“爸爸，到了塔拉法我们应该能过上好日子。”

直到铁匠提起，布泽才知道塔拉法的传说并不是那么鲜为人知。

难以入睡的布泽挣扎着起来，跌跌撞撞摸到驾驶舱。“船长，还有多久能到塔拉法？”

拉艾博皱着眉说："海况太差了，比预计的至少迟两天，也有可能不得不返航，等待下一个好天气。"

"啊？！"布泽半天说不出话来。

"别担心，如果要下一次出航，我不会另外收取费用。在这条航线上，我的名字就是信用。你放心吧。"船长说。

布泽放下心来，又跌跌撞撞摸回底舱。

费尔肯给父子俩送了面包和水，然后和几个船员一起调整船帆。天气渐渐转好，船终于回到了预定的航向。

回到驾驶舱，费尔肯接过船长递来的酒，舒心地畅饮起来。"亲爱的叔叔，这趟任务完成后，我要修整一段时间，或者说是另找出路。"

拉艾博很惊讶："你不想跟我干了？为什么？"

"不是不想，而是我觉得这条路差不多走到头了。"费尔肯说，"两年前我们发现塔拉法这个小岛时，上面没有一个人。我们无意中提及，却让几个潦倒失意的人有了梦想之地。于是我们就悄悄散布这个消息，靠带人去塔拉法赚大钱。现在塔拉法的人已经够多了，当然我们必须另找出路。"

拉艾博笑道："如果塔拉法再多一倍的人，他们的生活会比原来在王国里更差吗？"

"呃……"费尔肯顿了顿，"那还真不见得。"

"还有，就算塔拉法最终令后来去的人失望了，我们就没有其他办法了吗？"拉艾博说，"也许，我们还可以在海上再寻找到另一个塔拉法。"

"这太难了，上次找到塔拉法纯属意外。"费尔肯说。

拉艾博又笑了："但是，我们可以让人相信，那就是另一个塔拉法。"

上海爷叔

戴 涛

这是上海远郊的一个古镇，虽然冠以上海市某某镇之名，可镇上人并不觉得自己是上海人，而且其风土人情更是与曾是十里洋场的市区相去甚远。到了二十世纪八十年代，原来黑白素描的古镇开始有了些色彩，到了二十世纪九十年代，镇上也想搞些大手笔。于是决定上房地产项目，先在镇子东头建造了一批别墅，房子盖好了，却发觉没人来买，无奈之下，镇上带着开发商上市里去吆喝。

还真有些市里人被吆喝来了，上海爷叔便是其中一个，他是第一个签下购房合同的人，为此镇上还向他颁发了一张 001 号的荣誉镇民证书。上海爷叔还真对得起这张证书，别的市里人拿了房子便一关了之，可上海爷叔是实实在在住了进去。从此，每到周末的早晨，镇上人可以看到上海爷叔从别墅里出来，他手上牵着一条狗，沿着镇子散步，见了人，便点头微笑，然后用上海话亲热地说一句，侬好。镇上人不知该怎样称呼他，有一位早些年在上海待过的人告诉大家，上海欢喜叫爷叔，也就是叔叔的意思。于是，镇上人见了他便统一叫一声上海爷叔。

上海爷叔老清早牵着狗溜达，狗自然免不了要拉屎，上海爷叔一旦发现狗有这方面的意思，便动作极其迅速地掏出旧报纸铺到地上，还要在报纸的背后垫上一张塑料纸，等狗狗完事了，他将纸包好，放进手上拎的袋子里。当时镇上谁家的狗不是随地大小便的，所以上海爷叔的这一举动看呆了镇上人。镇上人先是吃惊好奇，然后也有人开始学上海爷叔了，几年后镇上被评为卫生先进镇，还真有上海爷叔的一份功劳。

上海爷叔早上带着狗绕着镇子走上一圈后，便走进一家点心店，进店前，他将狗拴在店外一棵柳树上。

坐下后，点了一个大饼一根油条一碗咸豆浆，店家要给他一次性筷子和纸巾，他说不用，他带了筷子和手帕。吃好，起身将坐的椅子塞进桌子底下，然后牵着他的狗上农贸市场。

在市场里，上海爷叔的买菜风格又让人议论纷纷，他好像挺喜欢吃鱼，可他每次买的都是“猫鱼”，镇上人将那种在野河浜里捉来的，重不过一两的小鱼统称为“猫鱼”，意为给猫吃的鱼。许多人不理解，你别墅都买得起，鱼就吃不起吗？一次，上海爷叔又要了两斤“猫鱼”，卖鱼的说，涨价了，十块一斤。原来的行情一直是“猫鱼”三块，鱼塘里的大鲫鱼十块，上海爷叔二话没说就掏出了二十块。卖鱼的笑了，说，还是三块，我跟你开玩笑的。

过了一段时间，镇上请上海爷叔去共商镇事，上海爷叔说，我没什么大的主意，不过有个想法，希望能得到镇上的支持。不久，镇上开了第一家咖啡店，叫上海爷叔咖啡店，紧挨着咖啡店又开了一家点心店，名叫上海爷叔点心店。

镇上人对上海爷叔的为人是极其认可的，可对他开这两家店却有点不以为然。这镇上自古就是茶馆的生意好，哪儿听说喜欢喝咖啡的？再说，一边西式糕点，一边中式点心，这不是自家人跟自家人打架吗？

就在众人怀疑的目光下，一些经不住咖啡香味诱惑的人走进了咖啡店。另一些追求健康的人走进了点心店，因为上海爷叔点心店炸油条的油是每天要更换的。再后来，在咖啡店里喝着咖啡吃着面包的，鼻子里却闻到了炸油条烘大饼的香味，而在点心店吃着油条喝着豆浆的，鼻子里全是咖啡面包的味。于是昨天喝咖啡的，今天跑来喝豆浆了，今天吃着油条的，明天又想去啃面包了。

食客在上海爷叔的两家店里轮流转，形成了镇上的一道风景。上海爷叔的生意自然是越来越好，好得他不得不将两家店分别扩大了门面。后来镇上召开民营企业的座谈会，邀请他去做经验介绍，上海爷叔竭力推辞，可硬是没推掉。

在座谈会上，他的开场白是这样说的，虽然我是一个地地道道的上海人，可我的老祖宗在安徽，上海人其实是五湖四海的人。所以在我的意识里，咖啡和豆浆是可以融合的，面包是可以夹油条的。

担 当

刘 公

刘县长到任刚一个月，就收到了犄角村村民联名写给他的信，信上说：“县长再忙，也要到犄角村来看看，给我们老村长冯红根家扶扶贫吧。”信末有 42 家户主的红色手印，刘县长问乡村振兴局方局长：“不是说全县都脱贫了吗？难道犄角村脱贫有假吗？”

“不会呀！我们是严格按照国家的脱贫标准验收的。”方局长说。

“走，去犄角村看看。”刘县长带着方局长出发了。

犄角村是全县最西端的一个村，在大山深处，42 户人家分驻 3 个点，也就是 3 个自然村民小组。刘县长不让打扰乡政府，一路让司机导航，才找到村长冯红根所在的小组。这小组位于半山腰，12 户的房屋连成一片，除冯红根家还是几十年前的土瓦房外，其他的都是砖墙楼板房。其他家庭都脱贫了，难道冯红根的身体有毛病吗？

果不其然，冯红根的身体就是有毛病。走进冯红根家，一股浓烈的中药味扑鼻而来，家里的柜子和桌椅，都是二十世纪七八十年代的老式家具。唯一的家用电器，就是一台大屁股电视机。冯红根倚靠在病床上，一声接一声地咳嗽着，虽说他的脸庞有些消瘦，但一双眼睛依然炯炯有神。见刘县长一行进屋，他连忙起身相迎，刘县长拉着他坐到了床沿。

“老冯啊！病了，为啥不去医院呢？”刘县长关切地问。

“唉——”冯红根深深地叹了口气，欲言又止。

“不怕刘县长笑话，我们家没钱看病啊！”见冯红根不便坦言，老伴抹着泪水凄凄地说。

“这些年你们辛辛苦苦，除了吃喝，就没攒下点钱？”刘县长拉着冯红根的手问道。

“多少也攒了些，都用到该用的地方了。”冯红根说。

“县长，老村长为了我们大伙儿，富了全村人，穷了他一个啊！”一个上了年纪的大爷拄着拐杖，一瘸一拐地走进来说。

听说县长来了，村民们陆陆续续都来到了老村长家的院落里。

“县长啊，我家的养猪场，是老村长出钱帮忙买母猪，才一步一步发展到今天，有 80 多头的规模了。”一个壮年男大着嗓子说。

“县长啊，我家的茶园，是老村长出钱帮着买茶苗，种了半坡，现在正是收茶的时节，等会县长去看看。”一个戴着草帽的中年妇女流着汗说。

“县长，我家的奶牛，是老村长带着我从山外 100 多里地的鸿翔奶牛场买回来的，现在每天产奶 260 多斤，都有客户上门来拉。”一个 50 多岁的男人大着嗓子说。

“县长，我家的板栗园，开始没有种植经验，生虫死苗，我们两口子急得团团转，是老村长专程从河北迁安请来的技术员，才种植成功的。现在每年收入 3 万多元。”一个抱着小女孩的妇女说。

“县长,我……我的儿子考上大学没钱报名,老村长把箱子底的3000元给……给了我，让我解了燃眉之……之急。现在我的儿子在省城开公司，买了房买……买了车。”一个有点结巴的男人说。

“县长……”

“县长……”

……

“县长，老村长是我们全村的大恩人啊！”村副主任黄新说。

“县长，您一定要救救我们的老村长啊！”最后这个请求，村民们几乎是异口同声。

“好、好！现在我就把冯红根村主任带到县医院去看病，请大家放心。”刘县长的话一落音，村民们立马鼓起了掌。

几天后，县医院传来消息，说老村长已是肺癌晚期，时日不多了。村民们都不相信，好人应该一生平安啊？！

村副主任黄新代表村里去看望，并带去 28032 元村民们自发的捐款，冯红根按住黄新的手，坚决不收钱，反复叮嘱黄新：“大伙儿的心意，我领了，我在这看病县里出钱，回去了你跟大伙儿说我的身体不碍事，最多半个月就出院了，让大伙儿不要惦记。”

大伙儿就等，谁知等了半个月，等来的是老村长去世的噩耗。

在老村长的灵堂上，全村老少披麻戴孝，自愿地为老村长守灵。出殡前，刘县长带着县上五大班子的领导来给老村长送花圈，送别仪式简单而隆重。

当主持人喊道“起灵——”时，全村人哭成一片。这样庄重的葬礼仪式，犄角村有史以来还是第一次。

老村长的墓碑上刻着鲜红的大字：抗美援朝一级战斗英雄，犄角村党支部书记——冯红根。

看到墓碑，村民们才知道老村长上过抗美援朝前线。

车马辚辚

揭方晓

黑瓦、青砖、淡黄的木板，向四方温柔地延展，又向空中爆裂般绽开，堆积木般成一幢大宅子。何挺之是这一厅八房的大宅子唯一的住户。不过，他不同意这种说法，他说自己并不孤独，陪他一起住这儿的，还有神龛上那一溜亲人。

“神龛上的也算？”邻居赵不破哈哈大笑。

这笑声，调侃的成分多些，当然，更多的是怜惜。在赵不破看来，何挺之还能挺直腰杆，照常生起烟火，简直就是奇迹。毕竟这幢大宅子，这些年隔三岔五就素雪漫天一回，天地之悲、心肺之痛，如锣鼓，似唢呐，铺天盖地。

何挺之家也算一方望族，父母小有资产，集全家之力，盖了这幢大宅子，供自己及七个儿子居住。后来，七个儿子除何挺之外，做官的做官，经商的经商，都离开了这幢大宅子，在外面偌大的江湖里呼风唤雨，风光着呢。何挺之年纪最小，他说也该自己守着这份家业，实在不宜远游。赵不破忍不住笑话他：“莫说那些漂亮话，主要是你没啥本事，翻不动书，又拨不动算盘，只抡得动锹锄这样的粗劣之器。”

赵不破粗通文墨，说话有时文绉绉的，显得更是气人。

何挺之不服气，涨得满脸通红，却半天吐不出一个字，悻悻而去。

何挺之父母怎么去世的，时间过于久远，赵不破记不得了，但他却记得何挺之大哥去世时的情景。那天，一辆马车“吭哧吭哧”喘着粗气，倏地停在大宅子前，何挺之大哥被人小心翼翼地抬进了大宅子。不久，大宅子里就传出了惊天动地的痛哭声、哀号声。随后，大宅子素雪漫天：临时搭建的灵棚上，三根丧幡迎风招展。其中，最大的那根叫下马幡，意为前来吊丧的人看见它就得下车、下马，以示恭敬。右边那根是整仪幡，来者见幡整仪，即把身上戴的饰品拿下来，把妆卸了，以素净之身准备戴孝。左边的那根是落泪幡，看见它就要哭出声来，以此为信，方便门口的鼓乐通知守孝人准备行礼。

当然，大哥为官清正，又不喜麻烦，去世时按其遗愿，这套丧礼简化了不少，即便有，也大都只是意思意思，点到就行。可由于大哥不一样的身份，礼仪再简化，再点到为止，还是有板有眼，热闹中带着特别的庄重，仪式感非常强烈。

过了几年，一顶八抬大轿悄无声息地将何挺之的二哥送了回来。提前接到书信的何挺之，早就将二哥的房间打扫干净，破旧的梨花大床上，铺上了崭新的被褥。那排大厨房里，几口硕大的铁锅刷洗了四五遍，随时可以烧火做饭。进得大宅子，只抽袋烟工夫，二哥就咽了气，成为大宅子里又一永远的住户。

鉴于二哥在商界的地位，其丧事极其铺张：灵堂里，高及人头的蜡烛密密麻麻，无力地吐着惨白的火花；一圈又一圈的花圈、挽联，塞得灵堂满满当当，几无落脚之地；红色的礼被，车载马拉，房间里都快装不下了；鞭炮声响了一阵又一阵，沉闷中透着哀伤；唢呐声愣是不停不歇，悲鸣了几天几夜……

后来，赵不破经过细心观察、缜密推理，得出一结论，那就是只要何挺之在打扫大宅子里闲置的房间、洗刷闲置不用的大铁锅，准有一个何家兄弟被车马送回大宅子，一两天，甚至一两个时辰后，大宅子就得高挂丧幡，凄凉的唢呐声就得呜咽好一阵子。

车马辚辚，不快，亦不慢。数十年时间里，曾经烟火鼎盛、人流如川的这幢大宅子，何家兄弟忽来忽往，如今就只剩下何挺之了。赵不破怜他孤独，可他说自己并不孤独，陪他一起住这儿的，还有神龛上那一溜亲人。

“神龛上的也算？”赵不破哈哈大笑。

何挺之也笑了，无拘无束地笑着。只是，回到自己的房间，掩好房门，脸上的笑容还未来得及退去，瞬间就泪飞如雨。可出得门来，伴随日升日落，又照常渔耕不辍，好似时光早就静止，不曾来，不曾往；不曾生，不曾死。

那天，赵不破喊何挺之喝酒。几杯酒下肚，两人都脸红脖子粗。赵不破骄傲地说，这酒怎么越喝越淡？话里话外，是说自己酒量好，何挺之不能比。何挺之却微笑着说，这酒啊，却是越喝越浓。言语间，无风，无雨；无春，无秋。

落　网

顾文显

那堆亮闪闪的葵花籽晾晒在小窗前，王兵的双眼立刻就给粘住了，腿想挪开，可不听使唤，不要脸的肠胃夸张地咕噜，鼓励他把那些瓜子连壳一起嚼碎了吞下去！

此时王兵隐在树林边缘的灌木丛里。他在树林中没头苍蝇似的瞎跑，一个星期还是6天、8天？他自己也记不清了。

绝好的机会，错过可能再也遇不到了。小屯子也就七八户人家，住得还零散。他盯准的这间小破窑洞，背靠他所在的树林，能得手更好，实在不成，撤退也容易得多。

杀人前，王兵胆气极壮，人生谁无死，梆的一枪，完事。可背上命案每平安逃脱一天，他胆子反而小了一截，万一被抓住，那逃窜的成果岂不毁于一旦。

抢到的钱不敢存入银行，扎成两长捆缠在腰间，子弹袋一样。大雨一浇，湿了干干了湿，害得肉皮刺痒刺痒，手机倒是带在身上，不知道淋坏没有，想验看，却不敢开机，如今的高科技，你这边开机，他那边可能立即锁定方向，大意不得！

他妈的高科技！

公安局肯定悬赏了。王兵猜，自己这颗脑袋值多少钱呢？这念头一冒出，立即被他慌乱地掐灭，呸呸呸，老子这颗脑袋无价，想看一眼，累死你们！

王兵走出树林。

小土窑前面的小窄院坐着个汉子，拿木棍正敲打着葵花盘，黑色的瓜子儿纷纷跳落到摊在地上的破床单上。王兵才知道，葵花籽是这样从盘上打落的。

汉子抬头好奇地端详着他。王兵知道自己这样子一定狼狈得不行，脸上却镇定地打招呼，大哥，我是旅游爱好者，迷了路。能给碗水喝吗，要是赏碗饭吃，那就更感激不尽了。

汉子身边养只小狗，睁开眼冲王兵“呜”了半声，被汉子拍拍脑袋，立即安静下来，只是敌视地看着这位不速之客。

汉子拍拍双手，站起来。喝水，吃饭小事，喝酒也现成，我这里十天半个月也见不着个客人影儿。进屋吧。

汉子拉开小破门，王兵跟着进入窑内。进门是锅灶，整得脏兮兮的，看来是光棍屋，没人收拾。光棍再好不过了，没这么理想的。汗臭脚臭以及一些说不清的气味钻入王兵的鼻孔，他感到亲切无比，这窑洞就一个活人。

大哥，您就一个人过啊。

哪是。主人叹口气，三口呢。你看我这条腿，废了，老婆就带着孩子跑了。现在可不就剩我一个啦，不对，还有这条狗。王兵适应了室内的光线，细看，那汉子另半条腿上绑截木棍，像踩跷，行动起来相当困难。

残联来过了，下礼拜安假肢，不花钱。政府真好。汉子喃喃地说道。

询问过这地方归哪个省，王兵不由倒抽一口冷气。逃了七八天，他以为咋的也该进关了，没想到还在本省转悠！

主人一瘸一拐地抱柴火，掼在灶前。大兄弟，脱鞋上炕歇着，我弄几个菜，晌午痛痛快快地喝点儿。你那鞋里面都打滑了，刷下吧，俩小时就干。

王兵的臭鞋确实打滑了，但他不敢刷。炕南端有小窗，能推开。他脱下让露水打湿的鞋，放在窗台，晒干也少遭些罪。汉子用破塑料盆端来半盆凉水，让他洗脚。逃窜这几天，好不容易碰上一条小溪，这是第二次洗脚，简直要舒服死了！

王兵不能坐在炕上等酒菜。万一有情况，这小屋真逃不掉。他对主人说，我闲着也是闲着，帮你打葵花吧。不由主人阻拦，用脚跟踮到院子，学着汉子的样子，敲打起葵花盘。他端详着汉子的劳动工具：这是一柄折断的镰刀把，万一有突发情况，还能当自卫武器，加上贴“子弹袋”捆绑的刀子，两件了。这位置也不能再理想，出现危机，他回身抓起鞋子蹿上窗外右边小土坡，用不了一分钟就钻入树林……

王兵叹了口气。他这人干东干西最不该起意杀人。这下弄得举步维艰、草木皆兵了，他能保证逃到边境，能逃到那个传说中三不管的国家吗？

王兵敲打出一堆空葵花盘，汉子菜也炒好了，端到了小炕桌上。他再次拍打着并无灰尘的手，大兄弟，你洗洗手上炕吧，我去前面小店拿瓶酒。

有小店！王兵眼前一亮。大哥，小店都卖啥吃的？

这穷山沟能有啥。汉子十分自卑，饼干、方便面，还有罐头，过期了都没人买，再说啦，都没钱。

王兵贴身兜里有五张百元纸币，被雨水泡软又靠体温烘干，反复过好几回。他摸出两张，大哥，今天我请您。要是有方便面饼干啥的，多买。

汉子两只眼瞪得跟牛卵大，伸手哆嗦着接过钞票，丢下俩字“稍等”，转身一瘸一拐地晃出王兵的视线。

王兵盘算着，酒可不敢喝大，尽管他特别渴望喝他个四脚朝天，躺在这气味不佳的小炕上睡他三天三宿。但脚不踏在境外的土地上，心是定不下来，一个背负命案的人。

感觉等得太久太久，坡下才出现汉子摇晃的身影，不是一个，是七八个，手中还拿着农具！王兵一个高蹦起来直奔鞋子，然而此时，伏在荫凉下的那条狗箭一般窜出，叼走了他的一只鞋！

汉子拿块木墩让五花大绑的王兵坐，又端过酒菜，让他先吃饱喝足。兄弟，别怪大哥，公安赏钱二十万呢，成全谁不是成全。来，这酒是大哥谢你的，两百元一分没动，还你。

马　事

李德霞

一个深秋的早晨，我们一家人正在吃饭，大哥拎着个马笼头，一瘸一拐地走了进来。

父亲说：“咋？黑草马跑了？”

从草原上买来的马，我们都叫草马，黑马就叫黑草马。

大哥一脸沮丧地点点头。

父亲说：“草枯了，草马就会跑，你咋不当心呢？”

大哥说：“昨天中午我牵马去饮水，看见井台边有好多匹马，都没戴笼头。我想，黑草马买回来有半年多了，天天拴着，怪可怜的，我就解下了笼头，想给它半天自由。我也想过它会跑，还专门给它戴上顺腿绊，可它还是跑了。”

大哥的黑草马是开春时买回来的。本来，大哥家有头黑犍牛，去年冬天崴了前腿，成了瘸腿牛。庄户人家，种地没有耕畜不行。大哥大嫂一合计，卖了瘸牛，又跟当老师的二哥借了二百块钱，然后到草原买回了一匹黑草马。那是分田到户的第三年，常有人家到草原买牛买马。草马生在草原，长在草原，草原的辽阔和粗犷，造就了草马十足的野性。草马调教不好，是很难驾驭的。为了调教黑草马，大哥送给村里马大鞭子两条烟两瓶酒。几天后，黑草马就被驯服了，规规矩矩地被大哥牵进马圈里。

父亲放下筷子，问大哥：“你知道黑草马往哪个方向跑了吗？”

大哥说：“有人看见了，黑草马出了村，一路北上，往北边去了。”

“那就是回草原了。”“不可能吧？二百多里地呢，还戴着绊，能回去吗？不敢想啊。”

“咱们想不到的事多着呢。”大哥听了，不吱声了。

父亲对正在扒饭的二哥说：“黑草马是你跟你大哥去买的，你骑摩托带你大哥去趟草原，就去老胡的营盘上吧。”

老胡是牧民，大哥的黑草马就是从他那里买的。

二哥抹抹嘴巴说："好，这就去。"大哥二哥穿戴整齐，骑着摩托车，一路向北驰骋。

快晌午的时候，大哥二哥来到了老胡的营盘上。老胡备好马鞍，正要出去遛马，听大哥二哥说明来意后，说："我这就把马群吆回来，提前饮水，你们哥俩到水井边等着吧。"

老胡翻身上马，策马驰骋，很快消失在草原深处。

大约半个时辰后，就见远远的天边翻滚起一团黑云，朝水井边滚滚而来，那是老胡的马群。

大哥二哥站在水井边，不安地抻脖子张望。马群近了，有的马已经跑到水槽边，低头吱吱地喝开了水。

老胡快马加鞭，把所有的马都赶到水井附近。大哥早就看到他的黑草马了。他还看到，黑草马的身边，紧跟着一匹半大的黑马驹。大哥再细看，黑草马的腿上，还戴着绊。它是怎么跑回来的呢？那一刻，大哥的心，像被什么戳了一下。

黑草马机警地靠近水槽，想喝水。老胡一抖套马杆，一拍胯下马，直奔黑草马而去。黑草马见势不妙，转身就跑，脖子却被老胡的套马杆牢牢套住。老胡下了马，从大哥手里接过笼头，戴在黑草马的头上，然后把缰绳交给大哥。老胡说："回去看紧点，别让它再跑回来了。"

大哥拉着马就走，黑草马一步一回头。那匹黑马驹不顾老胡的阻拦，奋蹄追上了黑草马，绕着黑草马的身前身后撒欢儿。黑草马咴儿咴儿地叫，黑马驹也咴儿咴儿地叫。

二哥问老胡："黑马驹跟黑草马是母子吧？"老胡说："是母子。黑马驹是黑草马前年生的，三岁口。"

大哥的心，再次被戳了一下。这时，马群已渐行渐远。

老胡重新上马，脚镫一撞马肚，箭一样射向黑马驹。马到，套马杆到，被套牢脖颈的黑马驹拼命挣扎，终因力不能支，扑通一声摔倒在地。黑草马回头看着黑马驹，前蹄刨地，咴儿咴儿的一声长嘶，响彻云霄。

那一刻，大哥突然泪流满面，握缰绳的手慢慢松开。

大哥二哥是第二天从草原返回来的。

大哥牵着黑草马，黑草马的身后，紧跟着那匹三岁口的黑马驹。

进门，父亲问：“一匹马，咋成了两匹？”二哥说：“老胡知道大哥的身世后，非要把黑马驹也送给大哥。他说黑草马有黑马驹伴着，就再也不会跑了。”

对了，大哥从小患小儿麻痹症，是个弃儿，三岁那年被父亲从路上捡回来，做了我们的大哥……

数羊或者数星星

曹隆鑫

你开始数羊……

那会儿你跟她说，我睡不着的时候就数星星。她很诧异，说，数什么星星？要数羊。为了让你确信数羊的权威性，她又郑重加了一句：大家都是数着羊过来的。

你也曾数过羊，可是不管用，改数星星：一颗星，两颗星，三颗星……结果，你很顺利地就睡着了。

你说给她听，她似信非信。

其实，她不信很正常。虽然你们很早以前就是青梅竹马了，也仅止于青梅竹马而已。

后来，两天都没有她的消息，你为此数了两个晚上的星星，你数星星时，她又浮现在你眼前。

手机“嘀”了一声。

你戴上老花镜，见是她发过来的语音消息：数星星真管用吗？

她还记着数星星，你很高兴，赶紧对着手机，可是舌头一卷，说出来的却是：你先数羊试试。

大家都说数羊，她也说数羊，你在她面前总有那么一点不自信。

她说，数羊好像不管用。

你这才真正高兴起来，说，那你就数星星呗。

她说，好的。

你以为她开始在数星星了，你关了灯，对着漆黑的天花板，也一颗两颗地数起来。

手机又“嘀”了一声。你赶紧开灯查看，是她在问你：这几天，你数星星了吗？

为了在她面前证明数星星的正确性，你中气很足地说，我天天数星星，很管用的。

她说，是真的呀？

她好像有点相信你的话了。

你说，真的，我数一会儿星星就睡着了。

过了一会儿，她又发过来一条语音消息：是睁着眼睛数好，还是闭着眼睛数好？

这个你倒是没有留意，好像是睁着眼睛数，也好像是闭着眼睛数……你这样模棱两可地跟她说，倒惹她急起来，说，到底要怎样数？

你想了一下，说，这样吧，开始数星星时，你先睁着眼睛数，待数到一半，你再闭上眼睛数。

她说，那好吧，谢谢你呀。

你赶紧说，不要和我这样客气。

她说，明天请你吃早点好不好？

你说，明天是个好天气，好。

她说，反正都醒来得早，我们六点在温州米线店见。

温州米线店离你近，慢慢地走过去，七八分钟就够了，她却要乘九站路的公交车。

你对她说，你可以晚一点慢慢地过来。

过了很长一会儿，你以为这回她肯定在数星星了，你也准备开始数星星，突然她又蹦出一条语音消息来：我要送你一件礼物。

她要送你礼物，你很惊讶，又有点高兴。你想，我应该也要送她一件礼物，该送她什么好呢？

有了，就送她一柄手杖，手杖的手把上再雕一只小猪，你是属猪的，你希望那只小猪每天都能陪伴着她。

然后你又猜：她会送我什么礼物呢？

你猜呀猜呀，还是跟年轻时候一个德行，一点都沉不住气。到了后半夜，你骂了一会儿自己，破例没有数星星，竟也迷迷糊糊地睡着了。

醒来的时候，六点早过了。你拿起手机，上面有好几条语音消息，还有两个未接电话，都是她的。

你赶紧给她打过去，是忙音。

你匆匆擦了一把脸，就往外赶。

你在温州米线店没有看见她。店老板说，那位奶奶呀，来过，又走了。

她是生气走了吗?

你刚要离开温州米线店，店老板拿过来一柄酒红色手杖，说是她落下的，让你帮忙带给她。

这是一柄崭新的酒红色手杖。你从没见她拄过手杖，她跟你说要送你礼物，难道就是这柄手杖？咦，手杖的握把上还系着一个米老鼠挂件呢。她比你小一岁，她是属鼠的。她的意思，是不是要你每天都和她在一起？看着可爱的米老鼠挂件，你赶紧掏出手机又给她打电话，还是忙音。

你问店老板，电话怎么老是打不通?

店老板接过你的手机听了听，说，有可能是对方正在跟别人打电话。

她平时话不多，跟你最多说个七八分钟，都过去半个小时了，电话那头是什么人在跟她如此腻腻歪歪着呢?

你叹了一口气。

店老板想了想，说，有可能是她忘记把手机通话关掉了，这样也会一直打不进去。

店老板突然又说，大清早雾蒙蒙的，我见老奶奶走路都不稳，又把手杖落下了，她不会有事吧?

你紧张起来，赶紧往外走。

店老板在你身后喊，老爷爷，你别着急，慢慢走。

你哪里还能慢得下来。

可是，该往哪里走？先去她家？还是先回到自己的家去看看？你举棋不定。

这时，手机响了，你接了，刚问了声是谁，电话里一个很着急的声音，说，老奶奶摔倒了，现在在医院里，你快过来。

真该早早地就送你一柄手杖啊！你这样跟她说时，她刚还笑眯眯着，突然生了气，说，我不要什么手杖！她的眼睛紧紧地盯着你，就像这会儿你倒成了手杖，她要一把把你抢过来握在手上似的。

晚上，你数了好多星星，好像都不管用了，你开始数羊：一只羊，两只羊，三只羊……

还是给她打个电话吧。你想，不，明天早早去医院把心里话跟她说就是了，省得每天晚上不是数星星就是数羊……

你又给自己打气：也不怕别人笑话了，明天一早先买一束玫瑰花去！

红鬃马

贺敬涛

壮硕紧实的肌肉如同雕刻般凸起，油亮血红的毛发像披了鲜红的毯子，高高扬起的鬃毛迎风飘动，粗大的鼻孔猛烈地喷着白气，由于连续奔跑，渗出的汗水闪耀着红光，像是在流血。

这是一匹纯正的蒙古红鬃马。

红鬃马兀立在队列中间，对面乌压压地排列着一个日本骑兵中队，装备精良，训练有素。

此刻，凛冽的寒风像一头发怒的野兽，横冲直撞，涤荡着山野，在这荒凉的山谷里，呜咽嘶鸣。鹅毛般的雪花迎面扑来，拍在脸上沙沙地疼。

红鬃马摆动了一下头，两边是十四匹八路军骑兵团的战马，“火车头”“黑骏马”“青花梨”……高扬着头，喷着白气，躁动着，不停地用前蹄刨着脚下的积雪。

红鬃马背上威然端坐着杨班长，灰布军装整齐地扎进皮带里，乌亮的马枪背在身后，细长的马刀笔直地立在右侧，刀背轻薄，刀刃锋利异常。他目光如炬，充满杀气，左手轻抚着红鬃，像每次大战之前一样。

此时，风雪戛然而止。

“老杨同志，这次你的任务，是带领你的骑兵班引开敌人，掩护大部队转移，敌人是一个中队的日本骑兵！”骑兵团周团长脸色铁青，眼睛盯着杨班长，“有问题吗？”

“没问题，保证完成任务！”杨班长挺直了身板，后脚跟猛地一磕，举手行了个军礼。

走出团部，红鬃马正静立在那儿，高扬着头，目视前方，仿佛一百年、一千年，就那样立着，像一尊雕像，左腿上一道五厘米的伤疤分外抢眼，那是与日本骑兵激战时挂的彩。

“兄弟，一个中队，交给你了！”杨班长伏在马耳边交代完，像蚱蜢一样飞身上马，一抖马缰，红鬃马一声长啸，飞驰而去。

“唰！”那是向前挥动马刀的声音。

“骑兵团，冲锋！”杨班长的声音炸雷般响起。

战士们高举着马刀，十五匹战马像一股巨大的旋风，向小野中队冲去。

狂风骤然猛烈，雪花打着旋地扫向前方，呼啸声、马蹄声、嘶鸣声、马刀碰击声与呻吟声交织在一起，声震山野。

空旷的开阔地上，红鬃马傲然与小野中队对视，雪地上横躺着十多具尸体和马匹，一匹战马吃力地爬起来，又无力地躺在地上，脖子上的血汩汩地流了出来。

“对面的骑兵听着，不要做无谓的抵抗，放下马刀，皇军大大优待！”一名日本骑兵喊话。

“骑兵团，冲锋！”杨班长高亢的声音再次响起。

折返时，只有红鬃马立在雪中，它左腿被马刀刺中，鲜血顺着腿注入雪中。杨班长左臂也被砍掉了，血流不停，右手的马刀刀刃已卷了口，手哆嗦不止。

“对面的骑兵战士，小野中队长敬你是一名真正的武士，只要放下马刀，皇军大大优待！”

风陡然增大，飞起的雪花飘在杨班长的残臂上，白色雪花瞬间变成了红色羽片，杨班长回望一眼大部队的突围方向，仰天大笑，高声呐喊：“骑兵团，冲锋！”一抖马缰，冲向日本骑兵。

好大的白绢布哇，就铺在身下，杨班长静静躺在白绢布上，右手举着马刀，斜着身子，嘴巴大张着像在嘶喊，一种冲锋击杀的姿势，身边，立着红鬃马。

一名日本骑兵端起枪。“八嘎！”小野厉声呵责制止。

红鬃马一低头，衔起杨班长的衣角，拖曳着向前挪动，一步、两步……雪地上，徐徐铺展开一匹鲜艳的红帛。

雪花又飘了下来，像白色的蝴蝶在红鬃马面前起舞。

“下马！”旷野上响起小野的狂叫。日本兵齐刷刷地下了马，开始在雪地上刨土，“咚、咚！”土太硬了，日本兵轮番刨着。

坑刨好了，日本兵抬起杨班长，轻轻放入土坑中，开始封土，红鬃马却衔着杨班长的衣角，半天不松口……

小野走到坟前，啪，双腿并立，恭恭敬敬地弯腰行礼，身后，整个日本骑兵中队默然肃立。

接下来，红鬃马的举动，令小野一行惊呆了！

只见红鬃马绕坟一周，猛然卧倒，头深深地偎依在坟土上，眼眶里流出泪水。许久，它站起身，回头看了一眼覆满雪花的坟茔，径自踉踉跄跄往远方走去……枯树，原野，大山，白雪，正前方就是百丈悬崖。

风雪猛然增大，风，嘶鸣着，一阵猛过一阵，雪，重重地拍在马背上，红鬃马吃力地抖擞起身体——那是一匹多么健美的骏马呀，壮硕紧实的肌肉如同雕刻般凸起，油亮血红的毛发像披了鲜红的毯子，高高扬起的鬃毛迎风飘动，粗大的鼻孔猛烈地喷着白气……

红鬃马长啸一声，用尽气力紧走几步，迎着风雪，纵身跳下悬崖……

救 赎

赵海杰

那个秋天，霜来得快，像一阵风，“唰”地卷走了大地的暖。豆子、稻谷、高粱，阳光荡过，干枯的叶就哗哗响。爹慌急着下田收庄稼。“稍一耽搁，秸秆就秃了，那可是牲畜一冬天的口粮。”慌急的爹不管不顾，命娘替他去放羊。爹是村里的老羊倌儿，胸前挂着的口哨磨得锃亮。爹吹起哨来总带着节奏，声音清脆悠扬，像蟋蟀轻吟，像知了浅唱，清晨的露珠，傍晚的云霞，都沉醉其中。各家各户的羊听见哨声撒着欢儿往外跑，它们喜欢每天跟着爹不着边际地去旅行。

可是这个早晨，哨声听起来厚重、直白，羊都竖起耳朵、抻直脖子听。娘瘦弱，手里的鞭子也抡不圆。羊群滚动，一溜烟儿飘去远方的山坡，娘踮着脚追，上气不接下气。没有爹“啪啪”的鞭响，羊群愈加放肆，连头羊也不再主事。娘慌急着奔来跑去，呼喊着，叫嚣着，奋力拦截那些偷馋的嘴。“忙乎大半年，就盼着收个秋儿，糟蹋不得！”土烟夹着粪沫，娘呛得咔咔咳。

听村里人说，他们路过山坡时，看见一只大粑子正奋力撞击着娘。每撞完一次，就退出十几步远，瞄准，助力，冲锋。娘像一簇红高粱，更像一团火，在秋天的山坡上滋滋叫着，滚来滚去。人们哑着嗓子呵斥，跟头绊子扑去。揪羊角，扯羊腿，摁倒，拳打脚踢。娘的喘息霜打一样微弱，冰冷。三三两两聚来的人们惊呼着托起散架的娘，一路咯咯吱吱地奔去。爹得了信儿，扬到半空的三股叉“砰”一声摔下去，叉上的豆荚噼噼啪啪炸裂开，一颗颗金黄的豆粒蹦跳在广袤的田野里。

娘“嗯嗯啊啊”地呻吟，脸上的血凝呈暗紫，腮帮塌陷，满口牙遗落在山坡上。爹不忍看，一扭头泪就甩在娘脸上，把片片暗紫溶得鲜红。爹踉跄着奔出病房，愤怒的拳头冰雹一样砸下去。“啥有命重啊，真是老糊涂！”

躺了个把月，娘能坐了。“大难不死必有后福！”爹满心愧疚，又掺着欢喜。娘没想到自己能活过来。“那羊啊，是来索命的，要我死呢，都起不来了还不解劲……”娘委屈，骨头里穿插的几十根钢针扎进心窝儿一样疼。

“他叔，俺家那口子你也知道，晚期了，在医院半死不活的，手里一分钱拿不出，我把伤她婶那只挨千刀的羊卖掉，卖多少钱都拿给你，行不？”羊主刘大娘祈求道。爹半晌默着，眉间的疙瘩越聚越高，嘴里的烟袋滋滋哇哇地叫。“俺要那只羊！”爹“当当当”地往炕沿帮上磕烟袋锅，烟灰四散，爹跳下地夺出门去。

羊被拴在门前木桩上，几天没吃没喝的它“咩咩”直叫，那是撞伤娘的仇羊。爹像久经沙场的战士，脸色土灰，唇齿干裂，手持长鞭，怒目圆睁。“还有脸叫？真没看出长能耐了！平时㞞包一个还欺负起人来！你咋不敢顶头羊去？有种冲我来啊！冲我来！欺负个女人算什么畜生！呸！”爹抡鞭抽去。

秋天在凄凄惶惶中过去，寒冬来时，娘穿上棉袄棉裤可以拄拐在院里慢慢溜达会儿了。“活过来就不能当瘫子，不能没囊没气炕吃炕拉！”阳光滴里嘟噜聚拢来，暖暖地围着娘转圈圈。

“遭这趟罪怪我啊！只想着收成，早该料到畜生认生！唉！”爹蹲在地上，头垂进膝间，像犯下大错的孩童。“刀早就磨好啦，就等你硬朗点杀了这羊给你补身子！”一根弯曲的脊梁挑着爹走向仓房间。

“畜生哪懂人道，你杀它我这身子骨也回不去咯，娃还要念书！”娘一瘸一点挪回屋去。

爹死死薅住羊角，手里锃亮的刀晃来晃去，日光也被划出一道道口。连绵不绝的对战让罪羊筋疲力尽，它不再挣扎，似乎明白大难临头，扑通一声瘫卧在地，眼睛祈求地望着爹。爹与羊，如一尊连体雕像，静默不动。

太阳偏西，鸟雀归巢，冬寒灌满角角落落。“咳咳咳……”娘呛了冷气。爹如梦初醒，腾身朝屋奔去。明晃晃的刀“当啷”一声滚落，如晴天霹雳。世界重新恢复宁静，好像什么也不曾发生。

爹说，后来的若干年，那只戴罪的公羊成了头羊。爹说，它勇敢、忠诚。它领着羊群漫山觅食、抗击风雨，一只羔羊不曾丢弃，一口粮食没再偷吃。一个又一个秋天里，爹下田收庄稼，它就看管着羊群在山坡上飘荡，像一片洁白的云朵。

温　水

徐社文

正是一年好时光。柳市长从茗城异地升任市委书记。

上任一周的时间过得很快。这周柳书记忙得两脚生烟，看材料熟悉情况、开四套班子会熟悉人头、处理上任遗留下来又火烧眉毛的机关干部绩效奖兑现问题，还抽了半天时间拜访了几位离休老同志。他忙，下面一帮人也跟着团团转，不分白天黑夜。刚刚，他才知道秘书长的父亲前天去世了，而秘书长却丝毫没有流露，白天照常陪他参加活动。他有些愧疚，下命令周日下午全部休息。

柳书记真的累坏了，午觉醒来已是日暮时分。独在异乡还真有些想家，特别想家乡那份清淡的口味。

但在这个麻辣盛行的城市，那份清淡柳书记不敢想。洗了把脸，柳书记想起本市夫子街是最繁华热闹的地方，全国各地风味特色小吃也都汇集于此。于是他没有惊动任何人，独自走出宾馆，去逛夫子街了。

夫子街名不符实，没有一点书卷气，街道两侧有少数的西餐厅、果茶店，其余都是各式各样的火锅店，整个街道都充塞着粗暴又刺鼻的味道。有人径直奔向老地方，有人挑选店面的招牌，年轻人撸着串，大声呼朋唤友。柳书记不太习惯这里的味道，加快了步伐。就要到街尾，柳书记突然看到“故乡如迷”四个字，一种内心狂喜突然袭来，这是他曾经获奖的一组诗的题目，他不自觉地走进去。吧台里一个淡定儒雅的中年男人见到柳书记，就像见到久别的朋友，微笑着将柳书记请到精致的小包厢，上了一杯茶说：“今天才开张，就有贵客来。你坐着，我去准备。”一切似乎早有安排，无须柳书记开口。

柳书记环顾包厢，墙上的字画、四周的陈设有似曾相识的感觉。再看面前的茶，正是家乡名茶“柳梢青”，他曾经在省里“两会”上做过代言。端起来轻啜一口，温柔适口，沁人心脾。正在疑惑间，中年男人率八个年轻漂亮的女孩奉上八道精致的美味，柳书记一看，地道的“茗城八碗”。柳书记微笑着招呼中年男人在对面坐下，问道：“贵姓？哪里人？”中年男人道：“免贵姓温，茗城人。”

柳书记第二次去“故乡如迷”是因为家乡来了一位企业家，说找到个好去处，一定要私下请他小聚一下。还是温老板接待，还是温柔的“柳梢青”，还是精致的“茗城八碗”。临别时，企业家说：“温老板是我远亲，以后靠您照应，有空就来，不过是几个老乡聊聊，尝尝几个家乡菜。”

后来，柳书记去得就多了，有自己私密的接待，也有温老板的约请。来得多了，柳书记就知道“故乡如迷”说是会所，其实平时是不对外营业的，只接待柳书记和柳书记的客人。柳书记有点感动，那次喝得稍微多了点，临走时拍拍温老板的肩说：“好兄弟！”

柳书记上任放缓了过去向西发展的思路，制订了向东发展的宏伟规划。常委会通过后立即实施，一时间土地拍卖、项目招商、道路修建、灯光绿化、智能监管非常火爆，各路英豪蜂拥而至。柳书记交代招投标中心：一切按程序办。但最后中标的单位 80% 都是茗城企业。柳书记有次在常委会上开玩笑地说：“我可一次没打招呼啊，你们可以监督啊！”

柳书记正豪情满怀地推动地方经济跨越发展，突然一个环境污染事件搞得沸沸扬扬，舆情汹涌。省里事故调查组认为，这件事市委处置不当，必须追究书记责任。柳书记亲自去省里汇报、检讨，但上面的态度似乎很坚决。就在柳书记踌躇的时候，温老板打来电话，说不用担心，没事的。

果然处理决定下来，没有对柳书记追责，对市长、分管副市长给予了严厉处分。那天，柳书记在视察城市亮化工程时，对一幢气势磅礴的商务楼大加赞赏，秘书长悄悄向柳书记汇报，这幢大楼去年底一投用，就被茗城商会全包了，现在有一百多家茗城企业入驻。柳书记心中一惊，嘴上却说：“不管哪个企业，一定要优化营商环境！”

当晚说不上什么原因，柳书记又独自来到“故乡如迷”，温老板照例先奉上一杯极品“柳梢青”。端起来喝一口，柳书记感到很烫。随即放下茶杯，推门而去。

走出很远，柳书记再回头看那绚烂灯火中的“故乡如迷”，一下子又有了“此心安处是吾乡”的心情。

柳书记想了想还是回去跟温老板打个招呼。当他再端起那杯“柳梢青”时，茶温温的，正好喝，但心中却已经有了不一样的味道……

谷仓

王 宇

高德隆的右手伸进谷仓，捏出一小撮谷子，凑到鼻子前，谷子有一股发霉的味儿。他用手指一搓，谷壳破了，不见米粒。米粒能躲在哪儿？高德隆眯眼细看，眉头皱了起来。

高德隆喊他儿子："天宝，谷子发霉了。"天宝应道："爹，霉就霉了呗。"高德隆指着天宝就骂："小兔崽子，我从土疙瘩里抠出谷子来，容易吗？"他身子一歪，差点摔倒。天宝赶忙过去扶住他爹。高德隆甩掉儿子的手，颤巍巍地走出屋门，坐在榆木长凳上。

阳光铺满院子，暖烘烘的。芦花鸡跳进食槽，爪子一顿乱刨。谷子惊慌失措，蹦蹦跳跳，撒落在院子里。高德隆尝过缺粮的滋味，看见谷子撒了一地就眼热，他舍不得呀。谷子就是槐树沟人的命根子，祖祖辈辈都是吃小米饭长大的。

天宝上大学那年，家里穷，凑不起学费。高德隆舍出老脸满村借钱，最后还差一大截。高德隆心一横，把谷子装袋，过秤，装车。也不知是怎么了，一向手脚麻利的高德隆变得慢腾腾的，扛起谷袋，喘着粗气，半天放不进车厢里。谷仓就要见底了，算来算去还是不够交学费。

天宝说："爹，不能卖了，家里没吃的了。"高德隆不吱声，扛起最后一袋谷子，说："上大学要紧，吃饭简单，总会有办法的。"

高德隆看芦花鸡跳进食槽乱刨，就骂鸡，一骂鸡就咳嗽，上气不接下气。天宝端来一杯开水，高德隆虎着脸不接水杯。天宝就笑，把水杯放在榆木长凳上。天宝撵鸡，拿扫帚扫谷子，装进鸡食槽。

一阵风吹来，裹着槐花的香气，飘进院子里。高德隆想起那些年在田里干活的日子，闻着槐花的香味，浑身都是使不完的劲儿。人勤地不懒，连年大丰收。新谷入仓，隔年的谷子卖掉一部分贴补家用，谷仓总是满满当当。高德隆喜欢端着碗，蹲在谷仓边吃饭，眼瞅着谷仓里的谷子，心底踏实。转眼间，孙子也背着书包上学了，但他并不觉得自己老。七十二岁那年，高德隆赶牛耕田，牛快人慢，他不服，憋着气鼓着眼，使劲握着犁耙。不服也得服，高德隆终是赶不上牛的脚步，摔倒了，胳膊骨折了。

天宝说："爹，咱不种地了。"高德隆不说话。天宝说："爹，咱把牛卖了。"高德隆不说话。天宝习惯了，不说话就是默许。天宝托人在集市上卖了牛。高德隆几天没说话。

天宝说："爹，咱把谷子卖了。"高德隆还是不说话，就一声接着一声地咳嗽。

谷仓里的谷子装进编织袋，过秤，装车。高德隆坐在门槛上，冷眼看着天宝忙。眼看谷仓见底了，高德隆不干了。他站起身来，像一头发威的老黄牛，绷着脸鼓着眼："不卖了，不卖了，都给我扛回来，一粒都不卖了……"浑身颤抖，嘴唇哆嗦。

天宝从没见过他爹发这么大的脾气，卖也不是，不卖也不是，就那么愣愣地站在院子里。缓过神来的高德隆又说："装上车的拉走，没装的留着吧。"

一群芦花鸡扑棱着翅膀，走到食槽边，捣蒜似的啄起了谷子，看样子那些蚂蚁和草芽儿还是填不饱肚子。这让高德隆很是欣慰，他总得给那些谷子找个归宿。

天宝见爹脸色好看些了，走过来，蹲在榆木长凳前："爹，不要生气了，咱再买些谷子吧。"

"买来的东西，不耐吃。"

"日子过得这么好，攒谷子，也没用。"

"谁晓得哪天刮风，哪天下雨？啥时候能弄明白家有余粮心中不慌，你才算真的长大了。"高德隆说完，站起身，回屋去了。

天宝还想说什么，又没说，一抬头，看见燕子正在屋檐下筑巢，又到播种的季节了。

琵琶手老彭

刘立勤

老彭年幼时，头大脸圆鼻梁高耸，一双眼睛光芒四射，还可以三百六十度转圈。在学员班，老师就教他唱花脸。唱曹操，扮潘仁美，演王连举，那真的是人见人恨，前景一片大好呀。进剧团报到时，他却爱上了琵琶。

唱花脸多神气，为啥要弹琵琶?

他说，琵琶线条曼妙体态优美，看起来像个女人。

他又说，要是弹拨几下，那声音像仙乐，像琼浆玉液，像女孩身上那丝丝缕缕的香气，能浸入肺腑融进血液，软在人的骨头里。

他还说，把琵琶抱在怀里，就像抱着一个女……娃娃，光滑圆润袅袅娜娜，心里能荡起涟涟微波，那感觉真是美得没法说。

他的话逗得人捂着肚子笑，都说他想女人想疯了，把琵琶当女人。

但他不恋女人，他恋琵琶，一头钻进了琵琶里。

琵琶看起来简单，学起来辛苦。演奏琵琶的技法太多，双手不得闲。右手要弹、挑、滚、分、摭、勾搭、轮、扫、拂、摇、凤点头，左手要按音、换把、跳把、过弦、打音、带音、吟、揉、推、拉、绰、注、绞弦、颤音、顿音、泛音，忙起来十个指头都不够使。他练琵琶时，常常把手累得端不起碗，举不起筷子，饭都送不到嘴里。

也就半年工夫，他出师了，如愿担任了乐队的琵琶手。

他的琵琶真弹得好。我见过他演奏《塞上曲》，用弹、挑、泛等单音与拉、推、抡指、连指等技巧，弹奏出委婉柔美的旋律，真是“弦弦掩抑声声思”。当然，我更喜欢听他弹《十面埋伏》，节奏复杂多变情绪激烈雄壮，他怒目圆睁十指忙碌，高潮处似是“银瓶乍破水浆迸，铁骑突出刀枪鸣”，恢宏激昂的古战场犹在眼前。一曲结束，他大汗淋漓，似乎经历了一场恶战，或是参加大闹天宫后凯旋。

他掏出丝帕意欲擦汗，却听见林妙在吟诵《琵琶行》——“轻拢慢捻抹复挑，初为霓裳后六幺。大弦嘈嘈如急雨，小弦切切如私语。嘈嘈切切错杂弹，大珠小珠落玉盘……”

他忘记了擦汗，手帕掉在地上，盯着身材曼妙面容娇好的林妙，两目灼灼。大家知道他完了，他迷上林妙。他的大眼睛常常厮跟着林妙。林妙左行他左顾，林妙右走他右盼，林妙和同伴儿上街去，他的眼睛也厮跟着曲溜拐弯紧紧相随。林妙要是在附近，他的琵琶弹得缭绕翻飞；林妙不在身边时，再好的曲子他都会弹得支离破碎。不过那破碎的声音也好听，就像水井的月亮，风平浪静时皎洁如玉盘，波澜骤来时也是金光粼粼美不可言。

有人说，他的弦声里有爱。

他们真是一对金童玉女呀。严肃的老团长也想成人之美，特意为他们编排了器乐合奏《牧羊曲》。林妙吹笛子，着一袭白衣扮牧羊女，玉笛横呈仙音缈缈，娴静优雅如同雨中白莲。而他呢，躲在暗影里像是荷叶，随着丝线弹拨挑轮，缭绕飘曳的弦声亦如雨戏芭蕉游鱼唼喋，让观众沉醉其中不愿醒来。

节目火了，他们的恋情也公开了。就在人们满怀祝福，期待他们共结连理时，他们遭遇林妙父母的坚决反对。林妙的父亲是县上的领导，他家是一个贫困的农家，门不当户不对。林妙多次鼓动他私奔外乡，他曾以死胁迫林妙的父母。

林妙的母亲说，我可以成全你，可你能给林妙带来什么呢。剧团连工资都发不全，就算结了婚日子怎么过？

她又说，戏剧没落了，电视红火。林妙的父亲决定把林妙调出剧团，送到市里的电视台当主持人，要是留在瓮城，咋办？

她还说，爱她你就放过她吧。

一咬牙，他放过了林妙。

他也放过所有女人。

他再没有喜欢过任何女人，也不与其他女人纠缠。陪伴他的，只有他的琵琶。即使剧团那几年发不下工资，他也没有放下琵琶。林妙曾想帮他，让他改行找份好工作，他一口拒绝了。也有人劝他，应该找个女人过日子。

他说，我有女人呀。

他的女人就是他的琵琶。

他说过，琵琶线条曼妙体态优美，看起来像个女人。

他还说，要是弹拨几下，那声音像仙乐，像琼浆玉液，像少女身上那丝丝缕缕的香气，能浸入肺腑融进血液，软在人的骨头里。

骨头里不仅有琵琶的声音，骨子里的还有他的爱情。

记得去年瓮城剧团搞建团六十周年晚会，团里要求新老人员都出一个节目。五十岁的老彭和剧团新来的笛子手复排了《牧羊曲》。那女孩一袭白衣扮成牧羊女，玉笛横呈仙音缈缈，娴静优雅如同雨中白莲。而他呢，依然躲在暗影里像是一片荷叶，随着丝线弹拨挑轮，缭绕飘曳的琵琶声亦如雨戏芭蕉游鱼唼喋……

那一刻，台下安静得像一弯夜晚的海面，星光潋滟悄然无声。

红军树

程多宝

也不知怎么了，尽管一家老老小小一天到晚没完没了地苦做，照样穷得揭不开锅。喜忠想不通的时候，就倚靠在那棵树旁，对着大山放开嗓子，一顿狂吼。

有天，山下突然过大兵，大兵几乎都是外地口音，穿着清一色的蓝不蓝灰不灰的粗布大褂，帽子上有用红布缝着五角星。这支队伍沿着山道进了井冈山，没过些日子，又看到有些兵下山挑粮。有个中年人模样的带头，挑的担子比后面的兵们挑的还要沉，嘴里唱出的歌子欢快着呢。

喜忠听人家喊那人军长，更不明白了：军长？那得多大的官！怎么一点架子也没有？

喜忠开始追随这支挑粮的队伍。有时候，他们歇下担子，跟了一路的喜忠分到了他们省下的一点干粮。那种干粮是炒熟的红米，与自家吃食差不多，极难下咽。喜忠跟在队伍后面学唱他们的歌子。一来二往，喜忠居然学会了几首。他一亮嗓子，那位军长夸奖他时的表情，像极了父亲高兴时的模样。

印象中，父亲很少开笑脸，大多时候，父亲只是摇头叹气。他不像那位军长有学问，军长随口而出的一番话，比唱的歌子还要好听，让人的心里暖暖的，什么“天下大同”“共产主义”，还有“星星之火，可以燎原”之类，都是喜忠在东家做活这些年没有听过的稀奇话。

一旦歌声嘹亮起来，喜忠便无拘无束，甚至想着把东家的牛儿宰几头，炖一锅牛肉汤，好让一脸菜色的军长他们开个荤啥的。军长的脸色严峻了几分，他语重心长地说：“喜伢子，尽管我们‘打土豪，分田地’，但红军从根子上说是人民的军队，我们自有铁的纪律。”

“纪律”是个什么？军长耐心地启发了一会儿，喜忠记住了最重要的一句规定：“三大纪律六项注意。”因为这个规定里，有他认为特别好记的两项：上门板，捆铺草。

秋天一过，喜忠放牧的那些耕牛都被东家拉到田里抢种抢收。白天里的喜忠，有了好些时间自己打发。

那天，山下过的大兵里好多人成了伤兵。有个医生模样的人截住了喜忠：“你不是那个喜伢子吗？朱军长可喜欢你了！能不能帮我们借扇门板？坡地不平坦，做手术不稳当，伤员要截肢，没门板不行啊！”

喜忠接过医生递来的几块铜板，转身跑进山里，借来了一扇门板。等到那扇门板上的血迹快要干掉的时候，怀揣的那几块铜板还热乎着……

后来，那支队伍悄然钻进了山里，大山深处的那场黄洋界保卫战打得异常惨烈。从这以后，仗越打越远，越打越惨烈。有人从城里得到消息，说那位姓朱的军长带着队伍一路往西南撤退了。

这些，喜忠自然是不知道的。当时的他，只记着那位军长一脸慈祥地叮嘱：“我们为穷苦人打天下，流血牺牲算什么？很重要的一条是守纪律：守纪律的军队，得民心得天下。”他只想快点赶回去，给老乡上门板：虽然军长没有答应让咱当红军，咱守一回纪律，将来也算是当过红军的人啦。

喜忠把铜板递给老乡，但那个老乡根本不敢接：“喜伢子，你可把天捅了个窟窿。东家以后不会让你放牛了。小小年纪，哪来的胆子，居然通赤通共！”

“什么通这通那的，我不懂，我不管。人家说的句句是理，这么多天，我心里一直暖着呢。唉，你们不听，真是窝囊废，跟一只只瘟鸡般任人宰割。那些穿着绫罗绸缎的，一直在喝我们的血……”喜忠心里那个火啊。

东家不雇喜忠放牛了，喜忠只得进山打柴。

累了的时候，他就倚靠在那棵树旁，唱上几嗓子。哪知道这边刚一唱，就引来了几个黑洞洞的枪口。一声“犬吠”炸雷一般响起：“别唱了，再唱一句，老子崩了你这个共匪崽子！”

“就唱！就唱！自家的天，自家的地，我自编自唱，想唱就唱，犯了哪条？”倚靠在那棵树上的喜忠，仿佛看到天边的燎原之火正席卷而来，一时间，真不知道哪来的劲，他怒吼出的歌声如奔涌的潮头，冲得对方腿肚子一抖一抖的，差点站不稳了：

太阳出来一地红

穷人光景满眼红

铁心跟着朱毛红

星火燎原万山红

…………

“砰——”嘶哑的声音从其中一个黑洞洞的枪口逃窜出来，淡淡的青烟飘曳着，有了些蓝，还有了些红。

喜忠细细的身子滑向大地的时候，鲜血沿着树干流淌，染出了一地鲜红，历经多年，永不褪色。

后记

1956年秋，一位将军奉命到井冈山一带调研时，向当地陪同人员请求，带他到喜忠牺牲的地方走一走。这位从红军医生一路成长起来的将军，时任某大军区后勤部部长。

一行人来到喜忠当年倚靠的那棵树旁，如今的它几人伸开臂膀都抱不过来。树下的那圈土，几十年下来，依然红彤彤的。将军的眼睛蒙眬了，语气低沉了许多：“1928年秋天，一场遭遇战过后，这个喜伢子，给我们扛来了一扇门板，多亏了这扇门板啊。部队实在付不起租门板的钱，当年给他的那几块铜板，还是朱老总攒下的伙食尾子，交给我们医院以备急用。”

“为了保护好这棵树，县里想征集树名。”一位叫小陈的陪同人员说。

“我们当地人早就叫惯了，把这棵树叫作红军树。”随行的一位村民脱口而出。忽地，四周重归寂静，风儿呜咽着，天地一时忘却了歌唱。

“可是，喜忠……他并没有参加过红军啊！”小陈的嗓音细得只有他自己才能听见。

没承想，将军转过身来，朝这棵沉默无语的大树敬了一个军礼：“对，就叫红军树，我们的——红——军——树！”

胞兄弟

戴智生

老田和涂三妹搭伙三十年，皆已过花甲，竟然要离婚，而且这还是小儿的主意。

从婚姻登记处办理离婚手续出来，三妹全身关节隐隐作痛，老毛病了。下台阶的时候，老田伸手搀扶三妹，说：你在德仂家，没事别下楼，少走路。三妹说：你也少喝点酒，莫惹荣仂不高兴。

德仂是大儿，荣仂是小儿。

准确地说，大儿同老田没有血缘关系。德仂的生父是石匠，脚手架上失足摔死了。一九九五年冬，德仂随母改嫁到田家，当时他八岁，母亲三十三岁。老田比三妹长两岁，一直未婚，有媒人撮合，他接纳了母子俩，家里也确实需要一位料理家务的女人，他还有个卧床的爹。

要说老田和三妹以前也熟悉，他们曾经都是油纸伞厂的工人，伞厂不过四五十号员工，互有交集。老田在前道工序，制作伞骨，加工坯子和衬子是细活，关乎纸伞能否自如撑开和收拢；三妹的岗位是将皮纸和骨架黏合，保持伞面平整光滑。后面再经过一道油漆工艺，油纸伞就可以出品了。

可惜油纸伞厂逐年亏损，倒闭了。伞厂的员工是大集体编制，工厂倒闭后，员工自谋职业。

老田有父在床，出不了远门，便在家门口摆摊修伞、修自行车和钢精锅换底，养家糊口不是问题。

三妹找不到事情做，娘家没有兄弟，婆家也不待见。丈夫兄弟多，生前没分家，丈夫死后，公婆拿出三千元，打发她带着儿子另过。三妹租住原厂的筒子楼，一年后嫁到田家。

田家有了女人，家才像个样子，起码屋里整洁卫生，有热茶热饭。老田的爹走时是干干净净的，很安详。

翌年，小儿荣仂出生，老田那是真高兴。

当然，德仂开口爹闭口爸，老田也高兴。德仂早随了田姓，学校开家长会，都是老田去参加。三妹行走不便也是一个原因，她生荣仂时落下病根，下了冷水、吹了冷风。三妹确实拼，除了洗洗弄弄，为了补贴家用，她腾出前庭开了一爿店。

老田的家在小南门，老街，清一色的灰瓦老屋，以前都是住家，近年有人把住房改成前店后寝的结构，做起生意，左邻右舍有样学样，老街成了热闹的小商品市场。

三妹经营殡葬用品，小本生意，批发兼零售：香、烛、爆竹、寿衣、灵牌、纸花；也有冥币、摇钱树、牛马人；草纸的进出量最大，一捆五十刀，沉。老田的修理铺越来越冷落，正好做三妹的帮手，搬货或送货。

德仂也要搭把手，帮忙带弟弟。爹没有发话，娘有交代：荣仂是你的亲弟弟，你比他大十岁，要好生照顾他。

德仂查了字典，荣仂不是亲弟弟，正确的叫法是胞弟，但他没有说破。德仂很懂事，家里好吃好玩的，弟弟优先，就是娘分给他的苹果，弟弟要，他也会让出。

荣仂是在哥哥背上长大的。

德仂带弟弟，却不影响读书，他的学习成绩稳定，高中毕业考取师范。

荣仂已经读小学三年级了，成绩不比当年的哥哥。

三妹的生意一直不温不火。老田的修理铺彻底收摊了，门口架了一块刻有棋盘的移动木板，闲时下下象棋。

有话则长，无话则短。

德仂师范毕业，工作不包分配，他是竞聘上岗当上乡镇中学的教师；包括结婚生子，德仂都不愿意麻烦家里。荣仂的境况就不一样了，高中毕业，无所事事，隔三岔五找老田要钱，进出舞厅和酒店。

三妹的月子病更严重了，店里的事由老田打理，生意每况愈下，有时入不敷出。荣仂固定下来一个女友，谈婚论嫁，五十万彩礼是行情，愁煞了老两口。

却有一个好消息，小南门旧城改造，老街整体拆迁，补贴标准可观。

荣仂反而心事重重了，他想到自己是唯一正宗的田家继承人。起先他还是在父母面前甩脸色，接着是无故找碴儿，天天闹得家里不得安宁。

老田问：你到底要我们怎么做才满意？

荣仂说：你们离婚！

想到小儿的狠心，三妹就摇头，眼角挂满泪。老田和三妹站在办证大厅门口，好似有唠不完的话。

德仂租了一辆黄包车来接母亲，扶母亲上了车，他对老田说：爸！等你把拆迁手续办完，弟弟放心了，我就来接你。

老田无奈地点点头，目送黄包车渐渐远去。

一个十三岁少年的秋天

原上秋

你不是想上学吗，跟我往城里运砖吧。

爹说这话的时候是微笑着的，让我看到一丝的希望。那时候，我们家正面临吃不饱饭的危机，五个孩子上学是个不小的负担。尽管学费政府有照顾，吃喝穿用，仍是个不小的数目。之前，他曾说过，该剔苗了。我们兄妹都怕被当作不打粮食的俗草剔掉，失去上学机会。

那一年我十三岁，小学刚毕业那天，考试成绩贴在大队部门口。名单上第二个就是我，我在一人之下，六十多人之上。听着好多人念我的名字，说我如何了不起，幸福的泪水在眼眶打转。我混在人群后面，一声不响地享受着这一时刻。

我第二名的成绩没有让爹娘高兴多少，他们心里一直想着往后如何负担得起。弟弟妹妹都在上小学。按爹的想法，农村孩子上个小学就够了，有这些知识，足够应付锄头和镰刀。

考试过后我们就放假了。我们的假期和种地有密切联系，它啥时候放，放多少天，都受农事指挥。地里忙了，就放假，活儿多了，就放长一点。校长和老师们家里都种着地，他们是家里头耕种收割的主力，种地和教学只能选择一样。我喜欢这样的安排。我想趁着假期打工挣点钱，去县里上初中。不这样的话，将面临辍学。

你真的想挣钱？爹问我。

我想上学。我说。

爹在我的头上不知轻重地拍一巴掌。然后说，你挣钱还得几年。

秋收后的田野辽阔无比，勤快的人已开始种麦子了。

走，拉砖去。爹把自己套在架子车上，吹着口哨出发了。我坐在车上，怀里抱着一个酱紫颜色的瓦罐和一个白瓷碗。瓦罐里是从三十多米深的水井里打上来的清水。远行的人别的可以不带，不能忘记带水。

路两边钻天的杨树落叶纷纷，像给我们庄重地送行。

从窑厂到县城有二十八里，都是土路。窑厂的负责人问我爹，送一车挣八块，干不干？

爹看看我，我看着远处大杨树上的一群麻雀。爹吆喝我，下车吧。

一趟八块钱，拉两趟就够我全年的学费了。这样的诱惑激发起我对劳动的渴望。爹没有文化，但不影响他对于“重在参与”这句口号的实践。他从不安排我干这干那。

我们村口有一条小河，弯弯曲曲直通县城。小河边上，就是去县城的路。如果晴天，一辆马车就弄得尘土飞扬，雨天就更难走了。它是去县城唯一能走车的路。爹把一条绳子套在肩膀上，朝两只手里吐口唾沫，朝我一笑，大声喊一声，走。车轮碾在凹凸不平的车辙上，发出嘎嘣嘎嘣的声响。

我在生产队见过马车往地里送粪，是牲口拉套。一共有三头，车辕里一头，长套两头。赶马车的人手拿一根长鞭，用鞭梢指挥长套里的牲口用力或者转向，驾辕的牲口用一根笼头绳子控制着。爹撅着屁股用力的样子，我想起驾辕的骡子。和生产队的拉粪车相比，他显得势单力薄。

车是不能坐了，我挑着瓦罐和瓷碗，跟在后面。

二十八里路太过遥远，感觉两条腿怎么也走不到头。我身上的褂子湿了，风一吹，贴身地凉。实际上，爹身上的衣物早就湿透了，由于汗水源源不断，凭体温是暖不干的。

歇会吧。爹一松懈，车子很听话地停在原地。我们就坐在路边的田埂上，捧着大碗喝水。爹擦着汗水问我，累不累？

我没说累，也没说不累。我问这些砖是不是给我们盖学校？

爹点头，估计是吧。

一群麻雀飞过头顶，落在身后的几棵大树上，叽叽喳喳，很是热闹。爹点上一支烟，笑着冲麻雀喊，是不是来找小虎玩，小虎今天没空，他要去给学校送砖，快点盖学校，还等着开学上学呢。

我被爹的话逗笑，但我没和麻雀搭话。麻雀叽叽喳喳，无忧无虑的样子。我现在没有心情，等我有学上了，也可以像麻雀一样，飞来飞去的，大喊大叫。

那天，我们赶到县城，太阳已经落山了。回转的时候，天空飘起了细雨。这是我第一次走到县城，雨雾中的城市灰蒙蒙的，既冷又乱。爹将八块钱装进衣兜，一路上按了又按。

出县城的时候，他停下来，在路边买了两块烤红薯。他说，外面的东西真贵，就这，五毛钱。他递给我一块大的，笑着说，垫垫饥，咱们抓紧往回赶，你娘说不定在村口迎咱们呢。

我的脚似乎有了疱，钻心地疼。爹让我上车，护好空空的瓦罐和瓷碗。回去的速度明显加快，一路上他没有吹口哨，也不说话。但呼呼的风在四周响起，像在助他。

回到家，村庄已经沉睡。爹把湿漉漉的衣裳脱下来，从口袋中摸出七块五毛钱。可能是贴身的原因，那钱干干的，没沾一点湿气。

那卷纸票，在娘点起的油灯下，微微晃动，似乎在炫耀地说，你可以继续上学了。

白大师

毓 新

画假饭票吃白粮那事儿，在当年的母校，其实就蒙了白大师一个，班里同学大多数不仅知道，还屡屡为“主犯”宿俊山当参谋，打掩护。

宿俊山不知从哪儿弄的牛皮纸，还有红蓝两色圆珠笔。人也许只有陷入非常的窘境，才会逼出非常的行为吧，要不如何理解学业顶尖的宿俊山，会挖空心思造假饭票呢！他将那牛皮纸裁得和真饭票同等大小，拿双色笔写呀画的，用足了功夫，并小心翼翼变法子作旧：双掌呵了气，放假票边轻搓慢揉，边细细察看，等票边泛毛票面起皱，上面字迹图案若隐若现，像极了饱经沧桑的真饭票。

行了，行了。围观的同学说。再搓揉会露馅的！

母校学生大灶的白粮窗口，只有周末给没条件回家背粮草的同学开放，而且打饭者也寥寥。为了掩护宿俊山，吃杂面碗饽饽喝杂面粥的同学，会故意去那窗口晃一下，随后由拿真白粮票的三两人，推宿俊山到最前，故意营造拥挤假象。

坐镇白粮窗口的一例为白大师。

学生大灶的师傅黑头黑脑粗人一帮，唯独白大师慈眉善眼，蓝衣白帽在窗口一杵，天设地造的白粮主厨。表情带了弥勒佛般的笑意，斜睨的目光更轻描淡写，迎视窗外抵近的每位同学。心怀鬼胎的宿俊山，在白大师的注目下，假模假样地把假票呈上。白大师伸出手，食指跟中指剪刀似的将票夹住，好像认真看了一眼，又好像根本没有看，轻轻丢入手旁铁盒中。再斜睨双眼接过宿俊山的搪瓷碗，铁勺深扎饭盆舀一勺，又浅浅地舀半勺。正常情况，这浅浅的半勺在凌空入碗的过程中，总会或多或少晃荡出些许，以精确校准勺中饭量，从而使整盆面条舀出该有的碗数。据说学生大灶共十位师傅，具备晃荡校准能耐的，除白大师外别无二人。可给宿俊山打饭时，白大师斜睨的目光触及近旁一个小娃的身影，那晃荡的力度变得若有似无。

紧跟宿俊山近旁的小娃，是他小学在读的侄儿。

那小娃实在够机灵，每隔两三周的一搪瓷碗白面条，吃到一半便停住手，筷子搭碗口放床头，掰杂面碗饽饽啃咬起来。

咋不吃了？宿俊山很恼火，跟白面饭有仇吗！

小娃置若罔闻，手掬杂面碗饽饽，嚼咽得有声有味。

狗娃给咱吃啊！宿俊山换种语气，屁大点人，不吃白面咋长个头！

四周的同学听得眼酸，不知道应该劝说什么。大哥病故，嫂子改嫁，高中生宿俊山带小学生侄子读书，整个校园无人不知。个别同学明里暗里送过白粮票，一律遭宿俊山婉拒：谁的口不馋好吃啊——我记着大家的情呢！

据宿俊山自己回忆，高中两年，他先后私造过十六张假票，在白大师的眼皮底下，为成长的小侄子打了十六碗白面条。直到大学毕业分配工作，领得第一份工资，宿俊山才买了丰厚礼物，专门找退休在家的白大师。不等自我介绍，白大师双眼盯住宿俊山，你就是那……拿……假票吃白饭的！

对。您说得没错！宿俊山低着头，紧紧将白大师抱住了。

你那侄儿呢？白大师说，紧跟你身后的那个碎娃？

他刚参加高考……这不，我还要帮他估分和填报志愿呢！

不是师生胜似师生的两人，聊到激动处，情不自禁开了酒瓶。就着临时买的猪头肉，一盅碰一盅，一口接一口。不胜酒力的白大师渐渐带了醉态，吐露真言说出真相，原来当年宿俊山鼓捣的那些假票，在最后交伙管的时候，全由白大师自掏腰包换成了真的。

白大师是合同工，每月挣十几块钱，养家糊口的，自己都舍不得吃一碗白面条啊！宿俊山每在同学前说起，总止不住热泪盈眶。

此后逢年过节，宿俊山跟侄儿无论谁回老家，看望恩人成了必选的行程，直至白大师去世。白大师的葬礼上，从省城赶来的宿俊山长跪灵前，热泪奔流。最后征得白大师家属的同意，宿俊山又拿了手机，跟远在美国的侄儿连线视频。

哀乐阵阵，悲音四起，手机中西装革履的汉子，面对镜头前慈眉善目的遗像，虔诚地鞠躬致意。

又见艾朵朵

吴万夫

突然接到艾朵朵的电话，说她已从深圳来到了绿城。艾朵朵是我高中时的同学，也是我昔日闺中密友。十几年前，艾朵朵与王闯结婚后，双双到深圳的一家电子厂上班，我们从此鱼沉雁杳，再无联系。

如今，艾朵朵不知从哪儿搞到了我的手机号码，竟然与我联系上了。在接通电话的那一刻，艾朵朵说她现在就在绿城的街头。这令我有些瞠目结舌，一时没有反应过来。

无论什么时候，艾朵朵都喜欢搞一些令人不可思议、难以捉摸的事情，从而达到一种出人意料的效果。就像当年她霍然宣布与王闯的婚姻一样，我们全班同学在错愕中震惊得眼珠子都快掉到了地上。要知道，清纯美丽的艾朵朵可是名副其实的班花呀，在其身边一直不乏追求者呢。谁也不知道，一向不显山不露水的王闯，是用什么手段，轻而易举地俘获了艾朵朵的芳心呢？或者换句通俗的话说，艾朵朵这棵鲜嫩的大白菜，是怎么被猪头一样的王闯下嘴拱去的呢？

关于艾朵朵与王闯的爱情，很长时间都是一个谜，令人唏嘘声一片。但艾朵朵嫁给王闯，已是铁板钉钉的事实，谁也无法更改。

在没见到艾朵朵之前，我曾在心里无数遍地勾勒着她十几年之后的模样。我不知道，此刻的艾朵朵，是否依然像以前那样清纯可爱、楚楚动人？当艾朵朵倏然出现在我面前时，一种心酸瞬间涌上我的心头。

这时的艾朵朵，真可谓穿金戴银了，耳坠、戒指、项链，女人该有的东西她一样不少。艾朵朵的身材依然是那么苗条，皮肤依然是那么白皙，唯一明显的变化，就是她的脸比以前更显苍白，本来颀长的腰身微微有些驼了。这是三十岁的女人本不该有的模样。最让人难以接受的是，艾朵朵的眼角出现了细密的鱼尾纹，虽然涂抹了厚厚的化妆品，但依然遮不住日渐隆起的褶子。尤其是一笑起来，霸道的皱纹将干结了的化妆品一片片、不管不顾地全部挤掉了。这让我感到了岁月的沧桑与无情，真是时光催人老呀！

一向喜欢制造点儿出奇效果的艾朵朵，今天的到来，仍是令我有些措手不及，但意外相逢的喜悦早已淹没了一切。为了显示我们家庭的那份浪漫与温馨，这顿饭，我们决定放在家里吃。我和老公忙得屁颠屁颠的，买菜，择菜，洗菜，极少下厨的老公竟破天荒亲自掌勺，当起了大厨，言说要为艾朵朵献上最好的厨艺。

席间的气氛比较热烈。毕竟十几年没见面了，我与艾朵朵似乎有着说不完的话，一边举杯频频敬酒，一边诉说着曾经美好的青春韶华。我们的话题自然就引到了工作、家庭生活上来。没想到，刚触及这个话题，艾朵朵的眼睛一热，眼泪便哗的一声涌了出来，流淌了满脸。

也许，在艾朵朵的心中，真的有太多难言之隐无处诉说，而今见到闺密，自然找到了发泄的渠道。艾朵朵伏在我的肩头，好一阵抽泣。我抚拍着艾朵朵，轻声说："朵朵，怎么了？你的生活到底怎么了？有话慢慢说……"

艾朵朵好不容易抑制住了啜泣，用纸巾揩了揩眼角，告诉我："我和王闯的日子没法儿过了！他总是嫌弃我，说我的身子像搓衣板，没有别的女孩子丰满；嫌我做的饭不好吃，说吃我做的饭简直就是一种痛苦。最主要的是，他作为一个男人，拿不起放不下，总是嚷嚷着工资低，却又不愿跳槽找更好的工作，大的做不了，小的不愿做。我每天跟着他过日子，就像带一个没长大的孩子，让我感到身心疲惫……"

艾朵朵抹干腮颊上的泪痕，又给我讲述一个有关她与王闯的故事。

一天，艾朵朵到商场里买了一条真丝裙子。那裙子款式新颖，裙边刺绣了几朵静美的睡莲，媚而不俗，穿在身上不仅合体，更是衬托出高贵之气，在炎热的夏季，给人一缕清凉舒爽的感觉。

艾朵朵当下兴高采烈地买回了这款连衣裙。她穿着这条连衣裙，在家里晃来晃去，一整天过去了，王闯却像没看见一样，熟视无睹。穿着如此抢眼的裙子，竟然没有引起王闯的注意，这让艾朵朵万分委屈，一气之下将这条真丝裙子送给了办公室的好姐妹林小叶。没想到，林小叶穿上这件真丝裙子走在厂区里，竟然赢得王闯的阵阵喝彩声。

王闯回到家里，在艾朵朵面前啧啧称赞道："你看看人家林小叶，多有眼光呀！人家买的裙子，穿在身上就是合体，要多好看有多好看！"

艾朵朵本想告诉王闯，林小叶的那条裙子是她送的，但话到嘴边又忍住了。艾朵朵只是在无人的时候，俯身趴在枕头上，任委屈的泪水汹涌而出……

艾朵朵喋喋不休地诉说时，她略显病态的面容没有一丝血色。看来，不如意的生活更像一把锋利的刀子，能把人切割得体无完肤，不成样子。

摔老盆

江红斌

老爷子出殡的日子向后一推再推，原因是确定不了该谁摔老盆。

按老规矩，不管死者有几个儿子，一律由大儿媳妇摔老盆。老爷子就一个儿子，儿媳妇摔老盆本该没问题。偏偏老爷子有两个儿媳妇，一个是原配的离婚后不离家的儿媳妇；一个是二婚的现任儿媳妇，事情变得复杂了许多。

李庄镇人智慧很高，为区分老爷子的儿媳妇，把原配的儿媳妇叫作大婆；把二婚的儿媳妇叫作小婆。在李庄镇人的心目中，能摔老盆的儿媳妇才是这家真正有名分的主人。大婆与小婆为摔老盆的问题，每天争吵不休。

在李庄镇，家族意识根深蒂固，族人一致认为，大婆是原配，理应有名分，该摔老盆。由于大多数人站在大婆的一边，最后终于确定由大婆摔老盆。

大婆十八岁就嫁到了这个家徒四壁的家。她没有怨言，始终相信依靠两只勤劳的手，就能改变贫穷的家境。果然，家里逐渐富裕起来，还盖起了李庄镇第一座洋楼。可十五年前，那个与她同甘共苦的男人却另寻新欢，与她离了婚。

大婆五内俱焚，想离开这个家一走了之。可看到自己一双可怜的儿女时，她改变了主意，决定离婚不离家。她要靠耕种家里的十几亩责任田，把儿女扶养成人，争一口气，活出个样来证明给李庄镇的人们看。

大婆身材瘦小，终年的劳累让她变得腰弯背驼。街巷里，总能看见大婆肩扛一柄锄头，一步一晃，左摇右摆着从村外的地里走来。她始终靠大路的边沿低头行走，生怕惊吓别人似的，遮遮掩掩。她一般不与外人搭话，行色匆匆，永远在忙碌中过活。时光在大婆的身影里溜走，一双儿女逐渐长大，她想，该挺直腰杆了。摔老盆正是个争取名分的好机会，她要好好把握。

大婆一夜未眠，她的神经像绷紧的弦。

终于挨到出殡的日子，街巷两侧，挤满看热闹的人们，像看大戏。就连村外居住的喜鹊，也三五成群飞来，挤在梧桐树上，叽叽喳喳叫个不停。大家并不在乎老爷子的葬礼隆重与否，关注的是大婆如何摔老盆。

午时三刻，出殡仪式开始。电子炮车发出一阵模拟鞭炮震耳欲聋的声响，吓得梧桐树上聒噪的喜鹊扑棱棱飞跑了。哀乐和哭声同时响起，悲愤的气氛笼罩了整个街巷。随着棺木，孝子贤孙们身着素衣，披麻戴孝，鱼贯涌出家门。

大婆小婆相随着跟在棺木的后面出来了。大婆看到街巷里聚光灯样射到自己身上的眼睛，先是吃了一惊，马上挺直了腰身，显得雄赳赳的样子。她装作擤鼻涕，扭身用余光扫了一下身后的小婆。小婆头戴轻纱，雪白富态的身体被一袭纯白的真丝连衣裙包裹，完全是城里贵妇人的做派。没见过出殡阵仗的小婆，大睁着一双媚眼，顾盼左右，十分好奇。

狐狸精！大婆暗自骂了一句。这样的骂在心里不知有过多少次。她收回目光时再瞟了眼小婆，一种陈旧的悲哀从心底被唤醒，后背一阵发凉。小婆圆润饱满的身材与她骨瘦如柴的身躯形成鲜明的对比。大婆整日低头走路，却从未审视过自己的身体，现在刻意看了一下，竟然吓得发呆。一双玉米秸秆一样的腿支撑的哪是人的皮囊啊，简直就是一架插在田里随风飘荡的稻草人！大婆觉得与小婆并排站着，很像一胖一瘦一对说相声的组合，一个捧哏一个逗哏，属于绝配，太滑稽了！

大婆的身子开始发抖，不由得把手中的老盆抓得紧紧的。这老盆仿佛有巨大的能量传输过来，大婆再一次挺直了腰身。

起灵前的规矩烦琐而庄重，一项也不能落下。跑灵，哭灵，路祭。别家没有的规矩，这里都要有。尤其是李庄镇人从没见过的朋友，一波一波地摆路祭，让出殡的仪式庄严隆重。时间一长，大婆心急，握老盆的手心攥出了汗。

又一阵电子炮轰响过后，该摔老盆了，大婆心里一阵激动，高高地举起老盆。那老盆似乎带着满盆的苦大仇深，让大婆举起的胳膊颇费力气。大婆的动作中带着恶狠狠的意图，居高临下摔了老盆。

为把老盆摔碎，地上预先放了一块棱角分明的太行石。大婆用劲太大，偏了方向，老盆摔在土路上，骨碌碌滚了老远，居然没碎。老盆里的纸灰撒得她满头满脸。

大婆的脸色变得黑紫，气恼地捡起老盆，扔向太行石，咔嚓一声，老盆四分五裂。散落的碎片个个都像张着嘴在笑。仿佛是号令一般，随着老盆碎裂的声响，孝子队伍开始哭声四起。

起灵了，大婆瞥见小婆依旧没心没肺在四处张望，痛从心底涌现，恨自己连个老盆也不会摔，太无能了！她忍不住放开悲声，大哭起来。哭声幽怨而悲怆，从娇小羸弱的胸腔里迸发出来，居然压住了全场的声音，送葬队伍寂然无声。大婆的哭声保持着高音调，贯穿葬礼的整个过程，隆重热闹的场面变得悲痛欲绝。

第二天，大婆就病倒了。她的肚里仿佛有个生产气体的机器，让她频频打嗝。嗝声高亢冗长，半道街巷都能听到。大婆慢慢不能进食了，身体日见瘦削。没多久，已经脱了人形，仿佛一副骨架上罩了一张人皮。人们劝她住院治疗，她总是答非所问地自言自语，埋怨自己连个老盆也不会摔。

到后来，心有不甘的大婆还是死了。出殡那天，大婆的准儿媳妇给她摔的老盆。葬礼很隆重，就是听不到哭声。说起摔老盆的事情，李庄镇的人们总是津津乐道，说，为大婆摔老盆的虽然还是个准儿媳妇，却有实实在在的名分，老盆摔得那个碎哟！

灯光璀璨的夜晚

胡　玲

半夜醒来，他推开窗户，常看到有个女人从楼下经过。

是个美丽的女人。干练的职业套装，淡妆素抹，踩一双细高跟鞋，婀娜地走过，摇曳着万种风情。

是个神秘的女人。走路时，身板笔直，目不斜视，淡定从容，似乎周围的一切与她无关。

她应该是个老师，刚上完晚自习回来，或者是个高级白领，加完夜班归来，他猜想。

后来，每个晚上，他不睡觉，掐准女人经过的时间，守在窗前，躲在窗帘布后，目光追随着女人的身影，看她走过长长的街道，拐进窄窄的小巷，消失在如墨的夜色里。而后，他才会躺下睡觉。渐渐地，只有等她夜归后，他才能睡着。

很多次，他想在女人路过时走出去，假装和她偶遇，跟她打个招呼。可他不敢，半夜三更的，怕吓着她，毕竟，她不认识他。

一个晚上，他父亲急性阑尾炎发作，把父亲送去医院，见到主治医生的那刻，他愕然了，是那个女人。原来，她是个医生。她娴熟利落地给他父亲做了检查。马上做手术，她说。

半小时后，父亲被推进了手术室。女人做好术前准备，正要进手术室，一个小护士神色慌张地跑过来，在女人身边耳语了几句。女人一怔，很快便恢复了平静，快步走进手术室。

站在手术室外，他异常平静，也不知为什么，他笃定，女人会是个好医生，女人一定能把这台手术做得很成功。

一个多小时后，女人从手术室出来，揭开口罩，冷峻说道：你父亲没事了。他正要说声感谢，女人急匆匆地跑走了，利落的步伐，在地板上敲击出轻柔的声响。小护士也跟着跑过去。

他好奇，快步追上小护士，问她发生什么事了。小护士说：刚才，李医生给你父亲做手术前，她父亲正躺在另一间手术室接受手术，手术失败了，她父亲走了……

他跟在女人身后，跑进一间手术室。手术室里，一个老人躺在床上，双目紧闭，一动不动，一张白布盖住了老人的身体。一个小姑娘趴在床头号啕大哭，哭声撕心裂肺，令人心碎。

女人走到床前说，小妹，你小声点哭，旁边的手术室都在做手术，咱们别影响他们。女人泪如雨下，一串串泪珠像珍珠般寂静淌下。

小姑娘用手捂住嘴，极力压抑自己的哭声。女人蹲在床前，头埋在臂弯里，轻声呜咽。姐妹俩努力忍着哭声，哭声很小很轻，像河水静静淌过。

他想走到女人身边，拍拍她的肩膀或握握她的手，给她一些安慰，但他没有，他只能站在远处，默默看着她，为她的伤心而难过。

一周后，他再次来到医院，走进女人的办公室，见四下无人，他塞给她一个红包。谢谢你那天救了我的父亲，聊表谢意。他想不出用什么别的方式感谢女人。

女人没接红包，淡然地说，这是我职责所在，如果你真心感谢我，请你尊重我，把红包收回。她的双眸闪烁着神圣不可侵犯的光芒，让他无地自容。

他赶紧把红包收了回来，灰溜溜地离开了医院。他很后悔自己的举动，他觉得自己亵渎了女人。

女人像一杯醇酒，在他心里幽幽散发着暗香。他常常在独处时想起女人，想她的样子，想她说过的话。想她的时候，他时而甜蜜，时而惆怅。

很多次，他想去找女人，在心里想好了见到她时说的话，走到医院门口，他又退缩了，他怕他的出现会让她感到唐突和冒昧。

半年后，他在电视上看到了女人的采访，女人发明的一种清洗伤口的药水刚获得国家专利。

记者问女人：大多数女人会选择一些比较轻松的职业，如老师、白领等，你怎么想着要做医生？一个女人，每天拿着手术刀，面对着伤病的身体和血淋淋的场面，你不害怕？

我从小的理想就是做一名医生，其实，拿起手术刀的那一刻，只想着快点救人，根本没时间害怕。

那你最害怕什么？

说来不怕大家笑话，我最害怕走夜路。我每天下夜班回家，要经过一条长长的小巷，那条巷子很窄，不能开车，里面很黑很暗。以前，我父亲健在时，他每天拿着手电筒在巷口等我，为我照亮回家的路，现在，父亲走了……

看完采访，他立即采购了一盏路灯，安装在他房间窗户外面。夜晚，他静坐在窗前，夜风温柔地吹进来，他的心里宛如涨满了一池春水。

夜半，万籁俱寂，高跟鞋击地的声音突然响起，女人的身影从远处飘来。

他把头探到窗外，看着女人走过来。她刚走到小巷口，他打开路灯的开关，刹那间，璀璨明亮的灯光照亮眼前的夜色，昏暗的巷子顿时亮如白昼。她一脸惊讶地抬起头，看到了灯光里的他。

他伸着头望着她笑。女人看了他一眼，没说话，径直朝巷子里走去。

看着女人离去的背影，他怅然若失。

女人慢慢朝前走，走了一段路，她突然转过头，羞涩地朝他挥挥手，灯光下，她的眸子里似有星光闪烁。晚安！她对他说，而后，她朝他一笑，那笑容，明媚而羞涩，像开在夜色里的一朵花儿……

望天鹅

蒋冬梅

他们很少说话，他们只听风和窗子说，听院子里的大杨树说，听一只鸟说，听整片林子说，听峡谷里流出的小溪喊喳。

白天进山，没人可以说话，他就跟树说话。他从来都沉默寡言，唯独见了树才眉开眼笑。

他一走进林子，仿佛能看见树都在欢呼雀跃。一会儿这棵树的胳膊缠住他，一会儿那根藤的手指拂过他。大树在他头顶隆隆响着说话，鸟儿说的话像碎米子一样往下掉落。连一丛草都在说话，像绿色的水波在荡漾。

他摸着一棵红松粗糙的树皮说："使劲长吧！"去年松毛虫病来的时候，它病得可重了。现在，那些鲜嫩的松针带涩味的香气，钻进他的鼻腔，洗着他的肺。

这时候，她正坐在院子里，背对着林子。她不怕飞过的蜻蜓掠一下她的头发，不怕迷路的小虫在她耳边聒噪，也不在乎蚂蚁误闯入她的裤管。一只蜘蛛降落在她的手腕上，她笑着对它说："降落失误喽！"然后轻轻地把它抖在地上。它们都是她的伴儿，她一整天都在听它们说话，一点儿也不感到寂寞。

护林站的房子就在路边，房子就是路的尽头，他们很少望向远方，也不盼着什么人来。这条路钻出大山就会遇见一个村庄，那里有他们从前的家，可那已经是二十年前的事了。

这幢房子岁数很大，有二十多年了。他把它粉刷成醒目的橘红色，像开在大山里的一朵百合花。他从山顶扯来电线，在院子里挂上灯，装上喇叭，除了这些和一部对讲机，再也没有现代化的物件了。

有时他告诉她："今天从脚上盘过了一条蛇，你不动，它就以为你是一块木头。"有时她告诉他："野猪来过啦，顺走一些苞米。"下雨天，他们躲进屋去，担心那些淋雨的鸟儿；天晴了，院子里的稀泥地上，有几行小爪印，小鸟把他们故意撒在院中的豆粒捡去了，这有点像他们的孩子玩累了，回来抓一口食儿就又跑出去疯。

他遇到过人参，小小的四品叶，在草窠里笑着。他告诉它：“要藏好了呀！”他没有留下一个记号，故意忘了它在的那个山坳。

二十年没抽过烟了，有时他疲累得浑身像散了架，真想抽上一口，可压根不可能找到一点烟丝和一只打火机。秋冬的山就是一个柴堆，出了护林站的门，永远都不能有一点火星，方圆几十里，只有他们的房顶上竖着一根烟囱。

爬上高高的防火瞭望塔，坐在黑洞洞的塔楼子里，大山就全归他啦，他能听见整片林子的交响乐。天空干净得像洗过了，一道烟都能划破似的。夜里，太阳给关了灯，黑黑的林子松弛下来，像没了缆绳的船，自在地漂着。

他和树就像老朋友，每天互相看看，彼此都还好好的，就放心了。可是，有一天巡山的时候，他看到两个人正挥着斧头在砍一棵大白桦树，他们已经砍出一道深深的伤口，新鲜的伤口里还散发着奶油味的清香。他连想都没想，一声怒喝就冲了上去，迎着那些拿着斧头的人。那些人举起闪着寒光的斧头想吓走他，可最后却被他死都不怕的气势吓退了。从那天夜里开始，他一连几天都守着大白桦树，像从前守着他生病的孩子。他老婆担心坏人伤害他，可他对她说：“你见过为了保护自己的孩子而害怕的父母吗？”后来，他老婆干脆和他一块守在大白桦树下，他不走，她也不走。

某天，路上响起一阵汽车喇叭声，他和她都明白，又有人来望天鹅峡谷看风景了。在护林站的屋子前面，一群人停了下来。已经到了路的尽头，他们只有穿过树林，才能继续向望天鹅峡谷进发。那些人发出刺耳的声响，让他俩感到很害怕，害怕他们惊走了鸟儿，踩伤了野花；害怕他们扯过树的胳膊，把一个个白色泡沫饭盒挂在树枝上。

那些树好像也在收缩着，都竖着汗毛似的，连鸟都憋着不唱了。那些人不停地说着望天鹅的奇美风景，说应该开一条大路，还说要拦住溪水，建一个水厂。他们吵闹的声音在树林里回荡着，好像把整个望天鹅山脉都颤动了似的。他俩默默地听着，充满担心，再也开心不起来。

后来，来了一群孩子，那些孩子来的时候，他俩像看见树那样眉开眼笑。孩子们在林子里跑着，像那些进过他们院子的动物一样欢快。孩子们舍不得弄坏一片树叶，舍不得摘下一朵花。整片森林里仿佛能听见树叶在鼓掌，花儿跟着风的鼓点开始跳舞。

孩子们画了很多画。他们把树画成了一片混沌的绿色，上面开着星星一样的花朵，护林站像块路牌似的插在丛林中间。孩子还给他们画了一幅全家福，那张画上，有茂密的树林，有流淌的小河，有吹过树林的风，有来过院子的鹿、野猪、狐狸和飞过的鸟，它们全都有一张笑脸，就连蜜蜂、蝴蝶、蚂蚁都有。

在树林的深处，一条小溪正闪着光在奔跑。他俩舒心地笑着，像孩子一样开心。他们从来没有去过美丽的望天鹅峡谷，可他们知道，他们守着的这些树就是天鹅的羽毛，他们一直被天鹅拥在怀中。

失明症

吴 越

从儿子上了高中开始，她彻底看不见了。耳朵是个很好使的器官，仅凭着听力和自己原有的记忆，她就可以判断出身边的一切，并且迅速做出反应。母亲的脚步是微沉的，她的步履拖沓，要拉出一串摇摇晃晃的老年音；儿子脚步则是轻快的，很有年轻人的朝气。

她和她的母亲一样经历过失明，她的母亲为此事也端着茶水和她谈心。母亲告诉她，咱们家的女人到了一定年龄，可能都会经历一段时间的失明。瞧见她沮丧的神情，母亲给她加油打气，说："没有关系，失明不影响你的生活，何况过一段时间，视力就可以完全恢复了。"于是她也渐渐习惯了不依靠眼睛来生活，心情也从一开始的烦躁不安，变成一湾平静的小溪。

儿子方明下个月就要高考，正是最不能松懈的时候，每晚她看见儿子房间亮起来的电灯，都轻轻叹气，然后转身去厨房里剁鸡肉，剁成小块之后，扔几颗红枣、枸杞炖一锅汤，端进儿子的房间里。家里是不敢开电视机的，怕电视机吵闹的声音让儿子分心。到了深夜里，这个家里的灯几乎都熄了，只剩下儿子书桌前的台灯亮着。

"我也不需要开灯呀，你只管你自己学习吧。"她这么对方明说。方明是个很体贴细心的小伙子，她配合着他的时间表，因而熬夜到头昏脑涨是常有的事情。那时方明就会挽着她的胳臂，小心翼翼地，生怕她在黑暗中看不到前方的墙，一边轻声提醒她，哪里是茶几，哪里有矮凳，一边搀着她走。

丈夫自换了工作后，就要上夜班，回来的时候夜晚几近过完了，太阳即将跃至半空之中。他躺在床上弥补昨天缺失的睡眠时，她换下家居服出去买菜，和菜场卖菜的老阿姨砍价，砍得两个人都口干舌燥，最后总会有一方无奈让步。

丈夫是个缺点很多的人，起码在她眼里是这样。他懒惰、邋遢、不修边幅，一身衣裳穿了好几天才会换洗。在外头居然也有女人被他吸引，她不由哂笑。

她想起自己的父亲和母亲，那是她即将十八岁，高中毕业之时，她觉得父亲与母亲的关系显出某种难以用言语描述的怪异，他们刻意地展现出一种和谐的关系，装作承载自己生活的列车仍然稳稳地运行在幸福的轨道之上，她也被他们不自然的表演欺骗了。

直到她大学第一学期过完，拉着行李箱从远方回来，在家中一个抽屉翻见他们暗红的离婚证，才发现那列车已然驶往另一个方向。在那个方向，他们又找到了新的幸福的轨道，并坚定向前。

而现在，她和自己的母亲一样，正在一个新的岔路口，如同她们都坐在一直在转动着的旋转木马上，循环着。她闭着自己的眼睛，任由木马带着她的身体转圈圈。

“快坐下，饭很快就好。”她听见玄关处儿子换鞋的声响，手中的铲子翻动着，几根鲜嫩的豇豆落到滚烫的热油之中，仿佛经历着十八层地狱之中上刀山、下火海的酷刑。

她看了看正在低头做题的儿子，身侧丈夫的手机里，一个她不认识的女性的名字发来暧昧的消息。此刻，她的内心无比平静，因为这是最后一个月，等到六月八号一过，她的失明症或将不药而愈。

烂酒的人

韦如辉

母亲冲破重重阻力，铁了心跟父亲结合，就是相中他不吸烟不喝酒。可以换个角度说，日子并不宽裕，长相也不出众的父亲，由于没有不良嗜好，才赢得了母亲的芳心。老家堂屋东墙的镜框里，挂着两个人放大的黑白结婚照，母亲的手臂挎着父亲，一副喧宾夺主的扬扬自得。

父亲在村子里却不受待见。往往，男人们讥讽他像个娘儿们。在他远去的背影里，女人们则从嘻嘻哈哈的玩笑中抖出这样的笑料：大老爷们，有几个不吸烟不喝酒的哟！

说的是，掰着脚指头数数看吧，从村东数到村西，再从西村数到东村，除了看不见太阳和月亮的刘瞎子，便是父亲了。

这样的局面，母亲做梦也没有想到。

渐渐地，父亲端起了酒杯，细细抿一口，哎呀，一条火蛇蹿到肚子里，怎么吐也吐不出来，吐着吐着，眼泪吐了出来。

笑声一浪高过一浪，一片连着一片。甚至，有的人笑弯了腰，一时半会儿捋不直，走路都歪歪扭扭的。

母亲转过身，双手捂着脸，从指缝里钻出来的，竟然是打嗝一样的笑声。

撺掇的人仍不罢休，生怕闹剧不够刺激。点上一支烟，塞到父亲嘴里，说，吸一口，赶紧吸上一口，眼泪马上就回去了。

两缕青烟从父亲的鼻孔里袅袅升起，慢慢整合。头顶上，蓝天白云。蓝天的蓝，白云的白。

此情此景，是我出生一年前的一幕。那时，父母婚配已经三年，母亲那边并没有动静，依然保持着苗条的身段。父亲喝酒吸烟后，母亲的肚皮像小山一样鼓起来。这件怪事儿，以一传十十传百的速度扩散，最终演变为茶余饭后永不过时的冷幽默。

我出生后，父亲把烟彻底戒了。他的烟瘾不大，可有可无。当然，母亲的劝导与他的自觉起到了作用。为了我的健康成长，他愿意放弃一切，何况烟乎？

至于酒，他的认知发生了巨大的反转。大老爷们，哪能不喝点酒？母亲每次规劝或者制止他时，他总是把这几个词语，玩得溜溜转。

父亲喝酒时，脸庞像天空一样变幻着。先红后紫，后由紫变白，再由白渐黑，跟川剧里的变脸大有一拼。父亲的酒量与日俱增，达到了一个纯爷们可以夸下海口，牛皮漫天飞舞的程度。

村子里遇到红白喜事，正是男人们疯狂张扬的时候。他们干着粗活、重活和脏活，把各等杂事、琐事与难事干得利索。事后，东家要摆上几桌。酒桌上，免不了来一番比拼和较量。

酒酣耳热之际，母亲毅然出现在村路上，脚下带着风，直接跳到桌前，伸出一只手，牢牢地捉住父亲的耳朵，像钓黄鳝一样，把他从人堆里拽出来。

父亲发出痛苦的呻吟，嘴里常常说，不喝了，不喝了。但有一次，父亲实在受不住别人的挖苦和讥笑，掰开母亲的手，突然把她掀翻在地。

母亲从地上爬起来，抹一把嘴角的血沫儿，往地上吐一口浓痰，恶狠狠地骂道，烂酒的人！

之后的时光里，母亲只要一说烂酒的人，便知道她说的是父亲。烂酒的人，似乎成了父亲的代名词，不！简直是名字。除了户口本上的那三个日渐陌生的字眼，他没有第三个称谓。

一场春雨，润物无声，正是给小麦施肥的大好时机。母亲把拴着羊的一根绳，递到父亲手里，告诉他抓紧赶个集，换几袋化肥，地里的麦子饿着呢。

父亲卖了羊，进了酒馆，把钱换成酒，灌到肚子里。傍晚时分，又下起了毛毛雨，父亲跌跌撞撞进了家门。

麦子长成啥样，可想而知。母亲说，烂酒的人，真丢人！

到了收麦时，母亲丢了。具体去了哪里，无人知晓。只记得母亲临走时，把我拉到院子外面，摸着我一头茂密的头发，说，孩子，别学烂酒的人！转身三步两脚，消失到苍茫的夜色里。漆黑的夜晚，狗叫、鸡叫、鸭叫、鹅叫，相继响起，此起彼伏。愣怔了一会儿，我的哭声混迹到那片复杂的声音里。

那一年，我六岁半。

母亲说得对，父亲越来越没有出息，时常没有由头地喝醉，把秽物弄到地板上。整个院子，弥漫着腐朽的气息。偶尔过来串门的狗，抽动几下鼻子，悻悻离去。

父亲查出了病，肝癌晚期。得知消息的母亲，才从打工的南方回来。

父亲张开起皮的嘴唇，轻轻对母亲说，对不起！插进鼻孔的氧气管，微微晃动。

母亲嘴角撇了撇，随后叹了一口气，她没有说父亲是个烂酒的人。

母亲塞给我一把钱，嘱咐我买酒买菜。我说，不！他是个没有出息的人！母亲望了一眼扭曲在床的父亲，双手把我推出了门。

酒是好酒，菜是好菜。母亲把好酒好菜摆在父亲的床头，轻轻说，小淘，吃点喝点吧。

哦，父亲姓马，户口簿上的名字叫马大帅。

父亲的喉结上下滚动，一下，两下，三下……终于，停了下来。他摇了摇头，从鼻腔里跑出死亡的气息。

小淘，是父亲的小名。文雅一点说，乳名。

没出息的人！我在心里说。说谁？父亲，母亲，自己，不清楚。

我仰起头，甩到一边，泪珠儿甩到墙上，似乎发出刺耳的撞击声。

追　车

戴　希

寒冷的夜，静谧的夜，深沉的夜，漆黑的夜。

夜色里，有辆蓝色的小车在深山老林中一段长长的高速公路上行驶。前后左右看不到一辆车，似乎这段高速公路只属于这辆蓝色的小车。憋住呼吸行驶，也不知过了多久，司机终于看到前面有辆灰色的小车正与他的车同向行驶。

司机的内心顷刻间充满温暖和喜悦。

情不自禁地，蓝色小车立马加速，想尽快追上那辆灰色小车。蓦然发现蓝色小车在加速追来，灰色小车急了，也加大油门向前奔跑。看见灰色小车在加速，蓝色小车心慌，又进一步加大油门。蓝色小车一加大油门，灰色小车又进一步加速。两辆小车都不停地加速再加速，后面的一门心思要追上前面的，前面的铆足劲儿想甩开后面的。前面的车像亡命的逃犯，后面的车如追赶的警察。

不知相持了多久，终于发现前方不远处，路边正好有个加油站。灰色小车赶紧一溜烟地驶入，象征性地加过油后就选择在加油站的办公房前停住，欲等后面的蓝色小车驶过加油站一段距离后再开。

殊不知蓝色小车亦发现了加油站，还看到灰色小车驶入后一直未出来。蓝色小车略一思虑，也一溜烟地开进加油站。只是蓝色小车担心灰色小车寻机开溜，不敢加油就缓缓停在灰色小车后面。

灰色小车不走，蓝色小车便不走；蓝色小车不走，灰色小车也不走。相持一阵，还是灰色小车司机忍不住下车，壮着胆子走到蓝色小车车旁，抬手轻轻地拍了拍车门。

“兄弟，我的车有了故障，今天不走了。”他尽量柔和地提示蓝色小车司机。

蓝色小车司机把头探出车外，也一脸苦相：“真不巧，我的车看来出了问题，得等到明天天亮后再想办法。”

“唉！”灰色小车司机一声长叹，无可奈何地回到车内静候。

而蓝色小车司机则摇上车窗，趴在方向盘上盯着灰色小车。

又不知相持了多久，灰色小车司机急了，还是忍不住下车，匆匆走到蓝色小车车旁，抬手轻轻地拍拍车门。

“我说兄弟，你这一路紧咬着追我，是啥意思？”他索性直截了当地问。

“路上一直没有别的车辆做伴，太孤寂、害怕！”蓝色小车司机也如实相告。

“哦，原来这样！”灰色小车司机恍然大悟。他把手伸向蓝色小车司机，两人的手很快握在一起。

“兄弟，我想知道，”蓝色小车司机笑问，“你一路疯跑，要和我保持距离，这是干吗？”

灰色小车司机一愣，随即笑答：“也一样，担心你超车后把我甩掉。路上又没别的车做伴，太孤寂、害怕啊！”

嘴上这么说，其实，此前他是担心蓝色小车一旦追上他的车，蓝色小车司机会对他图谋不轨。

他轻轻摇头，微微一笑。

“走吧！”

“走！”

心里的疙瘩解开了，两辆车一路结伴，轻快地前行。

温暖的夜，萌动的夜，清澈的夜，明亮的夜。

心 事

颜士富

清晨，传来消息，赵大娘过世了。

听到这个消息的时候，蒋建满坐立不安，他要去祭奠赵大娘。

蒋建满九十挂零，从乡长的位上离休，现住县城，而赵大娘家居乡镇，离县城几十公里。九十岁的人了，出行不免令人担忧，尽管如此，蒋建满仍执意要去，儿子只好驱车前往，把父亲送去。

蒋建满来到赵大娘的灵堂前，给赵大娘深深地鞠了三个躬。当离开赵大娘家时，儿子从后视镜中看到，父亲有两行泪从眼中溢出。

蒋建满叹了口气，对儿子说，这辈子，我最对不起的人，就是你赵大娘了。

见儿子流露出不解的神色，蒋建满点燃一根烟，深深地吸了一口，说，那是1938年腊月——一天，蒋建满接到上级指令，驻扎淮阴城的日本鬼子将对洪泽湖北岸沿边进行扫荡，要求蒋建满带领游击队在赵集设伏阻击鬼子，拖住鬼子，为黄圩一带老百姓转移物资赢得时间。

阻击战在赵集打响，拉锯战一直持续了两天，终因寡不敌众，游击队被鬼子打散了。但是，此战，给黄圩一带御敌赢得了时间。

鬼子追逐散落的游击队员，蒋建满向赵集西北撤退，鬼子穷追不舍。天渐渐落下帷幕，当蒋建满跑到一个村头时，遇到一位姑娘，姑娘听到后面有枪声传来，知道他肯定是被鬼子追赶的人，她迅速上前，拉着蒋建满就往家里跑。鬼子追到村里，挨门逐户进行搜查，当搜到姑娘家时，蒋建满正躺在姑娘怀里，姑娘对鬼子翻译说，这是我男人。

鬼子终于走了，蒋建满谢过姑娘及其家人，便上路了。

从此，在蒋建满的心里留下一个遗憾，怎么不问问姑娘姓啥叫啥呢？日后好对人家有个报答，也许，当时处于战争的紧要关头，来不及想这些问题。

终于结束了所有战争，建立了中华人民共和国，蒋建满被分配到一个乡政府任乡长。此时，蒋建满更惦念那个姑娘，如果姑娘真的愿意的话，他想娶她做老婆，毕竟人家黄花大姑娘的怀让自己躺过。然而，不知道那位姑娘的姓名，真的不好找，即使找到了，该怎样向人家表白呢？这件事竟成了蒋建满的心事。

若干年后，蒋建满被调到另一乡镇任乡长，在一次下村调研时，突然在一户门前遇到一位妇女，蒋建满感觉眼熟，那位妇女也盯着他看，仿佛似曾相识。对视了几眼，妇女什么也没说，转脸就回屋去了。

看着妇女那一转身的动作，蒋建满认定，这位妇女就是当年救过他的那位姑娘。蒋建满回到乡里，找来那个村的支部书记，让他摸摸底，证实一下，是不是那位姑娘。

很快，支书就给蒋建满回复了，说，那位妇女姓赵，是赵集那边嫁过来的，她承认当年救过新四军，她还说，这事儿早忘了，都是应该做的事儿，人家提着脑袋打鬼子，咱这点儿事还用记心上？

一天，蒋建满在支书的引领下，来到赵大嫂家，他不仅代表政府要感谢她当年对抗战做出的贡献，还要以个人名义感谢她的救命之恩，还打算认她为自己的亲姐姐。

到了，支书站在门前喊，赵大嫂在家吗？

哎，谁呀？赵大嫂从屋里迎出来。

你看，蒋乡长来看你了。

赵大嫂笑盈盈地说，你们都请屋里坐。

支书又强调说，赵大嫂，这是我们乡的蒋乡长。

赵大嫂摇摇头说，不认识。

蒋建满示意支书不要提这些，他面对赵大嫂说，大姐，您再仔细看一下，认识我吗？

赵大嫂笑着说，真的不认识。

我是当年被鬼子追杀的那个人，是您救的我呀！

赵大嫂还是摇摇头，说，不认识，我当年救过的都是打鬼子的。

对，对，我就是当年打鬼子的。蒋建满说。

赵大嫂还是没有认他，蒋建满无功而返。他回到乡政府后，对赵大嫂的行为怎么也不理解，当年明明是她救的自己，怎么就不认呢？想了很久，蒋建满终于有了新的认识，赵大嫂救他时，心里装着的不是他这单个的人哪。

从此，蒋建满在工作上不敢怠慢，兢兢业业，任劳任怨，直到离休，所到之处，留下了好的口碑。

完 美

若金之波

圆圆不仅人长得漂亮，还有一个会唱歌的嗓子、一副会跳舞的腰肢、一双会弹钢琴的手和一张会表演的口。反正什么艺术她都会！

不明白的人，以为她的父母天赋很高，都传给了圆圆，其实她就是一个订制婴儿！在她出生前，父母遗传给她的基因就被修改过了，换上了最漂亮的美女基因、最能歌善舞的艺术基因和超级聪明的天才基因。所以，她一生下来就与众不同，半岁会说话，一岁会唱歌，两岁会跳舞，三岁会弹钢琴……不管是什么艺术，她一学就会，一会儿就超过别人。

她的非凡表现让人们惊叹不已：世上还有这么完美的女孩，真是太神了！太不可思议了！

歌唱家闻讯赶了过来，听了圆圆唱的歌，激动地说："天才呀，一定要把她培养成未来的歌星，准能一曲走红！"

舞蹈家闻讯赶了过来，看了圆圆跳的舞，兴奋地说："天才呀，一定要把她培养成未来的舞后，准能举世无双！"

钢琴家闻讯赶了过来，欣赏了圆圆弹的曲子，惊叹道："天才呀，一定要把她培养成未来的钢琴家，准能名震中外！"

爸爸妈妈听了专家们的鉴定，十分庆幸：幸亏我们思想超前，订制了一个完美的婴儿，这是多么有远见的事啊！

为了让圆圆的特长得到最充分的发挥，爸爸妈妈从小就有意培养圆圆，让她在各方面都表现出色。因为他们知道，基因再优秀，顶多算是天赋高，要把天赋发挥出来，还是需要后天的努力。

从此，圆圆更加勤奋了。每天都在课余时间"发挥特长"，早上起来唱歌，中午放学就跳舞，下午放学表演节目，晚上在睡觉之前还要弹钢琴……

她没有双休日，没有节假日。好在她天赋很高，不仅学习成绩好，"特长"也发挥得好，刚读小学不久，她就是远近闻名的"全才"了。

圆圆六岁时，学校举办了特长比赛，准备从学生中选拔优秀的特长生，推荐到市里培养。圆圆当然要报名参加了！

观看比赛的除了学生，还有家长，甚至还有许多慕名而来的新娘们，她们都想一睹完美女孩的风采，好让自己也订制一个完美的婴儿。

歌唱比赛开始了，圆圆是第一个参赛者。她清亮的歌喉震撼了全场，就连天上的百灵鸟儿也赶了过来，躲在枝头上聆听，羞得再也不敢唱歌了。市音乐专业的老师当即决定录取她。

舞蹈比赛开始了，圆圆也是第一个参赛者。她的优美舞姿征服了所有观众，就连动物园的孔雀也赶了过来，躲在屋顶上观赏，羞得再也不敢露面了。市舞蹈专业的老师当即决定录取她。

钢琴比赛开始了，圆圆又是第一个参赛者。她的珠落玉盘的琴音，让人如痴如醉，就连笼里的画眉鸟儿，也惭愧得不敢吱声。市钢琴专业的老师当即决定录取她。

……

整个上午，都是圆圆一个人参赛比赛，因为圆圆一出场，就让其他选手甘拜下风，他们不想再“献丑”了。

可是，在参加艺术表演时，圆圆演着演着突然失控，身体一歪栽倒在舞台上。一场接一场的比赛，让她劳累过度，终于坚持不下去了！台下响起一片惊叫声！

爸爸妈妈赶紧跑上台，把圆圆抱起来，呼喊她的名字：“圆圆！圆圆！”

许久，圆圆才睁开眼睛，哇的一声哭了：“爸爸妈妈，我不想唱歌了，不想跳舞了，不想表演了！”

爸爸妈妈劝道：“我们知道你太累了，可是，再累也要坚持呀！你不想做完美女孩了吗？”

“不想，永远不想！我只想做我喜欢做的事！”

“那你喜欢什么？”妈妈生气了。

“我喜欢绘画，长大了只想做一个画家。”

“不行，当初怀你时，并没有替换绘画天才的基因，恐怕你成不了气候。”妈妈坚定地说。

“唉，成不了气候就不成吧，这总比累死要好！”爸爸打断了妈妈的话，把圆圆抱起来，带着遗憾回了家。

看到这个场面，台下的观众们全都露出惊讶的神色。

新娘们相互看了一眼，失望地摇了摇头，嘟囔道：“订制了又有什么用？谁知道我们的孩子将来会喜欢什么呢？”

她们全都打消了订制婴儿的念头。

祖父瓷

张建春

那年，冬天的雪大，迷迷茫茫地封了门。天黑下来，祖父去收门，见场地下沿，有一个黑黑的影子躺在地下，在雪地里特别戳眼，祖父冒雪走上前去，是一个倒卧的人。

祖父不吃惊，这年头饿殍不鲜见。祖父还是低下身子，用麻木的手探倒卧的人的鼻息。还有口气！这倒让祖父大吃一惊。

祖父一把拖了倒卧的人向家门拽去，雪地上留下了一道深深的犁痕。

不用说那人是饿坏了。祖母看了祖父一眼，再望了眼倒卧的人，忙去缸里抓米，先抓一把，想了想，又添了一把。祖母生火熬米汤，火在灶洞里急急地舔。祖父也忙，把倒卧的人平放在床上，不忘给他盖上家中唯一的一床薄薄的被絮。

祖父撬开倒卧的人的牙关，祖母把米汤一勺勺倒进他的口中。倒卧的人喉结蠕动，一碗米汤灌下去，倒卧的人长长吁了一口气，哦——啊，醒了。

祖父和祖母互望了一眼，他们也饥肠辘辘，但还是会心地笑了。

倒卧的人开口了：我叫羊，多谢了！

祖父回了句：哦，羊朋友。再也没有一句多余的话。

羊朋友摸摸周身，用手指向门外。祖父明白了，走进黑了的雪地，随之拎回了一个蓝花布包袱。羊朋友一把搂进了怀里，搂得紧紧的。

羊朋友在祖父家住了三天，祖母还是天天熬米汤，一顿两把米，先紧了羊朋友喝。羊朋友也不客气，一口气喝一碗，再一口气喝一碗。喝完了，再紧紧搂着包袱。

第四天早晨，羊朋友不见了，门口的雪地上的脚印深深地通向了大路。

羊朋友走了，祖父发现堂屋的桌子上多了个青花瓷瓶。祖父早就发现，羊朋友搂着的包袱里是个瓷瓶。

瓷瓶留下了，蓝花布包袱带走了。

祖父望着雪地，野外一片白茫茫，不见个尽头。瓷瓶戳在桌子上，冷冷地泛着光亮。

祖父自言自语：放这吧，存着，存着呢。祖父年轻时走南闯北，知道青花瓷瓶的分量。祖父也因此指望着羊朋友回来。

羊朋友没有再回来，一年，两年，三年，五年……不在了？

吃饱饭了，祖父开始谋划，将家中的土墙草顶的房子翻建了，这是祖父的一个梦想。

没钱，去不远的山砍荒草，一担荒草能卖上八角钱。祖父思谋，砍上几个冬天，或许能攒上买瓦的钱。

瓦买了一堆，就差砖的钱了。不可预料的是祖父吐血了，再也砍不动荒草，挑不动荒草了。

还是冬天，一个人进了祖父的门。说想买祖父手中的青花瓷瓶，开口出价五百元。祖父把青花瓷瓶从旮旯里取出，积了一层灰，擦干净了，还是清朗明丽。祖父心中算了一笔账，五百元是六百多担荒草，足能盖三大间一砖到顶的瓦房。

祖父的三间草房快趴架了。祖父望了眼透亮的屋顶，长叹了一声。祖母也在边上，续上了一口叹息。

祖父紧接着回了句话：不卖。祖母摇头：不卖。来人以为给钱少了，忙加价，八百，一千，一千五……

五千。祖父和祖母还是不卖，祖父态度坚决，又含糊不清：不值钱呢，两把米的钱。

祖父没住上瓦房，在土墙草顶的屋子里咽了气。临死前指着青花瓷瓶，说：存着，存着呢。祖母懂祖父，说：说不定，羊朋友会回来，人家的东西。

祖母也是想住上大瓦房的，她接着做添砖加瓦的事。不过祖母不卖荒草，祖母身子弱，只能从牙缝里省，从鸡屁股里抠。砖添置了些，但离砖墙瓦顶远着呢。

打青花瓷瓶主意的人又来了，张口给一万。祖母惊得合不拢嘴，鸡蛋一角一个，一万元可是十万个鸡蛋。一万元如若盖砖瓦房，可盖一溜十多间。

祖母不置可否，来人急了，一点点加价，加到了十万元。祖母还是决绝地摇头：不卖，不值，两把米的事呢。来人骂了一句，悻悻地迈出门，不忘回头，就这一回头，虚弱的门差点被刮倒了。

祖母决心起房，房翻建了，但仅是土坯，半瓦半草的房子，可也明亮、结实多了。

祖母死在她翻建的“杂交”房里。死前，祖母没忘青花瓷瓶，擦亮了，放在她的面前。祖母交代：存着，存着，两把米呢。

青花瓷瓶传到了我的手里，我早住进了单元房，窗明几净，青花瓷瓶被放在了耀眼处。依然有人上门，开口五百万。不卖，给价千万，再不卖，又升价。

我哈哈大笑：不值钱的，我爷爷、奶奶说，两把米的事呢。我把故事和来人说了，来人眼中有泪，说：存着吧，祖父瓷。

祖父瓷放在耀眼处，我常听到两把米相互摩擦的声音。

手语部落

朱红娜

这是Y国的一个原始部落，部落在原始森林里，森林里的树木比水缸还粗，部落里的人穿树叶、住树屋、打野味。每天傍晚，部落的男男女女跳进河里清洗自己，然后将野味架在河边的草地上烤，吃饱喝足了，大家围着火堆跳起了舞蹈。

这是人类研究学家约翰逊拍到的视频，画面里男人威猛高大，女人健硕俊美，他们的舞蹈奔放自由，有一种野性之美。但他们都不会说话，只用手语交流。

约翰逊是在考察途中无意发现了这个部落，他判断只要视频发出去，这里很快会成为网红打卡地。他清楚现代人已经厌倦了灯红酒绿的城市生活，渴望回归自然宁静的生活状态。他甚至读过钱锺书的英文版《围城》，他认为钱锺书的“里面的人想出去，外面的人想进来”，简直就把人的欲念赤裸裸地呈现出来了。

部落里的人也许感到新奇，也许觉得他一人赤手空拳没什么可怕，他们对约翰逊的到来并不抵触，但他们保持着警惕。他们喊来族长，族长是一个长发白须的老者，身体铁塔般硬朗，面容闪着光亮，古铜色的皮肤绷紧，眼睛透出一股杀气，令人不寒而栗。约翰逊用手语说明来意，将带来的食物、衣服、用品呈上。族长用手一挥，表示拒绝，不容商量。约翰逊要求在此暂住一段时间，族长并不为难他，点点头，指着远处的一块空地。

约翰逊住了下来，他伺机与部落里的人交流，部落里的人起初躲着他，但渐渐地，一些好奇的小孩走了过来，吃他的食物，玩他的用具，很快与他打成一片。

约翰逊发现，他们并不聋，只是不懂发音，他决定从小孩入手，教他们语言。

他的行为被族长发现，族长大为震怒，族长不准小孩们再靠近约翰逊，并要驱逐他。小孩们刚刚尝到甜头，纷纷哭喊抗议。族长无奈，只能留下约翰逊。但族长规定，部落是手语部落，族人不准学习语言，千百年来祖宗的规矩，不能在他手里破了。

小孩们在父母的严管下，承诺不再学习语言。但种子一旦种下，有些必将发芽。十五岁的埃特有着超高的语言天赋，几天的学习让他发出了简单的语音，他正兴奋着、期待着，怎么能半途而废？夜深人静的时候，他悄悄地溜了出来，找到约翰逊，要求继续学习语言。太好了！只要一颗种子长出来了，就会蔓延出一片绿来。

就这样，埃特偷偷学了一个月，已经可以和约翰逊用语言交流了。可天下没有不透风的墙，况且部落还没有墙，埃特被人举报到了族长那里，族长忍无可忍，将埃特鞭打得皮开肉绽，并囚禁挨饿一周。族长勒令约翰逊立马走人。

饱尝了皮肉之苦的埃特很快忘记了疼痛，反而是说话的快乐让他念念不忘。约翰逊曾经告诉他，语言一定要常用，不然会前功尽弃，丧失功能。他一个人的时候，常常会自言自语。但这并不是办法，语言是一种交流工具，需要有人交流。他决定偷偷教他弟弟，弟弟秉承了他的天赋，一学就会。后来弟弟又偷偷教了同伴。很快，部落学说话的人越来越多，只要族长不在面前，他们就用语言交流，不再使用手语。

约翰逊将视频发布了出去，各个平台争相转播，手语部落一夜之间人尽皆知，一波又一波的游客从天而降。埃特成了部落的导游，族人分享了游客带来的美食，分享了游客带来的衣服，分享了形形色色、好用好玩的东西。

族长的家人羡慕会说话的人，也偷偷学起了说话。只要族长不在家，家里就会嘻嘻哈哈，用语言交流，和谐喜庆。

一天，族长跟老婆子手语，你也教我说话吧，大家都学会说话了，只有我不会，不好。

老婆子惊讶不已，你都知道大家会说话了？

你以为我是傻子啊？

但你为什么不制止大家呢？

人心所向，禁止不来的，看来祖宗的规矩要毁在我手里了。族长感叹，不过我想通了，有些规矩不破不立。

族长也学会了说话，在家里用语言交流，但在族人面前，他依然用手语交流，族人也用手语。族长的老婆非常不解，问他，你为什么还要用手语？

族长笑了笑，并未回答。

仇人

刘正权

大恩如仇！还真是。

秦嫂自认不是能施人大恩的人，偏偏，被患者家属仇上了。

叫人啼笑皆非不是。

本来这个陪护，秦嫂做得不情不愿的。

钱不是问题，只要你把人给伺候好！患者家属这种口气首先就令秦嫂反感，怎么才叫把人伺候好，秦嫂就是有通天的本事，也不敢打这个包票，患者是个男人，不合规矩呢。

一般情况下，男患者找男陪护，女患者寻女陪护。

可人家，单单点了秦嫂名来陪护，而且是通过院长这条线找的，再怎么不合规矩的活，秦嫂都没理由拒绝。

本以为会很尴尬的，毕竟男女有别，秦嫂可以把自己当火车站公厕大酒店卫生间做保洁的大妈，男人不会啊，毕竟人家，有官在身的。

活路上了手，秦嫂才发现，她这个陪护，充其量就是一个传声筒，在医生护士和患者之间。

那个患者，在秦嫂看来，简直矫情不过，不就是睡不好觉吗？吃点氯硝西泮片就行了，住院，太小题大做。

人家还真是小题大做，把个医院住得颇有声势，而且再三要求秦嫂，任何来探视的人，都不得走进病房半步。

敢情，秦嫂的陪护只是个幌子，真正职责是给他当门神？

挡得一捶开，免得千锤来。

就为了睡个安稳觉，费这么大心机，秦嫂有点同情患者了。

可笑不是？

搁平时，患者哪够得着她来同情，人家可是高高在上的。

秦嫂虽然也忙碌，却不是鞍前马后的那种。

她忙着替患者挡驾，忙着替患者当家，忙着替患者睡不好觉，是的，常有人处心积虑着半夜三更前来探视。

秦嫂一律是义正词严的。

陪护到一周的时候，患者终于能够入睡了，不是借助药物的那种入睡。

秦嫂很欣慰。

作为陪护，谁不愿患者早日康复呢，这里面有医生护士的功劳，同样有陪护人员的苦劳。

每每送患者出院，秦嫂都能在心头油然生出一丝成就感。

秦嫂的欣慰早了点，就在秦嫂站起身，打算出病房去舒缓一口气时，患者的呼吸突然出现了变化，一阵比一阵急促，还伴着梦呓，双手挥舞着，额头有虚汗渗出。

秦嫂一怔，赶紧叫医生，医生过来，悄悄观察一下，问，晚上吃得怎么样？

很欢实啊，秦嫂答，之前都没好好吃过一顿饭。

不会是裹食了吧？医生自言自语了一声，那会儿患者已经安稳下来，呼吸再度回归平静。

患者家属每天早上会按例过来作一番探望，秦嫂壮了胆，跟家属说，他这病，我有个偏方，准保一针下去，让他睡得安安稳稳的。

家属是个雍容华贵的妇人，眼神很轻蔑越过秦嫂头顶，偏方？我们是用偏方的人吗？

确实不是！秦嫂很羞愧，天天看电视，咋没记住大将不走小路，好剑不走偏锋一说。这可是国家三甲医院，用偏方，岂不是贻笑大方。

偏偏，贻笑大方的事出现了，家属走后，患者看着秦嫂，你确定能够一针治好。

秦嫂点头，治不好，陪护费我分文不要。

那你给我用偏方，记住，晚上治，不现任何人的眼。

当然不现任何人的眼，包括患者。

秦嫂是等患者睡沉时，轻轻从袖头拽下一根银针的，治裹食，是差不多每个乡下妇人都会的。乡下孩子野，野到山上胡乱摘野果子吃，能吃不能吃的东西吃多了，裹在心里，撑得难受，中指上扎一针，放出一滴黑血，准好。

秦嫂点燃一根蜡烛，把针在火上走了不下十个来回，患者还是睡得不踏实，噩梦连连的样子。

亮出针，秦嫂拿手攥住患者左手，大拇指顶上患者中指上的节环，瞅准了，深吸一口气，猛一针扎了下去。

患者受疼，啊一声惊醒，左手拼命往外挣，边挣边说，别铐我，别铐我！

秦嫂收起针，轻描淡写说，你这是裹了食，放出血，就好了。

患者看着中指处渗出的那滴黑血，若有所悟。

秦嫂轻言慢语的，有些事，长痛不如短痛。要想心口顺畅，不该吃的东西就不要下嘴。

患者不看秦嫂，把中指含进嘴里，使劲吮吸那滴黑血。

第二天，患者家属黑着脸辞退秦嫂，极不情愿办了出院手续。

陪护费给了足足三倍之多，通过院长给的。

院长很不解，冲秦嫂嘀咕说，是不是你陪护期间出了偏差，惹得领导提前出了院，他说最低要治疗一个月的。

秦嫂看着袖头那张针，不说话，眼神亮闪闪的。

院长还在那儿唠叨，这领导也奇怪，出了院不回家保养身子，巴巴地跑巡视组去干啥？

再上九鼎山

骆　驼

是2008年汶川地震前的事了。

车终于到了目的地，我长长地舒了口气。

一路颠簸，已经让我们筋疲力尽。好在刚才在山上的一切，让我心生安慰。

“不好，不好！我必须返回山上一趟！”雷子的一句话，让全车人刚刚放下的心，再次提到了嗓子眼。

车上的几位先看看雷子，然后看看我。

雷子又说：“我必须返回去，对不起大家了！”我极不情愿，但装得十分大度地说：“没事的，我陪你去吧。”

雷子满面堆笑。

在路上，我问雷子：“是不是什么东西丢在了山上？”

雷子说：“不是，但必须返回去！不然，我注定会通宵难眠！”

我开始怀疑，写诗的女人，是不是都这样神经质？我两眼望窗外，一路无语。

我是昨天来到雷子所在的这座小城茂县的，作为文友，雷子自然十分高兴，自然尽可能地尽着地主之谊。

她今天带领我们参观了小城的几处有名的景点后，便突发奇想，要带我们去离小城十余公里的九鼎山上去看看。对于生长在川北九龙山区，好不容易从大山里走出来的我来说，面对大山，早已缺少了那份激情。但碍于情面，我还是欣然前往，依然面带微笑。

雷子告诉我，她所居住的这座小城，山下少绿，山顶终年积雪。特殊的地质结构，使得树木都难以生长。前些年轰轰烈烈地搞过飞机播种，人工造林，但都收效甚微！几年前，她们几个姐妹商议，在山上义务种植了一片树林。每年的植树节、清明节、劳动节，她们几个姐妹都要一起来到山上，植上几棵树。谁的生日到了，也要到山上来植树。就连谁得了奖、晋升了职务，都必须用植树的方式庆贺！

这倒是让我产生了好奇，对几个认识或不认识的女人，心生敬意。

尽管山路崎岖，路面凹凸不平，但我依然心向往之。真的想看看那片充满情感的树林。

这是一片标准的人工林，但又是一片极不规范的林子。林中的树品种杂乱，树木长势参差不齐。

雷子一会儿像个活泼的孩子，滔滔不绝地讲述；一会儿又像个慈爱的母亲，对每一棵树都关爱有加。她兴奋地向我介绍着每一棵树的来由，如数家珍。

我在心中叹息，女人啊……

雷子拿出事先准备好的零食、饮料，摆在事先准备好的简易布料上，便开始了这场野外的聚会。雷子拿出事先准备好的几个塑料袋，喋喋不休地对我们说："这个，放瓜子壳；这个，放水果皮；这个，放小吃的外包装……"

我不解地看了看雷子，但还是只得依照她的要求，小心地将垃圾归类。雷子的那位叫燕秋的姐妹告诉我，她们每隔一段时间，都会相邀来此地聚聚，她们将这片林子取名为馨心园，意为温馨的心灵乐园。

在这样一个缺少绿色的小城，能有这样一个满眼皆绿的乐园，是多么难能可贵！早先种种隐隐的不快，随即荡然无存。

时间，总是在快乐的时候才像书中说的那样，飞逝如电。

我们只得准备往回走。

雷子和她的几个姐妹，在收拾东西的时候，先在地上挖出一个小坑，将袋子里的果皮埋了，再将其余的废料包，挽一个结，放入了背包。雷子说："果皮烂了，可以做肥料；饮料瓶、零食的外包装等，必须带回去，丢到垃圾箱，不然，会污染环境，让我们心里蒙尘。"雷子又说，"多年了，我们都是这样做的。"

我对几个女人的举动，暗自佩服。但是，雷子突然要求原路返回的举动，着实让我心生不快。

终于来到了刚才的那片树林。车未停稳，雷子便迫不及待地跳下车去。

雷子在山坡上找寻起来。我在心里暗自感叹，哎，说她丢了东西，居然还不承认！女人啊，总是丢三落四的。

"找到了，找到了！"雷子快乐地叫起来。

我定睛一看，雷子手里拿着的，是一个还剩小半瓶水的矿泉水瓶，她将剩下的小半瓶水，轻轻地倒在身旁的那棵小树上。然后，拿着那个空了的矿泉水瓶，脸上洋溢着如释重负的微笑，向我们跑来！

小村鼓王

李忠元

他是个毛头小伙，一双黑黑的大眼，淡淡的眉宇间拧着一丝倔强。他的性格有些内向，在众人面前不爱吱声，只是默默地注视着眼前发生的一切。

他刚初中毕业，因为家里生活实在困难，就辍学返乡务农了。闲暇之余，邻里乡亲都爱打麻将、闲扯淡，他却与人背道而驰。

家有祖上多年遗留的一面破鼓，弃之仓库一角而不用，父亲丢了几次，都被他偷偷地捡了回来。

他爱这面鼓，即使对祖上鼓王传奇只是道听途说而已，但还是一到农闲时节就把这面鼓摆到院子里，轻轻敲打起来。起初，他并不懂得什么韵律乐感，只是随心所欲，任意而为。就这样，他每天都要站在村口打上一阵，无论阴晴，雷打不动。

小村人见了他，都远远地躲开，甚至捂上耳朵，都说这孩子不务正业，都是念书给整傻了，整天敲一面破鼓，活像个精神病。

当年念书都没念明白，现在敲鼓还能有多大造化？千万不要向他学习呀！村里人用手指了指他的背影，训斥自家的孩子。——他俨然成了反面教材。

他呢，脸上略显一丝难堪，装作没听见。

可是他一敲鼓，村里人竟然奔走相告，一块来看稀奇，围了个里三层外三层，聚拢了好多人，就像面对一个疯子在啃丢在地上的西瓜皮，目光里有讽刺、挖苦，但更多的还是嘲笑，有的干脆“鼓王、鼓王”地叫着，就像在叫一个傻子。

可他依然不为所动，沉溺于鼓槌和鼓面之间，将这面大鼓作为自己发泄情绪的工具和承载理想的道具，双臂起落之间，鼓声隆隆，一时如醉如痴。

但父亲面皮薄，受不了乡亲的白眼，几次瞪圆“牛眼”对他疾声吼叫，训斥声在院子里起起落落，不绝于耳。

他眼里噙着泪，却依然故我，只是将自己的一腔怒火与悲愤倾注于鼓槌，在打鼓时多了几分力道，在隆隆鼓声里实现自我的宣泄与蜕变。

时光荏苒，日月如梭。经历几度寒暑更迭，他将打鼓坚持到了最后，自己也发生了质的蜕变。

毕竟是功夫不负有心人，敲着敲着，鼓点就着了道一般，渐渐地有了节奏韵律。他能根据时下流行歌曲敲出不同的鼓点，或欢快，或舒缓，或压抑……欢快时如激流涌泉，舒缓时如小河流水，压抑时如山泉呜咽……总之，他在鼓槌起处，鼓声隆隆，震耳欲聋，敲出小村每一天的美妙乐章。

只要他一敲鼓，村里人仍旧奔走相告，一块来看稀奇，围了个里三层外三层，聚拢了好多人。不过，这时的小村人态度有了急转弯，他们就像在观察魔术大师变魔术，连眼睛也不眨巴一下，生怕一眨巴眼就漏掉了哪个不该忽视的环节。

有些年轻人天天围在他的身前背后，央求拜他为师，他则一一应允，指导他们从入门学起，手把手地耐心细致地传授，在小村形成了一股强劲的“学鼓风”，就连那些游手好闲的人都来找他学打鼓了。

父亲年岁越来越大了，看到他将一面破鼓鼓弄到了极致，真的弄出了名堂，再也不唠叨了。当收徒时一个个新徒弟大包小包送上拜师礼的时候，父亲笑眯眯的眼神终于让他凝结在心里的“结”土崩瓦解。

这些年，小村人生活步步登高，在他的积极倡导下，家家都买了一面鼓，他率领大家以鼓为乐。在农闲之余，乡亲们以打鼓这种文娱方式来强身健体，在打鼓中寻找人生的真谛和快乐。

他是打鼓健身运动的发起人，有了乡亲们的参与，他打鼓更欢了，简直进入了痴狂状态。打鼓时，他紧闭双眼，相由心生，将一身精力贯注于鼓槌上，双肩抖动，鼓槌一上一下，鼓声流汇成河，肆意流淌。

在政府部门的组织下，小村每年组织一次鼓王选拔大赛，在全村善鼓者中选出一位鼓王，五年来他都无一例外地摘得桂冠，成为名副其实的“小村鼓王”。

近两年，小村办起了秧歌队，他和乡邻们轮番上阵，将群众业余文化生活演绎得热火朝天。小村鼓声隆隆，吸引了很多外地人驻足观看，就连一些老干部、老教师也来瞧热闹。

电视台记者闻讯赶来，将他的故事写成新闻报道，“小村鼓王”因此得以声名远播，家喻户晓。

人怕出名猪怕壮。当地政府找到他，说要聘他做文化站站长，却被他婉言谢绝了。

第二年春天，正当村里人争相竞争年度鼓王的时候，他却一个人默默地离开了小村。他说自己底子薄，要出去学习一下，进修一下乐理知识，进一步提升自己，争取做“中国鼓王”。

他走的时候，小村上空依旧鼓声隆隆。

他是笑着走的。

水　门

喻永军

花生酒馆经营一种麦烧酒，四十度。进了酒馆，很安静，只有后排格子间一个老头在喝酒，一只天蓝色酒壶，两只青花酒盅，一盘油炸花生米，一碟雪藕。老头叫吴路，天天去花生酒馆喝酒。吴路有个兄弟叫吴生，那只酒盅是给吴生准备的。吴路虎背熊腰，吴生个儿矮，两人偶尔相遇，默默喝上几盅。

格子间的后窗望出去是莲湖的水面，水平如镜，被一截汉代的城墙隔开，分成内湖和外湖，被水门沟通，水门宽阔，拱顶高出城墙丈许，门洞里泊着一只木船。吴路除了喝酒，就是望着水门出神。这会儿水门那儿，正碰上有人放生活鱼。一个妇人单膝跪在一块青石头上，弯腰将一条一条的活鱼，捧在手上，一边祈祷，一边缓缓送入湖水中，有一种庄重的仪式感。吴路端着酒杯，一动不动看着，一直等到那仪式结束。那时候，莲湖的外湖还没有开凿，是一片荒地，倾倒着高过城墙的城市垃圾，气味难闻。内湖的水从城墙根渗出去，荒地里积着一片一片的水洼。水洼里生着莲藕，但藕地里生一种青蛇，颜色跟荷梗一样透亮，数量繁多，三角头，长尾，二尺大小，剧毒，如果不小心被它咬了，九死一生，所以这里就成了一块禁地。当时闹饥荒，每个人脸色如菜叶样青黄，莲藕的诱惑超过了对蛇的恐惧。就有人冒险夜里进了荒地挖藕，人都在寻找活下去的法子，生命可贵呀。天快亮的时候，荒地里有人被蛇咬了。一阵杂乱的脚步声之后，荒地归于平静，裹着黑泥的残藕，散落在水边。事情并不是那样简单，水门这地当时是块隆起的土丘，被挖开了一个洞，洞里有一瓮俗称“搭出帽子”的东西，就是官制的银元宝，五十个，公安局的王子异副局长派人清点了数目，只有四十七个。后来人才知道，发现东西的时候，吴路兄弟二人坐在荒地里抽了一夜的烟，熬红了眼，不知所措。王子异是个暴脾气的人。王子异提着枪在城壕边吴路家的院子里抽了吴路两个耳光，总算找回了两个元宝，剩下一个成了疑案。吴生说，哥，你藏了一个？没用。吴路火气正盛，说，不是咱的，也不是他的，这两个耳光我会记着一辈子。

后来王子异在水务局当了局长，后来接受监督改造，丹江上修建水库的时候天天去工地劳动，吴路和吴生也在水务局上班，吴路让吴生跟着王子异出工收工，来回路上弄两块城墙根的旧砖让王子异背着。但在僻静处，吴生总是默默地从王子异肩上取下墙砖自己背了，他说，我年轻，有劲。王子异也就默许了，如此一年时间。

后来，王子异官复原职，吴生就留在了王子异身边，一直干到退休。

吴路的儿子十八九岁的时候，吴路在城西的繁华地段买了地皮，盖了房子，生活阔绰，个中缘由只有吴生知道。儿子也随了吴路的脾性，喜欢赚轻巧钱，传说在京广一带倒腾文物，最初在莲城花两千元淘得一件清代和田玉错金的鼻烟壶，拇指大小，脱手赚了二十多万。后来胆子越来越大，竟然打起关中古墓葬的主意。

儿子带好酒回来，吴路邀吴生一起喝，吴生碍于面子常常只喝几杯，半路匆匆收场，冷了吴路的好意。有次他说，哥，你应劝儿子弄个安安分分的营生。吴路一笑了之，渐渐跟吴生生分起来，耳根想清静，不想烦心。

世上烦心的事情，该来的时候自然会来，吴路的儿子没有躲过，蹲了大牢，判了十一年，从花天酒地，坠入苦海无边，慢慢开始人生的修行。

出狱的时候，空荡荡的院子只是吴路一人守着，媳妇改嫁了，他顿然觉着人生的意义完全就是一个“人”字，没有人，有什么意思呢？他双膝跪下，说：“爹，我对不起你！”

吴路扶起儿子，说：“是爹对不起你。”

吴生喜欢遛鸟，沿湖区遛上几圈，在莲湖水门的亭榭间唱几段花鼓小调，日子平平淡淡柔柔软软，有时午后邀吴路一起去花生酒馆小酌几杯，二人年纪大了，很少说话，只是默默饮酒。

吴生离开之后，吴路习惯性地推开酒馆格子间的后窗，望着莲湖和水门的方向，就像刚才一样。

村 医

叶惠娟

父亲非要给我割一把韭菜带回城里。

“不久前割完一茬，这会儿刚长出来，鲜嫩着哩，带些回去炒鸡蛋。”父亲一边说话一边回屋去拿割韭菜的刀。

“您歇着，我去就行。”我对父亲说。原本执意要亲手去给我割韭菜的父亲，被一阵摩托车声绊住了脚。来人在门外喊：“叶伯，开一下门。”

听到这声音，父亲知道他走不开了。父亲是一名乡村医生，家里一楼就是诊所，来看病的大多是本村的人，当然也有不少慕名而来的外村人。乡下的诊所虽然没有大城市医院那样设备齐全，可 24 小时候诊倒是一样。以前母亲常说，自己也有生病受罪的时候，找不到医生很着急。父亲对于母亲的话深表认同，几十年来守着诊所，很少离开。

我拿过父亲手中的刀和菜篮子转身就往屋后的菜园走。

菜园是母亲生前留下的，母亲走后，原本分工明确的父母亲两个人干的活，如今都落到父亲一人身上。看病救人是父亲出马，种菜浇水的担子也由父亲接了过来。如今的父亲，是一只手拿听诊器一只手握起锄头的农村小老头。菜园还是原来那块，泥也是原来的，重新翻整后种上蔬菜瓜果，就像父亲的近况，带着往事却开始新的日子。

菜园面积不大，除了韭菜，父亲还种上了空心菜、番薯叶等应季蔬菜。起初父亲隔着电话告诉我们，准备把这块地翻一下重新种上菜时我们都不同意，担心他的身体吃不消，毕竟年逾七十的他短期内遭受接二连三的打击。

去年，幺弟在睡梦中突发心梗，还没来得及抢救，人就没了，一家老小哭得跟泪人似的。待我从城里回到乡下，镇上医院开出的死亡证明已经钉子一般按在了客厅的桌上。父亲扶着一脸绝望的母亲坐在长椅上，脸上看不出太多的表情。母亲哭一阵停一阵，左右手不断地捶打着父亲和她自己的胸口，埋怨父亲不配做医生，救人无数却救不活自己的亲骨肉。父亲坐在母亲旁边，任由她捶打。父亲更时不时伸手扶一下就要倒下的母亲，在旁边伺候着不敢离开半步。

幺弟走后没过多久，母亲受不了打击，竟然一病不起，不久也撒手而去。自此，父亲一个人守着村诊所和菜园。

父亲就这么坚守着，从未开口向我和妹妹诉过苦。

很多次，我看到父亲忧伤、落寞的神情，就劝他进城和我们一起住，父亲怎么也不答应。我知道他是不愿意离开他的诊所和母亲的菜园。父亲就这样守着诊所和菜园，给村里村外的人看病，闲暇时种好菜园。我和妹妹只能利用休假时间回来看看他。

父亲戴上老花镜拿起听筒，就是村民口中的叶医生，摘下老花镜钻进菜园，就化身成了母亲生前的样子，给菜地松土，种菜，打着手电筒捉菜虫。

我刚割了几把韭菜，父亲的脚步声传来。

“爸，病人走了？”我问。

“是一个老病号，给他量了体温，大老远来的先让他缓缓，待会儿再给他量血压做其他检查。”父亲一边说一边从我手中拿过刀。

父亲弓着背，两腿微微弯曲，蹲下对于父亲来说是一件很困难的事情。他的膝盖有伤，年前刚抽了不少积液。父亲割起一把韭菜，抖落粘在韭菜根部的泥土，放进篮子。接着，他又割起一把韭菜，抖落粘在韭菜根部的泥土，放进篮子。

父亲割韭菜的方式与我不同。我是割在韭菜地面上的根部。他则把菜刀深深割向泥土下的韭菜根部。父亲说：“韭菜就得这样割，往土下根部割，一茬又一茬，再长出来的韭菜更加嫩。”我拿着手中半截的韭菜，突然明白了父亲非要亲自动手给我割韭菜的原因。

父亲递过来一把绿油油的抖落泥土的韭菜，指着说，你看，长得多好，一茬又一茬。父亲又说，给人治病，也是要讲究治根才能治本，病人才能好得更快，更好。

我一愣怔，也没想通父亲的话。父亲的话肯定有他的逻辑和哲理。父亲不再说话，我从他脸上也没有看到太多表情。父亲挽着菜篮凝望着这片菜地，深深叹一口气。我知道，父亲把一切都藏在心里。

木　二

马　卫

木二，当然不姓木，本姓梁，因为他说话做事，总有点“木”。“木”在本地方言中，是憨、蠢、愚的意思。

木二并没有哥，他哥生下来就死了，按老鸹坪的民间风俗，死了还是老大，所以后生的他，只能当弟弟，行二。

他读书不行，小学 6 年，他读了 9 年，除了写得全自己的名字，记个账也奈不何。

好在他人高马大，1 米 75 的块头，能力举 200 斤腰不颤。要是在冷兵器时代，绝对是个好兵。可是，都 21 世纪了哟，力大有啥用？你扛得过吊车？你挑得过拖拉机？这年代，讲的是文化，所以，对木二，村民极其轻视。

木二做的第一件傻事，是他家血橙不打农药。

血橙属于反季节水果，冬天成熟，正月、二月、三月出售。个小，所以和脐橙相比，就没有卖相。为了和被保鲜的水果竞争，农户们拼命给血橙打膨大剂，但木二不打，当然他家的血橙卖得差，没赚啥钱。

但精准扶贫时，来扶贫的农学专家说，现在保存下的老品种太少了。木二家的血橙，品种纯，味道香。经过嫁接，产量上去了，竟成了他家的脱贫项目，一点神都没淘，让村民惊讶。说木二是“憨人有憨福”。

木二做的第二件傻事，是放跑一个女人。

10 多年前，来了个外乡女人，带着个几岁的孩子，说家乡受了灾，出来逃难，谁给饭吃，就嫁给谁。木二都 30 出头了，还没有成家，村里人做好事，就把女人带到他家。

木二给女人吃，给女人穿，也不让女人上坡干活，只做点家务。

村里的年轻人，喜欢热闹，晚上去“听壁脚”。农村的老房子，不隔音。乡下的婚姻，结婚证不重要，重要的是睡觉，生米煮成熟饭。可是，村里年轻人晚上连续去听了半个月，这木二并没有和逃难的女人睡在一床，他一个人夹床铺盖，睡在楼板上。

大伙说，木二憨得出奇了，“吊起腊肉吃白饭”。

木二真木，看来一点都没冤枉他。

木二做的第三件傻事，是他一个人维修一条堰沟，不少于 3 里长。

土地下户后，再没有人搞农田基本建设，吃的还是“农业学大寨”的老本。木二家的背后有条山沟，平时只有拳大的一股水，可是山洪来时，却有方桌大的一沟水，以前有条排水沟，将洪水分流，所以下面的水田、旱地才能保住。可是，这排水沟的好多处已垮了、塌了。

木二曾经动员过几户人一起维修排水沟，可是他们说，不行不行，不是没有劳力，就是说大家受益，凭啥让我们几家人出力？

木二最终没有动员来一个人，他却不惜力，独自修了一个冬天，才把排水沟修通。光锄把就用坏了三根。

那年夏天，连续多天暴雨，要不是木二修通了排水沟，好多人家的田地房屋都要受损。那些不愿来修排水沟的农户，都来向木二表示感谢。

木二只憨憨一笑说：就是花点力气嘛，没啥没啥。力气使了力气在呵，又不失二两肉。

那个逃荒来又离开的女人，精准扶贫的第三年，重新上门，决定嫁给木二，竟让他一分钱没花就脱了单。

那年，女人来投靠，其实家里有老公。她对木二说了实话，如果木二要睡她，她也不推。但木二说，这事儿，不能那样做。那样做，还叫人吗？

第二年，女人带着孩子离开了。去年她老公病逝，又想起了木二。千里迢迢回来，嫁给 40 多岁的木二。夫妻二人精心管理血橙，收入不错，早脱贫了。

木二过着幸福生活。在老鸹坪村民眼里，是个小小的奇迹。

画房子

万 芊

金泾村的二艮，前些年嘴上常常叨念着省城来的姜敏。姜敏是插队青年，早年来金泾村后就住在二艮家。姜敏是个聪明人，啥都懂，却又是个呆瓜，啥都不会。到乡下干活头一天去河边捞水草，就滑入深水差点淹死，幸亏二艮身手不凡，一个猛子把姜敏拉上岸。其实，二艮不只是姜敏的救命恩人，还是姜敏在乡下的精神寄托。姜敏独自在乡下这么多年，是二艮形影不离地陪伴他、帮衬他。

到了 1977 年全国恢复高考时，聪明的姜敏一下子就考上了省城非常有名的建筑大学。临行时，姜敏拥着二艮动情地说："二艮哥，以后不管我在哪，需要你兄弟时，吱一声，我会帮你的。"其实，二艮这么多年陪他、帮他，也不图回报，他只图的是二人心里都有对方，都把对方当兄弟。

到了二十世纪八十年代，乡下有能耐的人开始办家庭小作坊赚钱。二艮学过木匠，听人说做木头的鞋跟内芯赚钱，就办了家鞋跟厂，请些帮手，不几年就赚了些钱，成了村里最先富起来的万元户。那时，万元户都在老宅上翻建房子，二艮也想翻建，这是光宗耀祖的事，就想造得气派一点，也好让人另眼相看。于是，二艮就想起了姜敏，想起了姜敏临走时讲的知心话。这时，二艮听人家说，姜敏大学毕业后又留在大学里当老师，画画，挺有名。二艮就想，如果让姜敏画个房子依样造了，那他二艮在村里甚至在乡里，一定非常有面子，人家就不会再嗤笑他攀人家姜敏的高枝。因为他二艮本来就是姜敏的兄弟。

二艮私下里跟老婆说，让老婆准备些姜敏在乡下时喜欢吃的土产，赶个大早，去省城找姜敏。

在省城，一说建筑大学，谁都知道，到了大学再找画画的姜敏，也挺容易。只是，办公楼传达室的大爷说，姜敏在忙画展，这些天不一定来办公楼。二艮让大爷转告姜敏，说金泾村的二艮来了。到了傍晚时分，有个女学生过来帮二艮开房间、安排吃的。她说，她是姜教授的研究生。住的是大学里内部的宾馆，房间挺大；吃的是大学内部的教师小食堂，挺丰盛。女学生还给二艮带来瓶茅台，只是匆匆问了二艮此番来的意图后，又匆匆走了。二艮只能让女学生捎话给姜敏。姜敏电话里让女学生关照好二艮的吃、住、玩，并说一定抽空给二艮画房子。二艮在大学里好吃、好住、好玩了三天，女学生终于把姜敏的画送了过来，尺寸还不小，画面油亮亮的，有房有庭院，还有二艮家那棵老槐树，然这画得远瞧得揣摩。姜敏仍没照面，说让二艮再住一个礼拜，待他忙完后，腾空陪他好好喝喝酒。二艮没这闲心，留下土产，默默回家了。

回家后，二艮找来了乡里最牛的造房大师傅，兴冲冲拿出姜敏画的房子，让他们依样画葫芦造一幢洋气别致的房子。大师傅一瞧，直摇头，说你花再多的钱我也没法给你依样造出房子来。这画上的房子墙面歪歪扭扭的，如此造出来的房子怎么住人呀。二艮细看，也蒙了，确实姜敏画的房子有点难揣摩。二艮心里酸酸的，挺不是滋味，心想你姜敏吃住在我家时，我像亲兄弟一样待你，不要说救你命了。而你上了大学做了老师，就不把兄弟当兄弟了，不要说来省城你人也不照面，就连求你画个房子都敷衍应付。

自此后，二艮嘴上再也不提姜敏了。

又过了好多年，乡下又一轮翻建房子。这几年，村里家家户户都有赚钱的门道，都挺富裕，于是都想把自己的房子盖得别具一格、高档气派。

邻村银泾村的善水听说二艮曾请姜敏画过房子，于是上门觅画，为表诚心还带了共同的朋友小三子。经不住善水恳求，二艮找出那画。善水看了说，我就喜欢这样的房子。二艮说，你喜欢就送你。善水说，我知道你们之间的交情，人家可是有名的大教授、大画家，我一定要补偿你。我打听过了，造一套乡村别墅，设计费一般在三万到五万元之间，我诚心要，给你五万元，可让小三子证明我的诚意。

二艮想想这么多年，早与姜敏不再有来往，放着他的画，也没啥念想了，也就做个顺水人情，拿了三万元把画给了善水。

善水请了个挺专业的工程队，依样画葫芦竟然把画上的房子造了出来，据说光捣鼓庭院就花了一百万元。一时间，四邻纷纷仿造。

二艮听说后，心里舒坦了。

后来，二艮又听说，姜敏的画，竟有人花五百万元收去了，懂行的人说现在他的画还不止这价。这事，二艮不仅没懊恼，反而又像前些年一样嘴上常常叨念着姜敏来。

他心里明白，当年他去省城，人家姜敏还是把他当兄弟的。

摄影活动

林永炼

接到陈大姐通知明天参加摄影活动，我很兴奋。

今年参加老年大学摄影班，是线上授课，同学间只知其名，不见其面。陈大姐是“大姐大”，参加过两三期摄影班，特别投入，光摄影器材就投资了十多万元，其水平可以当老师了，我是通过他人介绍，才加上了她的微信。

这次活动是陈大姐邀请班里几个同学，有人提议叫上我，陈大姐同意了。

活动在市外一个古镇，按约定时间，我到达正门时，陈大姐等七人已都到了，每人胸前都挂着单反相机，镜头有长有大，有红圈有金圈有白圈，专业气派！每人身后都背着一个大大的双肩包，估计装着不同镜头和其他器材，这让我相形见绌：只背一个小袋，里面装着低端数码相机。

开工！陈大姐一声令下，她们都放下包，开始拿东西。可是，并不是什么器材，而是风衣。她们穿上时，我发现同款不同色，妙！

装扮完，陈大姐叫我站在中间两手摊开，安排其他人在我身边，她拿起相机前前后后，左左右右，调动着焦距，我摆手示意不要照时，陈大姐叫我出来，将相机给我说，在这里帮我们照。

我说，不会用你的相机，用我的好吗？

陈大姐摆手，我是高端机，几万呢！你的能比？

我心虚道，不知道如何曝光。

陈大姐说，已调好了，只要按快门就行。

原来她用自动挡，这个我会，以前我给单位组织的活动拍过相，都是用自动挡，也就是说，各种参数相机都调好了，只要按下快门就好。

拍了两张，陈大姐看相机回放，说不错。于是，她们调换位置，摆着不同的姿势，让我继续拍。

拍了好多张，陈大姐拿回相机宣布，自由活动三十分钟，十点三十分，到中心舞台集合。

古镇我虽是第一次来，却一点儿不觉得新鲜。这里实际就是一个农村，被一家公司收购后，作为旅游景点开发，里面的建筑、房子、巷、路等等和我老家相似，博物馆里陈列的一些家具、农具等物品都是我熟悉的。我小时候在农村长大，很多农具都用过。后来经常回老家，还能看到这些东西，所以这个地方我感到没什么拍点，没意思。

我准时来到中心舞台，陈大姐她们在互相拍照，她们又换了不同颜色的旗袍，头发重新做过，还化了妆。我一到，陈大姐让我拍照，她们依然变换着位置，摆着不同的姿势……

中午，我们来到一家餐厅吃饭，我想请大家。理由一，今年很幸运报上了摄影班。要知道，摄影班在老年大学是热门专业，名额只有四十五个，先报先有，额满为止。报名采用网上申请的方式，我不懂这些，去年就没报成，今年让儿子帮忙，当天报名入口一开通，就报上了。十分钟后，就有几位同伴告诉我报不上了。其二，我有幸结识班长陈大姐等，能成为同学，今后可多多向她们请教。

听说我请，有人问我是不是大款，有人问我是不是可以用公款报销？

见我一一否定。陈大姐说，按规矩：AA 制！

席间，她们尽谈些张家长李家短与摄影无关的话题，我觉得和她们一起是一次学习的机会，就打断了她们赶紧请教一些摄影问题，比如，拍一些片用什么光圈、感光度、快门、拍摄模式等，这些老师在网上讲过，但我还没有掌握。

陈大姐问我家住几楼。我说十二楼。她又问是走上去还是坐电梯。我说坐电梯。

有人问我在家做饭吗。我说做啊。有人又问是烧柴草还是电饭锅。我说当然用电饭锅。

有人问我在家洗被单用手还是洗衣机。我说洗衣机。

……

她们问这些，我莫名其妙：与我的问题有关吗？

李大姐说当然有关，现在相机特别先进，有自动挡，一切都设计好了，就是说，采用什么光圈、快门等都自动化了，既然如此，为什么不充分利用，却去费时费神？老年人要与时俱进，利用现代设备，利用自动化，不要去走回头路，就像我们有了洗衣机，还要用手去洗衣服，有了电梯，却要去爬楼一样！

有人说，老师天天教用手动，调光圈什么的，真是没事找事。这些课上和不上有什么不一样？真浪费时间。

有人说，不是没事找事，是老师没有高档相机，手里只有那些落后的低端机。说白了，一个踩三轮车的人只能教你如何踩三轮，难道还会教你如何去开小汽车。

天！我真长见识了。

我们是一起坐地铁回市里的。一坐下，陈大姐她们就各自拿出相机和手机，忙开了。我没有什么事，也跟着拿出手机，一看朋友圈，都是身边几位发的，标题相同，《摄影活动之古镇篇》，相片大同小异，其中她们 7 人在一起的相片，都是我拍的。

我参加了这次摄影活动，却没有在相片中。

山上有双眼睛

海　华

乡下老家的外甥又是发微信，又是打电话，说是这些年搞种养，做生意，挣了点儿小钱，盖了新楼房，且定好日子在家里摆几桌，请亲友们聚一聚，乐和乐和，叫我回老家一趟。

这天一到家，外甥满面春风地领着我参观完他的新居，在三楼喝茶时，神秘兮兮地跟我说了村里近日发生的一件怪事。

那是十多天前的一个中午，三叔公悄悄拿起一把钢钎和一支凿子，正准备出门，五岁的小孙女突然一声惊叫，爷爷，眼睛，爷爷，后山有双眼睛在看着你……

眼睛？三叔公猛一愣，随即往后山望去，啥也没有。再摸摸小孙女的额头，没有发热。心想，小孩子净说瞎话。于是，迟疑了片刻，把小孙女送回屋，还是悄悄地上后山挖山取石去了。

第二天中午，小孙女见三叔公拿着那把钢钎和凿子准备出门，又朝着他直嚷嚷，爷爷，眼睛，好像老伯公的眼睛在看着你，血红血红的，好吓人呀。小孙女边说边紧紧地依偎在三叔公的身旁，一只手拽着三叔公的衣襟，一只手微微颤抖地指着后山的方向。

三叔公满脸惊诧，咋又在说眼睛？便看了一眼后山，见没有啥，再摸摸小孙女的额头，温度正常，犹豫了一阵，还是悄悄上了后山。

让三叔公感到蹊跷的是，此后一连几天中午，只要他一拿那把钢钎和凿子，小孙女就朝他大声嚷嚷，爷爷，眼睛，老伯公的眼睛在看着你……

外甥皱了皱眉，嬉笑着说："事后，三叔公跟我说起这些事时，还满脸错愕。"

"老伯公？"我悄声问。

外甥说："三叔公的邻居，咱们村的老村主任石大宽老伯。"

"老村主任不是已经走了两年多了吗？"

"是。要是老村主任还在，唉……"

外甥一声叹息，不禁使我想起数月前那次回老家时，从老乡口中得知的村里一些往事：

咱们村叫石头村，是个偏僻的小山村，村后有一座大山，山脚杂草丛生；山坡上除了一些零零散散的乱石和树木，就是每隔三几百米，有一块篮球场般大小、寸草不生的空地；山顶上光秃秃的，全是黄土，是远近闻名的光头山。咱们村因此被外村人戏称为光头村，每年雨季，大雨一下，山脚下，农田里，山下那条小河，尽是些携带着粗沙和碎石的黄泥水，村民叫苦不迭……

那一年，四十开外的石大宽当了村主任，每当镇里开会，好些人都调侃他是“光头村主任”。第二年起，石村主任憋着一肚子气，横下一条心，带头捐出十万元，同时发动村民捐资，请来县林业部门的技术人员帮忙做好规划，采取“因地制宜、划定地段、包干到户、责任到人、确保成活”等措施，带领大伙儿年复一年地在光头山上植树造林，从山顶到山脚，村前村后，凡是宜种树的地方都种上了树，经过十多年的艰苦打拼，硬是给光头山穿上了绿衣裳，村容村貌从此变了样：山绿了，小河水清了，农田不用再喝黄泥水了，再没人叫石头村是光头村了。

然而，就在镇委镇政府向全镇推广石头村植树造林经验，石村主任第三届任期还有个把月时，他却不幸得绝症走了。临终前，石村主任嗫嚅着交代古副村主任，守住了青山绿水，就是守住了金山银山。并叮嘱老伴儿，他走后，把他的骨灰撒在后山上。老伴儿与子女们一合计，在殡仪馆买了个金斗瓮，把他的骨灰装进金斗瓮里，安葬在后山上。

没承想，石老村主任走了不到一个寒暑，有位村干部竟鼓动三叔公和五六位村民，打起了后山的歪主意，串通外地的啥老板，偷偷地在后山又是挖，又是凿，又是炸，发了疯似的窃取大小石头，做起了石材生意。同时毁坏了不少树木，不到半年光景，后山已是满目疮痍，伤痕累累。

“舅舅。”外甥一声唤，把我的思绪拽了回来。

外甥嘿嘿两声，突然压低嗓音道：“昨天，三叔公又私下跟我嘀咕，老侄呀，你不是外人，跟你说过的小孙女那事，把我弄得头都大了，思来想去，前几天还是跟那帮人说了。我说，‘也怪，这几天一到山上，老觉着有双眼睛在看着我……’话音还未落地，那帮人都抢着说，‘是呀，是呀，这些天只要一凿石头，或者毁坏了树木，好像立马有双血红的眼睛在紧瞪着自个儿似的，心里直发毛，也觉着亏心。’说真的，我早年干过石匠活，原本就不太乐意参与这事，这时，见那帮人一个个像霜打的茄子——蔫了，便提出就此收手。那帮人听后使劲点头。一直没吭声的那位村干部一脸尴尬，他忽然想起新上任的古村主任曾多次找他谈话，近日又下了最后通牒：‘别以为这里山高皇帝远，如不尽早收手，并做好复绿工作，就上告镇里。’便轻叹一声说：‘那……就都散了吧。’”

“舅舅，你在省城工作，见多识广，你说，这事怪不？”外甥认真地看着我。

我笑了笑，似不经意地说：“也怪，也不怪。”

云遮月

曾立力

周末晚上，月亮被云朵遮来遮去。大白让老赫去他家吃饭，顺便提醒句：穿精神点，有戏。

老赫在为数不多的几身行头里挑了套白西服，配上根红领带，头发前两天刚理过，又去吹了遍，胡子刮得下巴泛青，对着镜子照了照，至少年轻了5岁，方才满意。欣然去赴约。

老赫其实不老也不黑，只不过是比较起大白来稍黑点，而比较起细黑来却又稍白些；身高一米八，五官端正，仪表堂堂，完全经得起任何一则征婚启事的挑剔。老赫的微笑永远为每一位小姐姐绽开。

与他一块长大的大白和细黑，早已为人父了，小孩都可以打酱油了，正在考虑生二胎。可他却一直单着，没找到另一半，剩男一个而赫赫有名。如今流行越是高学历、白领，越找不着对象。你说他不急才怪哩！

按说这是座移民城市，年轻人多机会也多。当初仨人结伴来这儿择业，老赫是存有这点小心思的。大白和细黑却无所谓，他俩上中学时就已私订终身了。老赫光顾着学业和足球，心想男子汉大丈夫何患无妻，还怕找不着对象？没想到还真给耽误了，世事就是这样促狭。

这些年他不是没找过，少说点每年的相亲费不会少于五位数。但到头来，往往不是他看不上人家，就是人家看不上他。不由得他不喟然长叹：这找对象啊还是越早越好，年纪大了想法多，难成。谁不明就里、七嘴八舌地讨论早恋，那纯粹是没事找事、吃饱了撑的。

今晚大白给他介绍的是位护士小姐姐，看起来有点胖，一个被城市格式化了的姑娘。两人见面后感觉还不错，留了电话、加了微信。

送护士小姐回家的路上，月亮从云朵里露出笑脸，撒下一地的银白。老赫想起前人诗句：多情谁似南山月，特地暮云开。真的暮云开了？

接下来，两人频频约会，那小姐姐带着他逛遍了各大商场，吃遍了所有好吃的地方。一边还转着弯儿，像询问病人病历一样，不厌其烦地打听他的经济状况、社会关系。

小姐姐说：这年头有个好的家庭、人脉关系，起码少奋斗二三十年。这话不假，问题是出身不由己。

也许是职业习惯吧，她走路飞快，一阵风似的。老赫有点跟不上趟，跟着跟着，终于有一天给跟丢了。

未能临门一脚，抱得美人归。

老赫心情沮丧，拎了瓶白酒，邀上大白去细黑家蹭饭。三杯酒下肚，老赫借酒遮脸，让他俩给介绍介绍经验。是该好好总结总结经验了。上学那会儿，他俩老抄他的作业，这回也该他抄抄他俩的作业了。

大白让细黑说，细黑也不客气，只当是说酒话。便说：我别的经验没有，就只有一招，怪招。细黑是个武侠控，三句话不离功夫招式，当然只是停留在手游里的招式，并不是真会啥子拳脚功夫。

细黑抿了口酒接着说：只要对上眼了，你就得穷追猛打，追着追着，突然你不追了。让她停住脚回过头来看，怎么没追了呢？这时你一个箭步冲上去，让她猝不及防，不就追到了吗？这招你不会？

否则的话，她在前面跑，你在后面追，她一个劲地跑，你一个劲地追，像武侠片里一样，一会儿快镜头，一会儿慢镜头，总有段距离，哪能追得上？细黑笑了笑，安慰他别急，好姑娘一定在下一个人生路口等着你。说得老赫如鸡啄米般连连点头。

光棍节这天，老赫被人拉去参加一个QQ群里的单身汉聚会，在一帮帅男靓女中认识了位长发遮脸，网名叫云遮月的美女。两人一见钟情，QQ聊天，打卡泡吧、蹦迪、喝咖啡，打得火热。

两人处了很长一段时间，到吹糠见米时，却没能再走近一步。老赫记起细黑说过的话，索性不追了，等她回头。却并不灵验，未能等到，老云遮月的，再没露脸。这不是把人往沟里带吗？还怪招呢？真没料到。

进入腊月，眼瞅着离过年越来越近。父母在另一座城市里给他下了份最后通牒：今年过年再不带女朋友回来，就不要回家。来年老两口还要赶过来同他一起住，督促他。把老赫给逼到了绝境。

有什么权宜之计呢？老赫听人说，现在有租女朋友的，去网上一查，还真有。只是价钱贵得离谱，一天2000元。抢钱啊！老赫舍不得，思来想去，联系云遮月，请她帮个忙，应付过去。

正当老赫拿起手机准备给她打电话时，铃声骤然响起，屏幕上显示是云遮月打过来的。分手后，他俩就再没联系过。不是要紧事，她是不会找他的。接通后，她磨磨叽叽老半天才说：你能不能挺身而出帮我个忙，陪我一道去见见我父母？

窗外的月亮被云朵遮来遮去。

后来，两人弄假成真。再后来，老赫也就理直气壮地向剩男剩女们介绍起经验来：许多时候本可以喜结连理的，就因为彼此都不够勇敢，未能再走近一步。

拉大锯

陈 敏

阿豆书房的墙壁上，悬挂着一把深棕黄色的大提琴，一米二的小孩那么高，大大的音箱像个扁葫芦，若是倒过来看，犹如铁扇公主的芭蕉扇。那把琴一直被阿豆视为家中珍宝，阿豆说，它已经成了一种象征，尽管他很少去碰它。

旅居国外的阿豆在经历了20年的漂泊后，终于回国了。回国后，他做过的事让我钦佩。阿豆先后做过报纸编辑，开过比萨店，当过灯具厂厂长，还徒步游历了大西北的大漠戈壁，雪山草地，经历和才华着实让人折服。如今，他成了一名自由撰稿人、游记作家，多家刊物为他开了专栏。

关于这把大提琴，我们和阿豆在他的书房里做了一次访谈。阿豆侃侃而谈，自我标榜为“旅居专家”，回忆了那些移居国外华人生活的经历，而他讲的一个音乐家的故事，一直盘旋于我的脑海，让我至今记忆犹新。

阿豆说，20世纪80年代初期移居美国的华人当中，多半是依赖装修起家的。移民人群中有博士、外科医生、画家，还有镇长、副市长等“官员”身份的人，他们初来乍到，一时找不到合适工作，就干起了装修。干装修是力气活，这对一些年龄不大的人来说并非难事，他们帮人修水管子、马桶，做大理石贴面，做旧房子改造；慢慢地开始接触建筑图纸，学会读图、绘图，进而盖小房子、大房子，然后挖地基、搞规划、盖大楼……如此折腾一番下来，一些人摇身一变，成了开发商。多半华人便是靠装修挣来了生命中的第一桶金。

阿豆说他刚去美国那会儿，曾在美国著名的“伐木工人”之乡——缅因州干过一段时间的装修活儿。他被一个白人家庭所雇佣，帮人家装修一套木质结构的别墅，他的工作是拉大锯，将巨大的原木解成一块块木板。

拉大锯，这活儿不光是力气活儿，还是件技术活，干熟了，听上去像在唱一首儿歌，干不好，就破了嗓，无奈尴尬。大锯到了阿豆手里总是“跑调”，无论怎么努力都无法将长长的锯子拉直，双手一用力，“磁”的一声，锯子就偏离了方向，毁了木头不说，还弄折了人家的锯条。老板就有些不悦，给阿豆找了别的杂活儿，又重新雇来了另一位华人老哥。

那哥们儿姓潘，来自上海，光洁白皙的脸庞，透着棱角分明的冷峻，这样的人也能干这个吗？阿豆一开始根本就没料到那个老哥能把大锯拉好。可很快，阿豆的眼睛就呆了，这个上海哥们儿不仅拉得好，还能单手拉。他拉锯的功夫完全能用一个“绝”字形容，一拉一推笔直笔直的，简直像一条直线。哧——哧——，声音中带有韵味，还有节奏。阿豆猜测，这哥们儿一定出身木匠世家吧！阿豆疑惑，一心想和他攀谈几句，最好能聊点异地他乡的生活琐事，可那老哥傲慢得厉害，根本不屑理阿豆。他面无表情，戴着个大耳机，从不言语，专心致志地拉锯。

后来，有一天，那哥们儿卸下耳机，去了洗手间，阿豆听见他的耳机里有音乐声，就拿起来，放在耳边听。耳机里传出大提琴的声音——勃拉姆斯《F大调大提琴奏鸣曲》，哀怨委婉的旋律，如泣如诉。那充满高亢情绪的旋律和诗一般的韵味让阿豆如痴如醉，阿豆沉浸在美妙的旋律中，直到他听完整个演奏时，一个女主持甜甜的声音传来：刚才您欣赏的是来自中国上海音乐学院的青年音乐家潘韦鸣演奏的……潘韦鸣！不就是眼前这个拉大锯的老潘吗？阿豆正想着，潘从洗手间里出来了，阿豆指了指耳机，问：“大哥，这大提琴是你拉的？这是你呀？哎哟，我的大神啊！原来你竟然是个音乐家！你怎么也混到这份上，跟我一样，来美国拉大锯啊！”潘瞥了阿豆一眼，什么话都没说，从阿豆脑袋上摘下大耳机，给自己戴上，又继续拉锯。

难怪他的锯拉得那么精，那么直！这与他拉琴练琴的职业习惯有着巨大关联吧！练琴时专注于自己内心的目标，而不受别的声音干扰。他把拉锯当成了拉琴，琴锯合一，手脑并用，融为一体了。

别墅装修接近尾声的时候，阿豆说他终于和这位高傲的音乐家搭上了茬。音乐家告诉他，拉琴和拉大锯都是力气活儿。大提琴是最接近人声的乐器，音色厚重，作曲家给它写的曲子往往苦涩，你需要掏心掏肺地去拉。世界上的任何事都是如此，只要你掏心掏肺去做，就没有做不成的事，拉大锯也是一样的。拉锯就像在走人生路，每一推一拉都要用心，稍有不慎，结果就会千差万别。

那位音乐家后来在纽约郊外一个简陋的小教堂里拉大提琴，琴声充满低沉的情绪和赞美诗般的韵味。

冥冥之中，自有命运。仿佛是上天有意的安排，他在教堂没待多久，就得到纽约交响乐团的一位名声显赫的指挥家赏识，通过引荐，进入了纽约交响乐团——一个由大约百名演奏不同乐器的音乐家集合而成的表演团体。他很快成了团里重要的一员，直到离国 15 年后，他成功带领华盛顿国家交响乐团回到上海，在上海歌剧院的一场演出获得巨大反响。

阿豆后来就和音乐家成了“知音之交”，音乐家的演奏会走到哪里，他就听到哪里，直到有一天，他获得了音乐家这把大提琴的馈赠。

阿豆说，直到今天，一听到大提琴的演奏声，他的耳畔就回旋起拉大锯的声音，那声音渗入他的毛孔，会让他全身的细胞苏醒。那是用灵魂演奏出的生命音符，是生命的另一种存在。

寻找顾野菊

张甫军

这天早上，因为夜雨刚过，空气异常清新。在车水马龙、人头攒动的路边，一个老太太跟在一个老头的身后，步履蹒跚，不远不近。

走着走着，老头在路面的石凳上坐了下来。老太太见了，就在老头对面坐下来。老头看到了一朵野菊花，发起呆。老太太一边看着野菊花，一边看着老头。一会儿，老头站起身来向前面的公园走去，老太太也跟着进了公园。

公园里很热闹，老头在公园里的小路上走走停停，好像在找什么。老太太也是走走停停，可一双眼睛只在老头身上。在公园的一角，老头有些累了，在一条长凳上坐下来。老太太也有些累了，她坐在了老头的斜对面的一条长凳上。

这时，老头仿佛才看见老太太，他们相互有礼貌地笑了笑。

好像过了很长时间，老头说，天气真好啊！

老太太也说，是啊，天气真好。她的声音比老头大多了，似乎怕他听不见似的。

他们开始聊起了天。

老头说，你一个人遛弯啊？

老太太微笑地点了点头说，嗯，一个人，您也一个人？

老头叹了口气说，一个人，老伴儿丢了，只能一个人了。

老太太同情地说，真是遗憾，不过我跟您一样，也是一个人。

哦？怎么，你老伴儿也丢了吗？

唉，说来话长，您先说说，您老伴是怎么丢的？

我老伴儿啊……老头陷入了思考，良久才说，我想不起来了，啥时候丢的我都不知道，只记得她叫顾……顾……对，顾野菊，哎呀，我这脑子，差点连老伴的名字也忘了。你呢？

我啊，我跟您不一样，我老伴儿得了老年痴呆，谁也不认识了，就连我也不认识了，所以对于我来说，跟丢了没两样。

哦，是的，一个人没了记性真可怕。

可不！我那老头子还说要跟我好一辈子哩，现在还没到一辈子，他就不认识我了。

唉，不过话又说回来，你老伴儿肯定也不想这样子，人老了很多事情都身不由己啊。老头说着，不受控制地放了个屁，自己却浑然不知。

嗯，我也是这样想的，所以我每天都会花上一整天的时间陪他，无论他干啥，我都陪着他。

是吗，真羡慕你的老伴，他要是知道你陪着，肯定高兴得不得了，不像我，我老伴儿在哪儿我都不知道。

您别难过，您一定能找到您的老伴的。

嗯嗯，老头稚气地点了点头，说，谢谢你，我跟你想的一样，只要一直找啊，我就一定能找到她。

说着话，老头看了看天，捶了捶腿说，时间不早了，我要去找我老伴儿了。说完，老头用手撑着凳子吃力地站起来，向老太太欠了欠身，示意自己要走了。

老太太微笑着从凳子上站起来，说，祝您好运吧，您一定能找到她的。

老头再次欠了欠身向老太太表示感谢，步履蹒跚地向小路的一头走去。老太太就不远不近地跟在他身后。

走到公园的出口了，老头停了下来，他好像想起了什么，嘴里叨咕着什么，就转过身想再回公园。刚一回头，就看到了老太太，老头便高兴起来，他蹒跚地走上前去，对老太太说，我刚忘了拜托你一件事了。

老太太向老头面前跨了半步，客气地回应道，啥事您尽管说，只要我能帮上的。

老头说，那就先谢谢你，我想让你帮我一个忙，帮我找一下我的老伴儿，她叫顾野菊。

老太太说，哦，这个没问题。

老头从兜里拿出一张纸条递给老太太说，这是我的联系电话和地址，如果你找到了我老伴，就打我的电话，或者到这里来找我，谢谢你啊！

老太太将纸条收好说，举手之劳，不必客气的。

老头向老太太欠了欠身，准备走，又似乎想起了什么，缓缓地回过头问，哎呀，你看我这脑子，我刚才实在有些不礼貌，我找你帮忙我还不知道你叫啥名字呢。

顾野菊。老太太脱口而出，几乎是迫不及待。

杜什么？我耳朵不太好，你再说一遍。

顾、野、菊！老太太一字一顿地说。

顾野菊？！顾野菊？！老头念叨着，又端详着老太太，似乎想到了什么，又似乎什么也没想起来。好一会儿才说，顾野菊，啊，真巧，你也叫顾野菊。真好，真好，这是世上最好听的名字。说完，老头呈现出一副幸福的表情。良久，老头再次向老太太欠了欠身，然后，转身步履蹒跚地走了……

诗 意

苏丽梅

5月20日当天，一群诗人自发组织了一场诗歌朗诵会。活动现场，身为诗人的她和一个俊逸的男人共同朗诵了一首诗，吸引大家的不是诗本身，而恰恰是这个陌生的男人。

男人有着帅气的脸庞、魁梧的身材、磁性的声音，在台上，男人和女人深情朗诵席慕蓉的《一棵开花的树》：如何让你遇见我 / 在我最美丽的时刻 / 为这 / 我已在佛前求了五百年 / 求佛让我们结一段尘缘 / 佛于是把我化作一棵树 / 长在你必经的路旁 / 阳光下 / 慎重地开满了花 / 朵朵都是我前世的盼望 / 当你走近 / 请你细听 / 那颤抖的叶 / 是我等待的热情 / 而当你终于无视地走过 / 在你身后落了一地的 / 朋友啊 / 那不是花瓣 / 是我凋零的心。男人和女人你一句，我一句，女人声音甜美、清脆，男人声音浑厚，有磁性，两人抑扬顿挫，珠圆玉润，他们深情款款，双目凝视，从眼神中流露出一股柔情、一丝迷离。

节目结束后，男人和女人走下台，大家给予热烈的掌声，女人的朋友们探询般地问女人："这是……"

"和大家介绍下，这是我老公。"女人娇滴滴地说。

"大家好，谢谢大家！"

女人的老公略带腼腆，双手合十，对大家点头哈腰，和大家打了招呼。

朗诵会结束后，女人挎着男人的手臂，倚靠在男人的怀里款款向前；男人拥着女人的腰，步伐矫健。

两人相拥着走进他们的爱车。女人摇下车窗，娇滴滴地和朋友们道别。

望着绝尘而去的轿车，女人的闺密们露出不屑的眼神，说："切，到这来秀恩爱了。"

闺密一酸溜溜地说："明知道咱几个都是离婚的女人，故意带老公来向咱炫耀，当我们没见过男人。"

闺密二露出了轻蔑的眼神，说："这个女人和我们不是一路人，以后咱离她远点。”

这边，车才刚启动，女人的脸马上拉了下来，开始埋怨男人：“你是怎么搞的，朗诵的时候没一点感情色彩，爱情的韵律都没表现出来。”

男人的脸也跟着拉了下来，说：“我本来不想来的，是你硬拉着我来的，什么诗歌朗诵，我根本不感兴趣。”

女人说：“我刚认识你那会儿你还充满诗情画意，这么多年来你变了，越来越粗俗了。”

男人说：“我为这个家整天早出晚归，在外拼搏，生活哪有那么多诗意？你要有情调要小资那是你的事，不要扯上我！什么诗歌朗诵，我都被你烦死了。”

女人气得嘴唇发抖：“你、你……不可理喻。”

男人气得踩了刹车，捶了方向盘：“你更不可理喻。”

两人再也没说话。

到家后，两人一前一后下车，进屋、脱鞋，上床蒙头就睡。

这之后，女人觉得与男人越来越难沟通，男人整天就知道上班、下班，日子单调、乏味，没有一点诗情画意、浪漫情怀。女人不喜欢这样的日子，女人感到空虚、烦躁。女人对男人表现出了越来越多的不满。

两人每天一点点的不满在屋子里积蓄、膨胀，直至最终的爆发，女人对男人咆哮道：“我受够你了，我要和你离婚。”

男人从内心感到累，他意识到他们的婚姻已经走到了尽头，他无力也不想去挽回。

平淡地离婚之后，女人换回了自由，每天出入各种场合，在各种圈子中如鱼得水地摇曳着腰肢，引来了众多男人的关注。

在一次诗歌朗诵会上，女人独自朗诵了一首爱情诗。观众席上坐满了人，三三两两的人在交头接耳，观众一对观众二说：“这个女人好面熟。”

观众二说：“两年前的诗歌朗诵会上，她和她老公在台上朗诵一首爱情诗，两人情意绵绵，那个场面我记得很清楚。真羡慕他们。”

观众一笑了笑，说：“羡慕她？羡慕她的年龄？面貌？可惜呀，听说她离婚了。”

观众二愣了愣，说：“你说什么？她离婚了？”

观众一笑了笑，表示默认。

观众二感到很意外，很难相信这是真的。末了，观众二喃喃道：“那次看他们夫妻朗诵，情意绵绵的样子，很让人羡慕啊，没想到居然离婚了，真是不可思议。”

此时，台上，一个帅气的男人正满怀激情地朗诵着，观众的脸上庄严、肃穆。

外面，远处的村庄有炊烟袅袅升起。

赴一场电影

红 墨

路弯弯，长又长，坑坑洼洼。父亲背我去坳口村看电影。

爹，为啥不看电，要看它的影子呢？影子比电好看吗？

父亲咳了几下，没回答。

爹，累了吗？我下地走。

你还小，爹不累。

我依旧伏在父亲的背上，爹，电是动物吗？它有几只脚？

父亲说，见了不就知道了吗？爹也才见过一回。

我就想早知道。我摸着父亲的胡子茬儿。

父亲说，它没有脚，只有屁股，坐在桌子上；有一只圆圆的大耳朵，会旋转，还缠着一条长长的带子……

它有嘴吗？

没有。

那它吃啥呢？不会饿死吗？

它吃电。

电好吃吗？像糖水一样甜吗？我啧啧着嘴。

人、牲畜都不能吃电。父亲反问我，闪电能吃吗？

爹真逗，爹又没说闪电，我担心说，那它不会被电死？

不会，它只吃电。父亲说，它吃进了电，圆耳朵就旋起来，长带子就走起来，眼睛就亮起来；它只有一只眼睛，但忒亮，射出一道光，照在前方的一面大镜子上。

它真是个怪物！我又问，她是个爱照镜子的女孩子？她漂亮吗？

也不是照镜子。父亲说，长带子上有好多影子，沿着那道光跑到大镜子上，演电影。

电影一定好看！像变戏法吗？

比变戏法神奇多了！

坳口村到了。没有放电影。坳口村人说是坳中村放电影。

父亲从衣兜里“变”出两个烤番薯，一人一个，填肚子。父亲被噎着了，我拍着父亲的背。拍着拍着，父亲的脊背佝偻了，头发花白了。我长成了小伙子。我背起父亲，朝前走。

老父亲和我讲起他唯一看过的那场电影——男主人公是一位小伙子，他身材高高的，像一株挺拔的树；女主人公是一位漂亮的姑娘，她的目光湿漉漉的，像两股清泉。小伙子家贫，他爹是个“药罐子”。姑娘的爹就阻止，把她锁在草屋里。月夜，小伙子攀上屋顶，扒出个大口子。姑娘上不来，又不让小伙子跳下去，耗着。月亮移到屋顶，垂下两根绳子。小伙子抓牢绳子下去，把姑娘和自己捆在一起。月亮把绳子慢慢儿提上来……

爹，这哪是电影？这分明是爹和娘的爱情。

老父亲笑着，说爹也被搅混了。

坳中村到了。也没有放电影。坳中村人说是坳口村放电影。

我俩就从坳口村来。我说。

坳中村人说，这“十八坳”的另一头也有个坳口村。

赶不上看电影了。我嘀咕着，就起了返家的念头。

爹，我就要看电影嘛！有个小娃儿拽住我的裤腿。

你叫我爹？你是我的娃儿？那我的爹呢？

我背起娃儿，朝前走。

爹，为啥不看电，要看它的影子呢？影子比电好看吗？

我咳了几下，没回答。

爹，电是动物吗？它有几只脚？

我说，到了那个坳口村，看了电影不就知道了吗？

我就想早知道嘛。娃儿说，万一今晚赶不上看电影呢？又怕我打退堂鼓，急纠正说，不会的，赶得上的。

我说，电影没有脚，只有屁股，坐在桌子上；有一只圆圆的大耳朵，会旋转，还缠着一条长长的带子……

它有嘴吗？

没有。

那它吃啥呢？不会饿死吗？

它吃电。

电好吃吗？像糖水一样甜吗？娃儿啧啧着嘴。

人、牲畜都不能吃电。我反问娃儿，闪电能吃吗？

爹真逗，爹又没说闪电，娃儿担心说，那它不会被电死？

不会，它只吃电。我说，它吃进了电，圆耳朵就旋起来，长带子就走起来，眼睛就亮起来；它只有一只眼睛，但忒亮，射出一道光，照在前方的一面大镜子上。

它真是个怪物！娃儿又问，她是个爱照镜子的女孩子？她漂亮吗？

也不是照镜子。我说，长带子上有好多影子，沿着那道光跑到大镜子上，演电影。

电影一定好看！像变戏法吗？

比变戏法神奇多了！

另一个坳口村到了。晒谷场上黑压压一片，只有一束光照射在银幕上。我坐下来看电影，回头却不见儿子。电影已放映下半场，刚看出点眉目，银幕上映出“剧终”二字。散场了，我却站不起来。儿子回来了，说电影没有脚，只有屁股，坐在桌子上；有一只圆圆的大耳朵，会旋转，还缠着一条长长的带子……儿子把我搀扶起来。儿子长成了一个大小伙子。我咳嗽着，捶着老腰。

爹，我背你。儿子说。

我伏在儿子的背上。

回家。

路弯弯，长又长，坑坑洼洼。

水师傅

苏发灯

水师傅不姓水，姓甘。

老家人好起诨名，比如姓熊，他喊你老爪。姓羊，他叫你老骚。你腿脚不灵便吧，他偏喊你歪师傅。骂了人戏了人，似乎还带了点隐喻，又气人又笑人。

水师傅是砖匠，以前专给人砌那种最老式的房子，平板，或者平板上面加层。两楼一底或者三楼一底，都是一道大门，旁边两扇窗。讲究些的，大门边再开一道耳门，远远看去，如一件方方正正的中山装，兜是兜，领是领。

水师傅的老婆本来身体就差，生儿子那年受了风寒，体质更弱，从堂屋走到灶屋都累得上气不接下气。水师傅手艺不错，中途经常要回去给老婆熬药、做饭，主人家就觉得他水，不光为人，连他的技术也信不过了。隔三岔五，他只有做一些修坟墓、填屋基、筑院坝的零星活。

去年，老婆没了，在县职教中心上学的儿子也快毕业了。水师傅总算松了一口气，终于，可以像个真正的砖匠一样放开手脚干了。

手脚可以放开，心却不敢真正落下来。为了给老婆治病，家里连一条烟的钱都没存下，倒还欠下两万块钱。儿子快二十岁了，也到了伸手要老婆的年龄。

有几个老乡在西安那边做砖活，听说大工每天能挣三四百，小工也要挣两百多。水师傅心动了，跟着大伙到了西安。

老板一听说是熟手，直接就让他上岗。人家砌，水师傅也在砌，人家砌了五斗砖，他也砌了五斗，人家砌了一米高，水师傅也不落后。技术员很高兴，拿来尺子一靠，再用红外线一扫，眼神却一下就变了。

水师傅是老手艺，在老家没有谁跟他较真，只要房子不垮就算过关，从没管过什么技术要求和行业标准。

“看起来都一样，凭什么他们的好，我的差？”水师傅不服气。

技术员也不答话，抬脚一蹬，人家的纹丝不动，水师傅砌的墙，灰浆里好像没搭水泥，哗啦啦倒一大片。

技术员也不撵他，反而宽慰：“水师傅你还是可以留下来，先做个小工嘛，眼睛放尖一点，看看他们的搞法，等你钻透了，我们还让你当大工。”

水师傅不。他觉得自己脸上无光，还丢了带他出来的老乡们的脸。他离开大工地，到附近散建户的工地上找活。同样是做大工，只是这里的大工，和大工地上小工的价钱差不多，还不一定每天都有干的。

大半年下来，钱没挣到几个，腰杆却累得不行。每天都是晚上睡一觉，当天的腰痛刚刚消失，早上起来又要面对第二天的腰痛了。

一天，儿子的一个电话，让他腰痛的基础上，心又被螺丝一样拧紧了好几圈。

“老家有人承头修老祖宗的坟，要我们家家都投钱，让我问问你修不修？”

“羞，当真是羞仙人哦！”水师傅正站在墙边的竹跳板上挥舞着砖刀，用力砍一个半截砖，砍了七八下也没砍成自己想要的形状，十分恼火。他含着即将烧到嘴巴的烟屁股一口唾到地上，挂了电话。

第二天，又有人打电话来，还是说修祖坟的事。水师傅更烦了，但来电话的是孟林，水师傅一下子不说话了。

孟林是本家侄子，在外面搞工程挣了不少钱，修祖坟就是他的主意。说穿了，就是想光宗耀祖，扬个名。但他扬名，却是把整个小村庄同姓的人都捆在一起，他出一小部分，其余大部分按人口平摊，并不是他一个人出钱。

水师傅本来想说自己还欠债，家里房子没整修，儿子说媳妇的事也还悬在天上，活人的事都是一个烂摊子，哪有操心死人的闲心啊！他还想骂，骂孟林没得球事，一天净搞瞎日闹，自己好过了，就不管别人死活。

但他说不出口、骂不出口，给老婆医病欠下的两万块钱，就是找孟林借的。人家没找他要利息，快两年了也没催他还。他就问：“修祖坟的承包人找好没得，让我来搞可以不？”

孟林说：“幺叔，这个恐怕不行，我们请的是县里面的建筑公司，还专门搞了设计，预算要十万出脚。”言下之意，你还不够格。

孟林又很照顾地说：“不过哎，我可以给他们说说，让你来做小工，一百五一天！”

“你们想要怎么搞，就先搞嘛。”孟林没有说支持，也没有说反对，算是默许了。

年底，儿子打电话来说：“祖坟修好了，人家要结账，按人头算，我们家刚好两千五百元。”

“有明细吗？账目公布了没得？”

水师傅想起前年孟林的哥哥孟清承头修清公家的堰塘，也是一家出了一千多，结果堰塘溃了塘，整成一个烂尾工程，再也装不稳一滴水了。好好的一口塘，还不如不挖，现在塘里的树都长到碗口粗了，每次看到都是一块心病。

儿子说：“公布倒是公布了的，反正我也看不懂。”

“那我们先欠起，等年底找老板结了账再给！”

“不行呢，其他人都出了，我们这个钱要给师傅当工钱，你不给，人家师傅就不走。已经有人在说我们了，不是说我们修不起，是说我们修个祖坟都不积极，孝心哪里去了！”

“孟林哥说了，如果暂时不想出这个钱，就先把那两万块还了。”儿子又说。

水师傅紧了紧砖刀，咬咬牙，朝那边大工地望了一眼，他决定等这几天搞完了，还是回到那边去。一定要学好技术，现在才 43 岁，还来得及。

水师傅想，学好了技术，我就可以挣四百块一天的工钱。一个月一天都不休息，就可以挣一万二，一年一天都不休息，就可以上十万。给了两千五的修祖坟钱，把两万块钱债还了，再把房子整修整修，给儿子说一门亲事。如果再有富余，就把老婆的坟好好修一下。结婚时那样乖巧的一个女人，在世没住过一天像样的房子，现在又憋在那样小的一方土堆里，墓碑没得一个墓碑，死了连脚都伸不直。

想到这里，水师傅浑身都劲箍箍的，腰不痛了，心也不紧了。

醒 画

汤其光

杨柳青是顺河街西头一家木刻版画社的名字，一间不大的店铺与后面的小院相通，前面营业，后面住人。这也是当时比较常见的商铺格局。店铺里摆放着一个宽大的木案，几乎占了整个店铺的一半，上面堆放着雕刻、印刷用的工具，看似有些杂乱无章，实际上充分利用了空间，为的就是工作起来便于拿放。店铺的四面墙上都挂着画社自己印刷的画，都是木板雕刻套色印刷的门神、钟馗、灶王爷、观音、佛像等，偶尔有几张风景画，却都没有颜色，放在花花绿绿的神像当中很不显眼。

这家画社的店主人姓赖，顺河街上的人都喊他赖老板，名字反而被人遗忘了。赖老板五十多岁，山西人，矮矮胖胖的，总是笑眯眯一团和气的样子。他的妻子已经过世，家中只有一个十七八岁的儿子，儿子和他一样沉默寡言，只知道埋头干活。平时赖老板选木板，画图样，刻板，印刷，儿子就在旁边打下手，干些粗笨的活计。

版画是个偏僻的冷门行业，干家少，买家更少，有时候一个县都未必有一家版画社。赖老板之所以能在顺河街扎下根，靠的不是过年时卖几张门神、灶王爷啥的，他有自己的销售渠道，具体地说，他的年画、佛像在南京、上海那些大城市很有市场。

赖老板有绝活，印刷的佛像和别家的不同，据说画像白天看一个颜色，晚上看又一个颜色，而且在黑暗中还闪闪发光。

就是凭着这一手绝技，赖老板少了很多竞争对手，日子过得十分滋润。眼红的同行经过反复打听，就连旁敲侧击、派人当卧底等手段都使用了，才知道赖老板的版画比他们多了一道工序，那就是画晾干后再用清水配上祖传的秘方刷一遍，赖老板说这叫“醒画”，跟做发面馒头醒面一样的道理。这道工序同行也都使用了，也尝试着往水里添加了东西，终归效果不理想。实验了好多次，实在想不出赖老板在清水里添加了啥，只得作罢。

秘方只掌握在赖老板一个人手里，连儿子都不告诉。有一次儿子好奇，就问他到底往清水里添加了啥，惹得他罕见地发起火来，瞪着眼训斥儿子：“好好干你的活，到我死的时候自然会告诉你。”

别的版画社因为没有秘方，自然竞争不过杨柳青，不几年，就纷纷倒闭关门了。这让赖老板的生意愈加好。后来，不但买下了顺河街中心的一栋铺子扩大经营，还在附近买了上千亩地，成了顺河街上有名的财主。

天有不测风云，赖老板是在自己60岁的寿宴上病倒的，那天他一高兴多喝了几杯酒，喝完后便气短胸闷，再也下不了床。弥留之际，他把儿子叫来，虚弱地问：“咱家的手艺都学到手了吗？”

儿子孝顺地点了点头，满脸悲切：“爹，凡是你教给我的，我都学会了。”

“那就好，这样我就可以放心地找你娘去了。”赖老板爱怜地看了儿子一眼，心中似有万分不舍。

“可是……”儿子欲言又止。

“可是什么？”赖老板问。

“您那最后一道工序，到底是啥配方啊？至今我还不知道。”儿子问。

“什么配方？”赖老板不解，问儿子。

“就是往清水里加的东西，醒画用的。”儿子提醒。

“哦，”赖老板恍然大悟，示意儿子靠近些，小声地说，“其实那都是骗人的。就连画晾干后用清水洗一遍也是多余，是我故意这么做的。”说完他得意地笑起来，竟一口气没有上来，溘然长逝了。留下床边目瞪口呆的儿子，一时间忘记了痛哭。

星星维修师

阿　英

快跑，你又要迟到了！

小禾把书塞给我，冲我使劲挥挥手。小禾瘦得像一把柴，头发又黄又稀。她的身后，是几只吃草的羊。

从家到学校，有好几里路。每天我都会起晚，胡乱啃几口饼，书包拍打着屁股，奔出院门。跑完一条坑坑洼洼的土路，就到了一个长满草的小山坡。小禾每天等在那里，把我的课本还给我。我放学回来，再把书借给她。

我曾问小禾，你咋不上学？

小禾答，俺爹说了，让俺好好放羊，等羊长肥，卖了钱，就供俺念书。

小禾的娘有些痴傻，整日瘫在炕上。小禾除了放羊，还要做饭，哄弟弟。弟弟不到一岁，一醒来就呱呱哭。小禾把一小碗粥热好，放勺白糖，搅匀，尝尝温度，喂弟弟吃。弟弟尿了拉了，就换褯子，擦屁股，哼儿歌哄他睡。弟弟睡着了，她又要忙着洗洗涮涮。

小禾上不了学，就借我的课本看。被我揉烂的书，她总能让它们变得平平整整，还发出一股香味儿。

小禾一钻进书里，她爹就吼，一个女娃，学那没毬用的作甚？能变出饭来？

小禾抽噎起来。我安慰她说，这破书，要不是怕老师拿教鞭抽俺，就送给你了。

小禾抹掉眼泪，翻开一页，说，这些星星画得不好看，俺改了改。

我低头细看，也发觉，书里的星星确实长得呆气，蹲在纸上，像笨笨的甲虫。小禾只用铅笔在边缘轻扫几下，星星就不一样了，似乎在拖曳着光芒飞行。

小禾的这根铅笔，是用蝉蜕换来的。放羊时，她爬上树，寻找一种金色的蝉蜕。村东有个老中医专收这个。

你们教室里，有星星吗？

哈哈哈！我想起屋顶黑褐色的椽檩，夏天漏雨，冬天灌风，常有蜘蛛吊下来。

俺梦见教室里长满了星星。小禾幽幽地说。

我望着小禾，星星好像在她眼底闪耀。我忍不住撒谎说，嗯，星星有时会飞进来。

升五年级以后，学校担心我们考不上初中，就安排了晚自习。那时候没通电，大伙儿点蜡背书。我跟同桌说好，俩人合买一根蜡烛。天一黑，教室真有星星了。

每天下了晚自习，我才能把书给小禾。她只能夜里看书了。我想切下一截蜡烛送给小禾，同桌舍不得。

小禾求爹买，她爹骂道，女娃读个啥书？不务正业！

小禾呜呜哭了，说，村里的姐姐们，都是小时候放羊，干杂活，哄弟弟；大点了就去外面打工，月月寄回钱；再过几年，回老家，嫁人，收笔彩礼，给弟弟盖房娶媳妇用……俺不想这样。

女娃谁不是这样？小禾爹踢翻一只凳子。

小禾的这些话，让我想起我姐。她只有过年时，才能回来几天。她在厂里，每天要踩十二小时缝纫机。我不由得难过起来，对小禾说，放心，俺有办法！

我跑去教室。每张课桌上，都凝固着前一晚淌下的蜡滴，扁扁的一小块。我拿铅笔刀小心刮下来，包在纸里，连米粒大的碎屑也没放过。有同学忽然说，你爷爷不是木匠吗？你会雕吗？给俺的蜡烛刻条龙吧。他可能想起了评书里的盘龙柱。我心中一喜，这样的话，就又能刮一些蜡下来了。但我知道，也不能太占人家便宜。于是我用尽平生绝学，刻了一条胖龙，又把残渣细细收集起来。

下了自习，小禾爹呼噜打得山响。我小声说，快，把你爸的酒盅找出来！

我把蜡块压到酒盅里，埋进一根棉线，露个小头。火柴擦着，急吼吼地把一簇小火苗喷出来。那根棉线却懒懒的，不理它。火苗委屈了，缩成一粒小圆球。我向前捅捅火柴，火苗朝棉线拱过去。棉线先是害羞地瑟缩起身子，尔后舒展开，尝了尝味道似的，舔了火苗一口。随即它来了精神头儿，把脑袋伸进火焰中心，几缕纤维变得透亮。火柴棍枯萎打卷儿了，棉线的脑袋上，却顶了一颗亮亮的豆子。随着我俩的呼吸，那粒小火豆前滚一滚，后滚一滚，像小羊羔在娇憨地玩耍。棉线身下的蜡块越来越软，彼此抱在一起。

小禾展开书，兴奋地看起来。

我用烫疼的手指，从她额头拽下几根燎焦的头发。

从此，班里的蜡烛被我雕成各种造型。但我并没有刮得太狠，否则对不起大家。我还给蜡烛们整容，将多出来的部分削下去，像嫁接般，补到凹陷处。脱落下的细末，就都攒起来。同学给我取了个绰号：星星维修师。

不久后，父母带上我，去外地做生意，我再也没见过小禾。听说，她爸卖掉了羊，却没真的供她念书，反而让她出去打工。小禾哭得撕心裂肺，绝食好几天。

参加工作后，我偶尔听说，小禾后来真的上了学，考到师范，毕业后回乡支教了。

我特意回去一次。校园里，娃娃们在锻炼，操场像开满了花朵，女孩男孩一样多。

推开教室的门，我不禁惊呆了：屋顶染成天空的样子，是那种梦幻般的宝石蓝。饱满的云朵像几头胖乎乎的绵羊。最惹人注目的，是云朵间的星星，每一颗都不一样，每一颗都那么亮。

钥匙丢了

吴永强

一

夏夜，街上车流滚滚，街头行人匆匆。不用上班的女人都穿着吊带短裙，男人穿着大裤衩拖鞋，恨不得怎么凉快怎么穿。

高脚楼下烧腊店，只要开门，永远都有人在排队。

老胡站在烧腊店外张望。

他斜挎着背包，拎着一个塑料袋，里面装着公司办公室主任许姐送给他的半瓶五粮液。

他看见厨师戴着胶手套正在斩白切鸡，想买半只回去下酒，但拳头捏了捏，还是扭头往回走了。

他想着回家做一个凉拌黄瓜，美美地喝两盅，那滋味也很带劲。

自不当部门主管以来，好长时间没有喝到好酒了。

五十二岁的老胡不承认自己老了，但他的两颗后槽牙却抛弃了他，在春节的鞭炮声中啃羊蹄子时叛逃了。

老胡的家人都在大西北，他独自一人漂泊在南方打工。

二

上了四楼，到达居所门前，他习惯性地去背包里摸钥匙，摸遍了，没有。

他把包放在楼道中间翻找，挡了楼上邻居的路，那人白了他一眼。

他顾不得别人的冷眼，继续翻找，没有，确定没有。

他摸了摸长裤前面的兜兜，依然没有。

他想，要么是早晨起来出门时忘记带了，要么是丢到公司了。

无论如何，公司抽屉里还有一把备用钥匙的。他一向做事谨慎，早就想到迟早会有这么一天的。

他立马给常在公司加班的小左打电话，电话好不容易接通，小左说已经在地铁里了，今天1103室的同事都准点下班走了，办公室里应该没有人加班了。

抱着试一试的想法，他在公司微信大群里问：1103办公室还有人没有？

半晌无人应答。

楼上信号时有时无的，老胡向楼下走去。刚出底楼，就接到1102办公室同事小猫的私信：胡工，你们那边都下班了，1103的门锁着呢。

三

老胡有些气馁。

小区一个夜跑的人斜地里冲过来，差点将他撞倒。

这时头顶芒果树上一个成熟的芒果不偏不倚落下来，正好砸在他的头上，老胡伸手去摸，却摸到了一手流淌的芒果汁。

这时，手机响了。

他一看是老板的，就把手在腰间搓了搓两把，急急忙忙接了。

老板张德才问他在群里发消息有啥事。

他赶忙向张德才如实汇报了事情的前因后果。

老板张德才听完后，半晌不语，没有对他表示安慰，却冷不丁地说：老胡啊，你真的老了，现在开始丢三落四了。

和老板通完话之后，老胡觉得浑身的力气被榨干了，深一脚浅一脚向前晃去。

记得前些时间，老板曾经找他谈过话，暗示他应该高风亮节给年轻人腾位子。

他为公司服务了12年，按照劳动法是不能直接辞退的。老板总想启发他自动离职。而他为了能买够15年社保，就一直装聋作哑。平日里任凭老板如何批评揶揄，就是不主动提辞职。

这次，老板张德才如此说，他觉得非常不爽，一股气在胸口冲荡，貌似要炸裂胸腔。

四

他斜挎着包，拎着装有那半瓶酒的袋子，在街上逛荡。

在这美丽的五羊城里，他想不出谁能够收留自己一夜。

他看见路边士多店挂着一把硕大的钥匙模型，上面留着开锁电话，就掏出手机打了过去。

开锁匠说：120 元，天这么热，少一分我都不干。

老胡骂了一句粗话就挂了电话。120 元？抢人呢。

哎，要不是儿子今年 10 月份结婚需要钱，他会和开锁匠成交的。

他继续向前走，出了小区，可以看到很多灯箱闪亮的假日公寓和快捷酒店。

他想，如果住进去了，夜里说不定还有什么艳遇呢。

但是，他不愿意把钱花在这方面。

他宁愿在街头流浪一夜，也不愿意干这种事。

这是他出门打工 20 年坚守的底线，他不能忘记，自己还要攒钱，回去给儿子娶媳妇呢。

老胡突然想起公司看大门的老钱就住在城市的西边，老钱平时对自己很客气，老钱租的是两居室，他一个人独居，去老钱那里对付一晚是最正确的选项。

想到这里，他给老钱打了一个电话，老钱爽快地答应了。

五

他快步走到附近的公交站，来了一辆 189 路公交车，老胡戴上口罩，上了车。

一上车，老胡很开心，车上除了司机再无别人，自己想坐哪个位置就坐哪个。这对于平日里一直都是挤在公交或地铁人缝里站着的老胡而言，不啻为一种小确幸。

坐了 20 多个站，夜里 10 点钟，终于到了老钱家。

进门，老钱也没有问他吃饭没有。他把手里提的东西放在沙发一角，开始和老钱聊天，三说两说，就说到老板张德才刚才给自己的那通电话。

老钱看了老胡一眼说：胡工啊，你也是公司元老级的员工了，老张不该这样对你。其实在我们员工眼里，有老员工，公司文化才有传承，老员工是公司的财富，不是累赘。

老胡有些泪眼婆娑，一激动就摸过旁边的塑料袋，拿出那半瓶五粮液，放在老钱的茶几上，他知道，老钱也爱喝两口。

老钱拿起酒瓶观察道：真的假的？

老胡道：当然是真的，这是昨晚老板请客没有喝完的，许姐拿给我的。

老钱说：是吗，那我们把它喝了！

老胡：喝了，喝！

老钱说：可惜，我这个月工资花光了，要不然我会去买些下酒菜来的。

老胡豪横地说：小事一桩，我去买，你等着。

老钱：好好好，五粮液配卤牛肉，这样才符合我们公司的气质。不过，再加一碟花生米更好！

六

老胡下楼买了一斤卤牛肉，没有花生米，一狠心就买了半只烧鸡。

老胡和老钱都是好酒之徒，见着好酒也互不谦让，没一会儿，半瓶酒喝光了。牛肉自不必说，把烧鸡啃得骨头都没有剩下多少。

老胡直呼过瘾：好久没有喝过好酒了！

老钱说：不对啊，胡工，你买牛肉和烧鸡就花了一百来块钱，这半瓶酒少说也四五百块钱吧？你请个开锁的才120元，今晚赔大了！

老胡答：别算那些账，感情是金钱无法衡量的，和你喝酒，我心里爽！

老钱说：是啊是啊。对了，你就在沙发上凑合一晚，我把风扇给你搬来。

老胡：无所谓，这比睡天桥底下好多了。

老钱搬来了风扇，就进里屋关紧了门，开了里间的空调，倒头睡了。

老胡想去刷牙洗澡，又想到没有牙刷毛巾，搞个啥卫生啊？他索性和衣躺在沙发上。一躺下，就想起老钱刚才说过的话，觉得也有道理，今晚真是亏大发了，心里渐渐有些后悔自己的任性。

这时觉得屁股后面裤兜有东西硌得难受，起身一摸，长裤后面的兜兜，一串钥匙被带了出来。

老胡彻底愣了。

麻　袋

响　雷

也不知是谁家的小板车，周荣宽白捡了来用，轮轴有些缺油，每转一圈都要吱嘎一下，每吱嘎一下，他的心就咯噔一下。黑夜里，城中死寂，远处偶有一两声犬吠。真不该做这种事的，他有些后悔，更多的是害怕，他觉得自己从来没有这样慌张过，做贼一样。

出和平门向北三四里，路越来越不像路，他停下来擦擦汗，喘了口气，胆子又大起来。江滩就在前面不远，他把小板车上的麻袋扶了扶，继续推。他要在江滩边找一处荒地，把麻袋埋了。

麻袋里是他的仇人白酉生。

白酉生跟周荣宽年纪相仿，五十出头。他们住在同一条巷子里，檐头挨着檐头，山墙贴着山墙。他们自打出生就不是好邻居，而是仇人，不知从哪一代起结下的世仇。小时候，他们没少打架，周荣宽额上的疤便是在十岁那年被白酉生的爪子抓下来的。二十岁那年，他们争过女人，两败俱伤，最终谁也没得到，两家积怨却更深。后来各自成家过日子，周荣宽在崇善堂当伙夫，白酉生做了剃头匠，三日不碰面，碰面没好事。若干年后，他们两家的世仇又自然延续给了下一代。

他们两家山墙之间长了一棵小叶黄杨，碗口粗，据说上百年了，算是名贵古树，值些钱。周荣宽说树是我家的，白酉生说树不是你家的，他们为了这棵树没少吵架。也许溯起源来，他们的世仇就是从这棵小叶黄杨结下的。后来他们不争了，有什么好争的，树就立在那里，谁也别想卖，谁也拔不走，于是搁置争议。但他们又为别的东西争，为别的事情吵，就算没事也会找事。有时一大早，两人跨出家门赶巧四目对上，都鼻子里哼一声，各往东西，背后各骂一句，今儿出门遇鬼了。天注定他们尿不到一壶。

白酉生长得比周荣宽粗壮，脾气暴躁，但嘴笨，一旦吵架，来来去去就那么几句粗话，不及周荣宽条分缕析，有理有据，所以他常常吵不过，便用拳头说话。周荣宽嘴上快活了，身子骨没少挨苦头。但有一事算周荣宽能耐，周荣宽剃头从来都到白西生的摊子上，剃完头站起来，神气活现，比踢馆的武夫打了一场胜仗还得意。别人问，你怎么敢的？周荣宽昂着头说，我就是这身胆气。在这事上白西生窝囊啊，心里窝着火，手上还要把他的头剃得漂漂亮亮，剃不好砸自己招牌。周荣宽有时还出言挑衅，有种把我脖子抹了去哉。白西生真有一刀划下去的冲动，可是人命关天，得忍。

你不是挺横吗，有本事你爬起来呀。周荣宽停了车，朝麻袋说。

麻袋一动不动。

四野一片空旷，燕子矶矗在远处，似江边饮水的巨兽。北风呼呼地吹，江边的浪声和枯草的摩挲声混在一起，不响，却空洞而遥远，像从地狱里飘出来的。周荣宽一激灵，往掌心吐一口唾沫，搓搓，从麻袋底下抽出一柄铁锹，撸去一片枯草，开始挖土。

以后定神了，你狗日的闭了嘴，再也没人争啊吵的。周荣宽跟麻袋说。他力气小，白天又累着了，挖一阵就停下来歇会儿。

好一阵子，才挖出一米深的坑，估量着大小差不多了，他把麻袋从小板车上卸下来，滚到坑里去。

我可交代你，到了那边，你们一家子团聚了，可别仗着人多合伙欺负我家女人孩子。周荣宽用铁锹指着麻袋说。

你可记好了。周荣宽铲一锹土，覆在麻袋上。

那天要不是我在崇善堂里做活计躲过一劫，也跟你一起下去了。周荣宽又铲一锹土。

没有棺材，你多担待着，能有个麻袋算不错了，白天我埋了多少尸首连个麻袋都没有，依着你那副嘴脸，被野狗吃了我都懒得理。周荣宽说。很快，麻袋掩进土里大半。

我说你充什么好汉，那么多当兵的都打不过，你一个剃头匠能干得过枪炮？浑身马蜂窝似的，还死攥着剃刀不放，掰都掰不开，剃刀你收好了，到下面继续干老本行。埋得差不多了，周荣宽胳膊支在锹柄上歇会儿。

咱们房子都给烧了，小叶黄杨只剩一根黑杆子，你也别记挂着，入土为安，咱们两家的恩怨算是了了。周荣宽说。

我记着你们是 1937 年冬月没的，我孤家寡人一个，以后谁会记得我哟。周荣宽抹一把泪，用铁锹把耸出的坟头拍实。

周荣宽从怀里掏出一把纸钱，吹着了火折子，点上，火沿着纸钱扩散开。周荣宽烤着手说，别一个人花了，记得给我女人孩子捎些，我到处找啊怎么也找不着他们，要不是为了找他们，我也不会在巷子里撞见你。烟有些熏眼睛，周荣宽用手背抹了抹，越抹越止不住地流。

纸钱燃尽，火星子随西北风飞舞一阵，游魂一样消散了。

为你写诗

孟凡勇

铁刘和他老伴晚霞的五十周年结婚纪念日刚刚过去，晚霞突然病倒。医生说她的病在医学上已没有治愈的可能。

铁刘在床边握着晚霞的手，见晚霞醒了，忙问："霞，饿不？"

晚霞摇头叹道："铁刘哥，五十年了，想来你为我写了几百首诗了，前两天咱们的结婚纪念日你也念诗了，我觉得那首诗最好。"

铁刘只点头，目光在晚霞的脸上扫了扫，说："我笨，懂得少，是你不嫌弃。"

看到晚霞又摇摇头，铁刘心里既难受又内疚。他知道自己不是诗人，更没有诗人的才华。年轻时的他上过几年学，后来因为家里穷，早早地退学跟着父亲下地，后来又跟着泥瓦匠学了徒，四处跟工，总算有了吃饭的活计。

晚霞的姊妹多，她是老大，六岁开始跟着母亲哄孩子，没上过学，不认识字。她心里羡慕能上学的孩子，听他们放学时念着课文里的诗歌蹦蹦跳跳地在路上撒欢时，她总会望着他们，听着那些诗歌入了迷，好像能悟到诗歌里的情感一样。

铁刘跟工给晚霞家盖南屋时认识了晚霞，俩人彼此中意，但都羞于开口，最后还是老石匠看透了他们俩的心思，推了一把，双方才见了爹娘。就在双方准备把婚事商定的时候，晚霞突然问铁刘："你识字吗？"

铁刘憨笑，答："认字，认得不多，但够用。"

晚霞接着问："那你会写诗吗？"

铁刘不会，可他看着晚霞闪烁着光芒的眼睛，似乎感受到了晚霞内心的那份期待。"会一点，上学的时候念过。"他说。

"铁刘哥，你真厉害。"晚霞的脸微微红了，似乎得到了她满意的彩礼，又说，"你要是保证经常给我写诗，我明天就嫁！"

铁刘一怔，看看同样有些惊讶的双方爹妈，忙大喘一口气，说："我，我写，给你念！"

天黑的时候，晚霞和铁刘站在洒满月光的小河边，铁刘拿出了他"忙活"了一下午的作品，念道：

“天空下 / 有阳光和稻田 / 那金色波浪 / 是我们相爱的地方。”

铁刘念得不顺畅，念完后把胆怯的脸往夜色里藏了藏。晚霞不嫌他嘴笨，搂住了他的胳膊，说：“好！好听！简直就像学堂里念的一样！”

晚霞不知道铁刘作了弊，铁刘也不打算主动承认。他爱晚霞，不想因为这诗歌的真假而失去她，他选择自私。

新婚夜，晚霞要铁刘为她写诗。铁刘仍憨笑，说：“春宵一刻值千金。”一句诗，念得晚霞红了脸，乐得铁刘熄了灯。

婚后，晚霞要铁刘每个月给她写一首诗，她爱听。铁刘答应，常常在外出干活的时候偷偷拿出他藏着的《诗歌集锦》，翻开这本地摊货挑几句诗背一背，晚霞总能在听完后给他递上一杯茶水。

铁刘的“写诗”本事越来越高，准备的“花样”也越来越多，换的地摊诗集也越来越多，这一“写”就“写”到了他们的结婚五十周年纪念日。纪念日当晚，铁刘捋着他的胡须抑扬顿挫地念道：

“时间未使我们分离 / 我们是田野的蒲公英 / 你可尽情飞翔 / 我会与你落到同一片土地上。”

晚霞的脸又红了，笑说铁刘不害臊，一把年纪了还像当年一样“浪”。铁刘还是只憨笑，不多说话。

铁刘回想到这里，见病床上的晚霞慢慢半坐起身，忙问：“我现在给你端吃的？”

晚霞摇头，拉拉铁刘的手，说：“铁刘哥，我想听你念诗。”

铁刘愣住了。他事先没“准备”。

“你念嘛，念嘛。”晚霞说。

铁刘一手挠挠头，叹了口气，见晚霞没有“罢休”的意思。他纠结了一会儿，满怀歉意地低头说：“霞，对不起，那些诗不是我写的。”

晚霞先是一愣，然后微笑着轻戳铁刘的胸膛，说：“我知道。”

“什么？”铁刘吃了一惊。

“你又何必说破它呢。”晚霞说完，猛咳嗽了几声，整个人又憔悴了许多，

“我就是爱听你念诗，念嘛。”

铁刘愧疚地点点头，扶她躺下，片刻后，铁刘握着晚霞的手，念道：“窗外的晚霞已经离去 / 我的晚霞还在这里 / 想为你写诗 / 可诗歌千首不如你 / 只有你的名字 / 晚霞 / 是我铁刘这一生 / 读过的最美 / 最美的情诗。”

铁刘念完诗，泪流满面，说：“这是我为你写的诗。”再看晚霞，她微笑着闭上了眼，泪水慢慢滑落在枕边。

隆起的胸膛

李德顺

大陆远去，雾气未尽。她登上小岛，没人正眼瞧她，她只问断气了没。

“断气？那怎么能！命好着呢，不再多吃几年，躺着让我伺候，怕是舍不得走了。”一个女人从厅间走了出来，抱着一堆杂物，一摞一摞就往麻袋里压。

是母亲的儿媳，她一闻就知道是这个女人。不因别的，只为这个女人和自己的儿媳一样，都是羊年生人，身上总带有一股臊气。

属羊的女人，哼！

“你再有什么难处也算是过来了，还说这些做什么？”她不好与这女人纠缠，只当是表面对她宽慰就岔过去了。

母亲躺在偏间的床板上，还没等咽气，里里外外就被裹了好几层寿衣。

她盯着母亲枯黄的脸，仿佛就是看着自己，一种莫名的惊恐从背后袭来，使她迟迟不敢靠近母亲半步。

死亡，就在眼前。

忽地，母亲睁开眼皮，她吓了一跳，只听母亲发着“热，热，热”的声响。

她大叫来人。

众人以为是时候到了，都轰地挤进了母亲狭小的偏间中，不料见到的是一双眨动的眼睛，母亲还活着。

她赶紧去解母亲的寿衣，向众人解释是母亲热了，众人无话，也不好动手，只叫了母亲的儿媳来。

羊女人显然是希望落了空，她看着母亲的儿媳，看着这羊女人在给母亲脱寿衣的过程中，还故意下重手，在母亲的背后拧了一记。

母亲不声不响。

猛地，她也感到了一阵疼痛，扇子落到她胸前，惊醒了她。

她猛烈咳嗽，胸腔剧烈颤抖着，这使她再次惊厥，母亲那个隆起的胸膛闪过眼前，羊女人的哭声使她慌乱。

羊女人能克死自己的弟弟，未必就不能克死自己的儿子。这一点，她和母亲是重合的，都是因为儿媳妇败了家门。

她再次咳嗽。要不是因为她坚持拒绝建议，她本该躺的地方就是医院，而不是自家的床。

住院？她不能住院。一把年纪，健康的身体是她最后的价值，守住健康是她的本分，一旦住进医院，就等于宣告她是个不守本分的无用之人，就是个累赘。既然责任在她，那为什么还要儿子替她承担呢？

儿子是个吃酒烂醉，只顾撒钱在外边做面子的，儿媳更是顶没良心。再说，他们也承担不起这个医疗费用，因为几次的试管已经耗光了他们的所有，但孙子还是影没一个。

这让她再一次想起了母亲，她们又一次重合，都从来不知道孙子抱在怀里是什么感觉，从来，都不曾。

按她的身体状况，到底还有没有见孙子的机会呢？到底有没有呢？

正当她想得入迷时，医院的一通电话打断了她，说她肺部检查报告的结果不是很乐观，叫她做好心理准备。

她一声不吭，电话那头还在嗡嗡作响，闭上双眼，母亲那块隆起的胸膛又一次浮现出来。

在拧了母亲的肉后，羊女人突然趴地痛哭。一年，三年，五年，这日子简直没了头。婆婆不死折磨她，可她是无儿无女的，将来要死，作践谁去？

众人见状，好说歹说都上去劝慰，只她就这样木木地看着，感到床铺一阵摇晃。

是母亲。

母亲呼吸急促，胸膛剧烈起伏，颤抖着发出一声骇人的咽鼻声。

看着母亲瞪大的眼睛，她反应了过来，是母亲一直在屏气，想以此自尽，只是憋不住，再一次失败。

众人大惊失色，羊女人也慢慢止住哭声，整个房间陷入死寂，都在等待着，等待着。

终于，母亲又一次用力，拼尽全部，鸡爪一样的手紧攥床单，汲进一口最决绝之气，这气在体内胀开，逼开胸膛，使它高傲地隆起，自豪地放大，当它顶到最高度时，母亲屏住呼吸，整个人都在僵硬抽搐着，直至满脸涨红，鸡爪无力，失去生机。

没了灵魂，她被镇定住了。母亲虽然死了，但她的胸膛分明还活着，在她放大的瞳孔中，母亲高高隆起的胸膛，俨然一座高耸的山丘，在向她压来，还在向她压来！

泪水涌出，咳嗽继续，她把手放在胸膛上，感受着它的律动，这一次，她是不是又得和母亲重合了？

兴安杜鹃

张　港

因海拔不同，兴安岭上草木花卉各有分层，白桦在下、落叶松在上，兴安杜鹃夹在当腰。进到四月，让雪捂了一冬的大山，杜鹃花开得旺盛，开得红火。花儿叫杜鹃，鸟儿叫杜鹃，女孩子也叫杜鹃。塔哈尔村的女孩儿，就有不少名叫杜鹃的。说实话，没几个闺女真见着杜鹃林——深山老林哪是大姑娘去的？倒是老赶山的，循着杜鹃树走山道，能采得着山货，找得到宝物。

一个达斡尔人，哪能不唱歌？一个达斡尔女孩儿哪能不唱歌？塔哈尔村老沃家那独生俊丫头，唱散山雾唱绿河唱肥牛羊唱谷黄的沃杜鹃，一股急火，忽地连句话都不能说了。您说说，这一家子人，日子可咋往下过？

求医问药找偏方，招用尽了。杜鹃爹说了：让搬山我就搬山，叫截河我就截河，只要闺女能说话就中。

齐齐哈尔城来的老中医，望闻问切，上下相看了沃杜鹃，拉她爹袖子到外头，说："不是胎带来的。是毒火攻心，能治。"

"咋治？说！"

"那个啥，这个呀，找丫头最惦在心上的人，瞅冷子，使大劲儿，给她一个大嘴巴。她一激，吐出心里的毒火，管保行。"

"啊——"杜鹃爹翻翻手巴掌，"哪，哪咋下得去手？"

"就是下得去手，你也不中——丫头是不是有心上人？是哪个？叫他来才行。"

杜鹃爹唰地脸翻黑云："唉——唉——病根真就在他身上。他这小子，上了北山里，两年了。"

上北山里，人人懂得，那是当了抗联。

"哦——那个，回来没？能叫回来不？"

杜鹃爹一脚踩起沙尘："还，还回，回个啥哟——打日本，阵亡了呀！"

"那，那可是真？可见到真实？丫头，她知道不？"

杜鹃爹连气点三个头。老中医摇了一下头。杜鹃爹说的那人叫墨尔根，抗联来人送信，带着墨尔根的灰军帽，帽子上一个大枪眼儿。这事人人知道，杜鹃也看到了，打那就出病了。

老中医听到这儿，说："呀——是这个，那么的吧，我回城去，拿祖传天绝狠药。我去去就来。"

杜鹃姑娘上河沿儿，风就不刮了；杜鹃上草甸，百灵就不唱了。可怜啊可怜，这孩子可怜。人人宠着杜鹃，人人惯着杜鹃，杜鹃想干啥就干啥，想上哪儿就上哪儿。

花红柳绿四月天，山上该是开出了杜鹃花。杜鹃姑娘穿了红，搽了粉，烧黑柳枝描了眉毛，一个人出了屯子，朝山里去了。屯里人说："让她去吧，散散心也好。"

嫩枝扫脸，青草扯衣，泉水潺潺，白雾茫茫，春山是俊姑娘，俊姑娘是春山。杜鹃口不能语，心却在唱。她跟自个儿唱："大松树刮不倒，墨尔根还扛着枪。雁去雁来，墨尔根就在山上。哥哥来，看我的新衣裳；哥哥来，杜鹃花红，红杜鹃唱——"

白桦林、落叶松之间，红杜鹃铺成宽宽的红花大道，杜鹃姑娘插了一满头红花儿，她拧着身，唱着口型，顺着花路走。

杜鹃姑娘心里自己磨叨："也就是打日本打累了，墨尔根睡着了，他们就说那个了。瞎说，胡说，瞎说，胡说。墨尔根哥哥就在前头，扛着枪在前头……"

太阳爷儿跟着杜鹃姑娘走，杜鹃姑娘累了，太阳爷儿也靠山头歇了。杜鹃姑娘坐石头上，眼睛搜寻着，她要采一朵最大最红最好看的。她比量着，插墨尔根军帽上，双手比量着插墨尔根胸脯上……

忽然，身后有响动，杜鹃一回头，我的妈呀！白桦树下，钢盔闪闪，黑枪筒子从榛柴棵伸出来。啊——日本人！

顺日本人枪管所指，杜鹃看到一个人：灰军帽，端大枪，站大松树下。

啊——墨尔根！墨尔根？墨尔根咋这么瘦？墨尔根咋这么矮？墨尔根咋这么黑？啊——杜鹃使出全劲儿，可是，嘴喊不出声。

忽地，榛柴棵起来一片黄衣鬼子，刺刀闪闪亮。

“墨尔根——墨尔根——有鬼子——”

杜鹃姑娘喊出来了。声震林海。

咣咣咣，枪声响了。

“墨尔根——墨尔根——有鬼子——”

大山中声音回荡，杜鹃姑娘躺在杜鹃花丛。

杜鹃姑娘的喊声，救了抗联。

抗联安葬这姑娘。那个哨兵，惊讶道：“她为啥冲我喊出‘墨尔根’这仨字？怪了耶？”

老中医打城里来了，将一包药塞给杜鹃爹。

杜鹃爹拿手挡了，说：“俺闺女没病，俺闺女嗓门儿亮得很。俺闺女还是抗联的人，戴着灰军帽。”

“啊——那个啥，咋你还哭眼睛呢？”老中医惊疑了。

姐　妹

李秋善

王曼和朱丹是好姐妹。王曼来自讷河，朱丹来自海伦。春节放假的时候，朱丹曾邀请王曼去过她在海伦的家。叫海伦，其实这个城市没有海。在当地很多地名都莫名其妙，比如拜泉县是没有泉的。两人相约明年春节放假时，再一起去王曼在讷河的家。

过了年，两人又回到打工的地方，湖城经六街上的一个洗脚城上班。湖城的经六街在湖城很有名。

前些年改造了，沿街都是两层或三层的仿古建筑门市房。湖城的娱乐场所大部分在此，有洗脚城、歌厅、洗浴中心等。

这些行业都有暧昧的成分在里面。王曼和朱丹打工的这家洗脚城也不例外。也有顾客找朱丹和王曼，二人不为所动，始终坚守着底线。

洗脚城的老板有三个，其中两个是油田的职工，不常来。长期在店里的老板是个三十多岁的男人，叫陈国强，是甘肃天水人。湖城是个移民城市，当初的油田老会战都来自五湖四海，所以湖城人接纳性较强，不排外。陈国强在甘肃老家有老婆、女儿，起初来湖城是做美容业务的，美容行业竞争太激烈。陈国强刚到湖城是做琪雅品牌，后来又做东方小屋品牌，都不好做。陈国强爱交朋友，认识了两个油田职工，三人合计着做点儿生意，考虑到洗脚城生意不错，陈国强就改行和两个油田职工做起了洗脚城生意。

王曼有事没事地爱往陈国强的办公室里跑，一来二去就和陈国强好上了。

朱丹看到王曼和陈国强腻歪在一起，便提醒王曼说，陈国强有家，你好自为之。王曼笑着说，没事儿。

有一天，王曼呕吐得厉害，买来验孕试纸一验，发现怀孕了。

王曼把怀孕的消息告诉了陈国强，陈国强提议把孩子打掉，王曼不舍得。于是，陈国强便在经六街旁的新村一区给王曼租了套房子，是个两居室。王曼便不到洗脚城上班了。

闲暇无事的王曼便给朱丹打电话，让她没事的时候来陪陪自己。陈国强租的房子离洗脚城很近，走路五分钟就到。没事的时候，朱丹便常来陪王曼聊天。

在王曼怀孕八个月的时候，陈国强突然失踪了，电话号码也提示是空号。洗脚城的另外两个老板只好轮流来洗脚城盯着。

朱丹曾劝王曼把孩子引产，无奈八个月了，引不了。

王曼在对陈国强的诅咒声中产下了一个男婴。

朱丹在王曼生产这段时间也没上班，尽心尽力地照顾王曼。王曼整天以泪洗面，奶水也没有了，朱丹只好帮王曼给孩子买奶粉。

坐完月子，王曼对朱丹说，朱丹咱们是好朋友不是？朱丹说，是。王曼说，我要到陈国强的老家找他去，不能这么便宜了他，你帮我照看一下孩子，无论找到找不到陈国强，一个礼拜我就回来。

朱丹犹豫了，自己是个姑娘，能带好孩子吗？

王曼见朱丹犹豫，便说，你帮我带几天，求你了。

说着，王曼给朱丹跪下了。朱丹赶忙扶起王曼，说，最多一个礼拜。王曼千恩万谢。

第二天，王曼便坐上了去往甘肃的火车。

朱丹带着个孩子，其中的艰辛可想而知。朱丹整天看日历，好不容易熬到一个礼拜，王曼还没回来。

起初王曼还和朱丹通电话，说按着陈国强身份证上的地址找到了他的家，陈国强搬家了。王曼安慰朱丹说，我很快就回去了。

朱丹整天忙孩子，突然她记起，王曼有一个礼拜没来电话了，便给王曼打电话，王曼的手机打不通了。

朱丹看了眼日历，王曼走了一个多月了。

眼看陈国强租的房子到期了，朱丹只好带着孩子回到海伦的家中，心想，王曼到过我家，她能找到我。

朱丹的父母和哥哥见朱丹带着个孩子回家，都有些纳闷：才离家两个多月，不会生出孩子来。听朱丹一说，才明白是怎么回事儿。父母便责怪朱丹做事欠考虑，一个大姑娘带个孩子，好说不好听。朱丹一再说，王曼肯定会来找孩子的，带不了多长时间。

慢慢地，朱丹和这个孩子越来越有感情，越来越觉得离不开这个孩子了。

父母拿朱丹也没办法，起初父母让朱丹把这个孩子送人，朱丹舍不得，她总觉得，王曼明天就会来接这个孩子，到时候给她还是不给她呢？

因为要带孩子，朱丹没法出去打工，自己那点儿积蓄花完了，便跟父母要。父母和哥哥都接受了这个孩子，让朱丹在家专心带孩子。

有人给朱丹介绍对象，父母答应给朱丹带孩子，可是朱丹不同意，坚持要婚后自己带。条件好的都不愿找个“拖油瓶”，于是朱丹的婚事便耽搁下来。再有提亲的都是二婚的了，对方还有孩子，朱丹索性不找了。父母经常为这事儿唉声叹气。

孩子一天天长大，到上幼儿园的时候，朱丹找了份食堂刷碗的工作，每月能挣一千多块钱。

孩子上学后，回家问朱丹，别的孩子都有爸爸，我怎么没有爸爸？

朱丹无言以对。

转眼儿子十三岁了。这一天，朱丹接到一个电话，是王曼打来的，这些年朱丹一直没换号码。

王曼在电话里说，朱丹你过得还好吗？结婚了吗？我的孩子还在你身边吗？我结婚了，又有了个女儿。

陈国强找到我了，他愿意出三十万找回他的孩子。朱丹，你在听吗？喂……

朱丹挂了电话，谁再打，她也不接了。

朱丹带着孩子出门打工了，谁也不知道她去了哪里。

小　齐

曾利华

小齐是西山村开中巴车的，年不过四十，个子不高，浓眉小眼。也许长年开车久坐之因，身骨架不大的小齐，肚子却不小，就像一个怀胎八月的孕妇，圆溜溜的肚子显得特别突兀。

小齐住的西山村和我住的东山村毗邻，都在距离县城四十多公里的山旮旯里。虽说是邻村，村民彼此间也熟得能叫出名字，但西山村和东山村并非“阡陌交通、鸡犬相闻”，而是相隔着两座山，有五六里路程。

这些年政策好，县乡的公路如蛛网般密布，穷乡僻壤的西山村和东山村都通上了水泥公路。原在广东务工的小齐，便弃了货车运输的工作，回到西山村买了一辆十五座的中巴车，专门往返城乡跑客运。

小齐的村和我的村隶属不同的乡镇，小齐跑客运只能办本村的公交线路牌。为了赚更多的钱，每天早上 7 点左右，小齐便一路按着喇叭，把中巴车开到我们东山村，提示要进城的村民快点到路边搭车。

村里就我们一家人住在马路边，每年春节回家探亲，刺耳的喇叭声时常把我从睡梦中吵醒。因而，我对小齐此举颇有微词。

当然，对小齐不满的不止我一个，不少村民对小齐也有意见，但不是因为喇叭声，而是小齐的小气。背地里，有不少人都称小齐为“小气”，甚至有人当面喊小齐为“小气”。

听我二叔讲，小齐这几年跑中巴车，确实方便了山里的老百姓，大家也很感谢他。小齐跑客运后，村民再也不用跑十多里山路到通乡公路旁搭车上县城了。然而，小齐这个人有个特点：不近人情特小气，谁想在车票上减他的钱，门都没有。有一次，山里下着毛毛细雨，冷飕飕的，西山村有个村民坐小齐的中巴车去镇上，上车后想减一块钱车费，小齐瞪着小眼说：“对不起，一分钱也不能少，如果没钱，请下车走路好了！”那个村民听小齐这样说，脸通红通红的，忍不住回骂了一句：“湾里就算你小气！真是越有钱越小气！”然后极不情愿地掏出一元钱，悻悻地塞进投币箱。

自那以后，大家都知道了，坐小齐的车，钱是一分也不能少的，否则，很可能会被赶下车。而“小气”也在不知不觉中成了小齐的绰号。

尽管如此，小齐本人并不生气，也从不在乎。小齐觉得，只要你付足乘车的钱，叫小齐或“小气”又不伤自己一根毫毛，那又有什么关系呢？

小齐为人小气，驾驶技术却不一般。毕竟是跑过长途货车的，尽管山里的路又窄又弯，一些地方还很险要，但车技娴熟的小齐，驾起车来，就像一个身经百战的将军，异常沉着和冷静，该快时快，该慢时慢，而且减速、转弯十分平稳，从不会让人在车上晃来晃去。

当然，小齐也很爱车，每天跑完车，自己都亲自用井水冲洗，把车内打扫得干干净净。脏了破了的座椅套，小齐会及时更换。在车上，小齐还配备了塑料袋，以供晕车的村民使用。大家觉得，小齐虽然小气，但坐他的车挺舒适的。

去年冬天的一个晚上，山里下了一场小雪，纷纷扬扬的雪花飘在东山村和西山村的上空，天气骤然冷了起来。凌晨一点的时候，东山村的老李突发脑梗，其时，老李家只有老伴刘氏在家。不知所措的刘氏披着外衣哭喊着挨家挨户敲门。大家聚到老李家后，有人拿出手机拨打120，有人帮忙掐老李的人中穴。慌乱中我二叔提议，等120怕是来不及了，不如找西山村小齐。又有人说，找小齐是个好主意，只是这么冷的下雪天，小齐未必会同意吧？

七嘴八舌中，我二叔拿出手机拨通了小齐的电话。可是，电话那头，小齐只是说了一句“黑灯瞎火又下雪，出不了车”，便挂了电话。

大家失望至极，骂骂咧咧的，都说小齐不仅小气，还不讲良心。

约莫过了一刻钟，东山村漆黑的夜空中突然响起了熟悉的喇叭声。大家异口同声：来了来了！是小齐。

有人出去马路边，果然是小齐。看得出，小齐也是急匆匆赶来的，身上穿着的是冬季居家棉衣。大家把老李抬上车，刘氏也跟着上了车。在一片叮咛声中，小齐驾着中巴车，消失在茫茫的雪夜中……

据二叔说，那天晚上虽然大雪没有封路，但驾技超群的小齐沿着山路走，还是惊出了一身冷汗。幸亏及时，老李被送到人民医院后，马上得到救治，才从鬼门关捡回了一条命。

而至今，老李家还欠着小齐万余元。这钱显然不是租车费，因为那天晚上，租车费小齐一分也没收。

父亲与灯笼

唐波清

父亲为灯笼而生，为灯笼而死，一辈子为灯笼活着。

花市灯如昼。1937 年元宵节，在挂满灯笼的夜晚，父亲伴着喜庆和团圆降临这个世界。父亲呱呱坠地的时候，爷爷正在堂屋里头扎灯笼。奶奶说，你给娃取个名儿吧。爷爷脱口而出，就叫“灯笼”。从此，街坊邻居都管父亲叫“灯笼”，这个小名儿挺响亮。

父亲七八岁的时候，爷爷就手把手地教他扎灯笼。爷爷说，扎好一个灯笼大致有六道工序：选材备料，扎骨架，糊纸，纸张处理，配色，搭配装饰。

父亲聪明伶俐，很快就熟记了选材备料的五件事儿。一要选好扎骨架用的竹黄、竹皮、竹竿。其中竹黄、竹皮要竹节少，无虫蛀，薄厚一致；竹竿要亮洁，无霉变；要将粗竹黄、竹皮、竹竿用尖刀拉划成细竹篾。二要选好麻纸，韧性好，拉力强。要将麻纸裁成 5 厘米宽，15 到 20 厘米长的窄条，用于连接骨架的各个接头。三要选好白纸，最好选择 35 克普通白纸。四要选好油光纸、皱纹纸和普通纸。五要选好油漆，大多用红、黄、绿三种颜色。

转眼，父亲变成小伙子。子承父业，青出于蓝而胜于蓝，父亲的手艺精湛，是十里八乡有名的灯笼匠。

父亲起早贪黑，灯笼装满几间屋子。譬如有石榴灯，两个石榴连体开着，灯嘴有 8 个瓣，有 12 片叶子。乡里人讲究，过年过节，娘家人给新婚女儿送石榴灯，希望女儿早生贵子，多子多福。譬如有莲花灯，灯的下部是莲藕，莲头满满实实，莲尾飘飘扬扬，寓意后继有人；莲藕有莲头、莲身、莲尾，象征有头有尾。譬如有赏玩灯，十二生肖，栩栩如生，大花灯可做成好几米高，小花灯可放在手里把玩。

父亲的得意之作，就是那盏大红大紫的石榴灯。有事没事，父亲总要久久地观赏它。

父亲有了家，有了母亲，有了我。母亲说，你给娃取个名儿吧。父亲脱口而出，就叫“大灯笼”。

父亲没日没夜地扎灯笼，就想让一家人的日子过得有滋有味。那年，父亲上山砍竹子，被一条毒蛇咬伤，险些丢了性命。父亲的腿肿胀得如同象腿一般粗细，他在竹椅上一躺就是两个月，他斜躺着吃力地扎灯笼，他不能也不敢停下来，一家人好几张嘴等着吃饭呢。

父亲的腿伤留下后遗症。从此，父亲走路，左瘸右拐。

父亲的小名儿叫灯笼，我叫大灯笼，灯笼便教大灯笼扎灯笼。

父亲说，扎灯笼最费时间的环节就是扎骨架、糊纸和纸张处理。譬如扎骨架。根据所要扎制的对象，构思，下料，大的花灯分两次完成。先扎出大概轮廓的骨架，再小心扎填细微部分。扎小的花灯一次就可以完成。譬如糊纸。在两个骨架的竹篾子之间，要撕成与空间大小相当的纸，用毛笔刷上糨糊，粘牢，裱糊。譬如纸张处理。这是关键一环。要将秘制配方用毛笔涂湿整个灯面，涂完之后，晾晒，整个灯体，方显丰满。

我一边念书，一边学扎灯笼。十几岁时，我扎的灯笼几乎可以和父亲的媲美。父亲满意地笑了。其实，父亲的心里还装着一个梦想，他就指望我考上大学。

1977 年恢复高考。父亲挑着一担灯笼，左瘸右拐，在县城的考场附近叫卖；我冷静地坐在考场内答题，我写的作文叫《父亲与灯笼》。祖坟冒青烟，我收到了大学录取通知书，父亲看起来比我更高兴。

1978 年春天，父亲挑着一担灯笼，左瘸右拐，一直送我到车站。父亲远远地望着，直到客车慢慢模糊。父亲的眼里似乎跳动着我走进大学校门的画面。

父亲没日没夜地扎灯笼，卖灯笼，一门心思就想供我好好上大学。大一那年的秋天，原本是收获的季节，可父亲却在砍竹子的山上滚落悬崖。父亲捡了一条命，但他瘫痪了，只能坐轮椅。

轮椅上的父亲，依然倔强地扎灯笼。

大学毕业，我主动申请回到乡中学教书，我要照顾轮椅上的父亲。我成了家，有了老婆，有了孩子。老婆说，你给娃取个名儿吧。我脱口而出，就叫“小灯笼”。

小灯笼长得快，天天推着父亲的轮椅转圈。

轮椅上的父亲，手把手地教小灯笼扎灯笼。父亲对小灯笼说，扎灯笼最出彩的工序就是配色和搭配装饰。先说配色。上色分单色和复色两种，民间流行的石榴灯、莲花灯一般为单色，现实的、写实的一般为复色，有颜色过渡。譬如动物灯、造型灯。再说搭配装饰。提前设计好各种花瓣和剪纸图案，装饰要灵动，搭配要巧妙。不折不扣地完成六道工序，一只完美的灯笼终于诞生。从此，灯笼就有了生命，它会挂在人间，飘向天堂。

小灯笼在父亲扎的灯笼中长大。小灯笼大学毕业以后，他把各式各样、五颜六色的灯笼拍成照片，挂在网上，订单如雪花般飘来，忙得轮椅上的父亲不亦乐乎。

2021 年的春天，84 岁的父亲一病不起，卧床两个月。奄奄一息，父亲十几天没吃没喝，居然也没咽下最后一口气。街坊邻居很诧异，家里人也很诧异。

小灯笼钻进后院的杂屋子，终于找到了那盏大红大紫的石榴灯。小灯笼将石榴灯挂在父亲的床头，点燃蜡烛，石榴灯闪动的光亮，照映得父亲红光满面。

父亲含着笑，黄浊的眼珠子不再转动……

郑司务长

李立泰

区伙房司务长郑进力思忖再三，还是应到宸书记家去。他也不是伺候一届书记啦，他牢记一位领导的忠言：司务长照顾不好一把手就是失职。踩书记门槛，不能空手啊，头一次去，拿什么呢？总要有个合适的理由，他在屋里转了一圈，哎，他一拍脑瓜："有了！"宸书记从县上来区里主持工作，宸书记有派，走路也板板正正，膀子尖儿四方的，礼服呢的鞋一走路"吱扭吱扭"地欢叫。

毛主席在郑州、庐山会议上强调，充分调动群众的积极性，大办农业，力争明年大丰收。

宸书记召开全区大小队干部会，传达贯彻县委会议精神，重点要解决人灾天灾粮食减产生产减退的问题。放手发动社员整风整社，纠正一平二调，加强劳动力管理，安排好粮食办好食堂。

宸书记初来乍到，家安在完小，家属礼老师教五年级算术，下午几个人帮着支好床铺。

区伙房司务长郑进力是明白人。晚上，他揣了六个馍馍，斤八两肉，悄悄地来到宸书记住的地方。礼老师给郑司务长开门，郑进力自报家门，说："嫂子，我是区伙房的司务长，郑进力。"

礼老师让座："您郑叔叔坐下。"

郑进力说："嫂子您刚搬来，我过来看看安排差不多了吧？锅灶能开火吗？孩子吃饭了吗，别饿着孩子，我拿几个馍馍给孩子吃。"

礼老师一怔，说："郑司务长这行吗？"

郑进力回答："嫂子这是我的定量买的，没关系，别饿着孩子。"

礼老师也没再谦让，就说："你看看，叫您郑叔叔破费，争叔叔的嘴了。司务长您放桌子上吧，谢谢！"

郑进力一扭身子说："嫂子，这点事谢什么！以后有用得着我的尽管吩咐。"也没再啰唆，就撤了，礼老师送到门口。

当年定量每月二十七斤粮食，一天九两，每天还要节约一两支援灾区，剩下八两。伙房师傅做饭八两面的干粮估计也就做七两半足天啦！人人都是半饥饿状。那六个馍馍可管了大用，礼老师生火热热馍馍和孩子们吃顿饱饭。

郑进力第二次去宸书记家也是晚上，带六个馍馍，另外一瓶棉油。这对每人一个月供应二两油来讲，可是大数。

礼老师让座郑进力，说："您进力叔坐下。"让郑进力抽烟。

郑司务长披着大衣，把六个馍馍掏出来，一瓶油拿出来放里侧桌子上。说："嫂子，您初来乍到的，缺么用么就言语，我去办。"

礼老师一看郑进力放了馍馍和油，说："进力啊，不缺啥了，够用。看看你又送馍馍了，让老宸知道了可不准我。"

郑进力说："嫂子，这点小事算啥？我不给宸书记汇报，只是怕孩子受屈。"

郑进力第三次去宸书记家，正遇上宸书记也在家吃晚饭，他两口俩孩子，在小矮桌上吃饭。一盘儿咸萝卜条儿，四碗红萝卜粥，盛干粮的筐子空的，大半是已吃光了。郑进力一进门，孩子看见郑叔叔来了，眼里放光。礼老师紧张的脸没笑意，心想：恐怕要露馅了！大孩子赶紧给郑进力搬凳子。"叔叔，您坐下。"

郑进力摸着孩子的头夸："好孩子，真懂事！"

二小儿才四岁，他知道郑叔叔一来就有馍馍，目前他肚里肠子有半截闲着，还饿，就问郑进力："叔叔有馍馍吗？"

郑进力当着宸书记的面，他更没底，心一横，既然来了，孩子又铺设了台阶，就干脆掏出来了馍馍。说："二小儿，叔叔有馍馍。"放到二小儿面前，说，"二小儿吃吧。"二小儿伸手就抓馍馍往嘴里塞。

宸书记脸"扑塔"拉下来，说："进力，你叫我犯错误啊！……把馍馍放下！"宸书记一声"放下"，二小儿"哇"地就哭了！

郑进力害怕啦，说："宸书记，哪能叫您犯错误啊，我是怕饿着孩子，他们正长哩。"

礼老师说宸书记："干吗这么大劲，吓着孩子。"

此时俩孩子似吃似放的馍馍吃进去半拉。郑进力赶紧退出，擦着汗连跑带颠地回到区伙房，心还怦怦地跳。

之后我去上学啦，没听说宸书记和郑进力的事。再有传闻就到了宸书记关牛棚里。郑进力带着烟、馍馍去牛棚探望宸书记。

郑进力把烟递给看门的同志：“兄弟抽根烟。”把一盒“春耕”烟放下。“添麻烦了兄弟，去看眼宸书记。”

“老郑，快去快回，别叫发现了！”看门的嘱咐郑进力。

宸书记脸色蜡黄，消瘦多了，有气无力。看见郑进力带进来一兜馍馍，眼里潮湿的浓雾般看不清郑进力的模样了，说：“进力啊，这时候你还敢来‘探监’？不怕牵连。”

“我怕啥，宸书记？咱老贫农、转建革命军人，老领导我跟您说过，当年鬼子、皇协我都不怕！”

“还是老同志、老弟兄们！”

“宸书记，你身上也有鬼子的弹片，真正的老革命！也别挂着嫂子孩子，他们孬好能吃饱。快点，馍馍趁热吃吧。”

大爷二爷

唐 风

睢州城，有句俗话："开过药铺打过铁，各种生意不用说。"意思说这两宗生意一本万利，任何行业无及能比。大爷开了一家药铺，虽不能说日进斗金，日子非同一般乡邻，二爷打铁抡大锤，倒没有应承俗语，汗珠子摔八瓣，日子却过得捉襟见肘。

大爷二爷同在一个集镇，铁匠铺与药铺相距并不是太远，二爷乒乒乓乓打铁的声音，大爷在药铺里听得一清二楚；大爷在药铺里不动声色拨动算珠的声音，二爷倒是听不到。

大爷的药铺里摆着药橱，酱红色，抽屉密如蜂窝。大爷身穿淡青色的丝绸短褂，戴一顶硬壳瓜皮帽儿，鼻梁架着一副小而圆的细腿眼镜，指甲很长的手指拨动着扁圆的算珠，说话慢条斯理。大爷上了岁数，雇用一位年轻伙计跑堂，自己坐在太师椅里开处方算账，目光不时从镜片下方溜出来瞟一眼跑堂的伙计，有时候，跑堂的伙计掂着处方抽错了药屉，大爷目光沉得像石头："紧病慢先生，慌什么啊？"

三伏天，大爷怕热，太师椅上方吊着一米见方的布帘，上面固定在天花板上，下面缝着根木条，木条系根绳子穿过滑轮，伙计抓过药没有事情做，来回拉动木条，布帘便摆动起来像面大蒲扇，大爷坐在太师椅里，一阵阵凉风从天而降，很是舒服。伙计拉动布帘让大爷乘凉，靠近身子与耳朵不太灵便的大爷说话，天南地北，涉猎广泛。说到红尘艳史，大爷伸长着精瘦的脑瓜，听得很专注。苍蝇很小心地爬在大爷淡青色的丝绸短褂上，伙计不敢轻易落下蝇拍，唯恐脏了大爷的衣服，摇着蝇拍轻轻赶跑，轻描淡写地说道："咋不去铁匠铺啊，这里有什么好啃的？中药铺子，戴着望远镜也瞅不到好吃的！"

二爷的铁匠铺比大爷的药铺热闹多了，二爷的上身很少穿衣服，光着膀子抽着风箱，炉火呼呼乱窜。一块生铁放在炉火里，掩上烧得红亮的煤炭，炭火上压一块缸瓦，以免火力分散，不一会儿，铁块闪着刺目的白光，火花乱蹿。二爷的师傅用火钳夹出来放在铁砧上，师徒二人抡起铁锤乒乒乓乓打起来。师傅用的是小锤，把短嘴尖，二爷抡大锤，锤把一米之许，足有二十斤重，抡起来虎虎生风。师傅的小锤在铁砧的边沿，鸡啄米一样叮叮叮敲三下，二爷的大锤重重落下来。师傅的小锤像絮语讨饭的老僧，二爷的大锤像雷霆之怒的行者，铁块在师徒的锤下像一摊泥巴，要方见方，要圆见圆。

大爷膳食是荤素四碟小菜，一壶老酒，筷勺交替使用。二爷吃饭主要是红薯，吃过饭框里的红薯，二爷再吃三五个红薯面窝窝头。红薯吃火，铁铺里的炉火既不耽误烧铁又可以烧饭，倒是十分便当。师徒俩出了大半天的力气，吃饭很香甜。吃饭时间，师傅指点着二爷打铁火候不足的地方，二爷很少说话，埋头吃饭。日子久远，师傅举不动铁锤了，二爷雇了一位后生，自己成了师傅。

我在大爷二爷所在的集镇读书，中秋节，父母让我带去月饼送给大爷二爷。我去大爷的药铺，掏出书包里的月饼，大爷埋头算账，淡淡说一句："拿这东西干什么？"我在药铺站得久了，大爷抬起头："去去，赶快上学去！"

我去二爷的铁匠铺掏出月饼，二爷很是怜惜："你们家里有月饼吃吗？给我送来？！"二爷揭开锅盖拿出一块红薯递给我："红薯甜，趁热吃吧！"

我放学，二爷停住炉火在路口等我。二爷像招待客人一样买来一些鸡鸭鱼肉，大多时候，二爷吃红薯，偶尔，看见我啃过的鸡翅还粘连一些肉，二爷放在嘴里抿抿，说道："好东西，别糟践！"

二爷抡大锤腰酸胳膊痛，免不了去大爷的药铺拿些膏药，大爷照样拨动着算盘珠算账，一副公事公办的样子。二爷很慷慨，掏出一大把零钱。我的印象里，大爷二爷没有吵过嘴，也没有坐在一条板凳上说过话，二人互不相识的样子。

老祖宗过世时候，大爷二爷闹过一次别扭，大爷唉声叹气，二爷垂头不语。原因是大爷想把丧事办得阔绰一些，若不比一般乡邻强出许多，大爷感觉面子挂不住。二爷不愿很阔气，主要原因是自己没有钱，二一添作五的事情，二爷也不愿少出钱。二爷虽是打铁出身，秉性硬，最终，妥协了。大爷愿意多出一部分钱，前提是老祖宗遗留的宅基归大爷所有。

二爷苦笑着在文书里画了押。

大爷二爷年岁大了，赋闲在家。大爷开药铺积攒了一大笔钱，日子顺风顺水。

二爷打了一辈子铁，不但没有攒下钱，反倒攒下一身腰酸胳膊痛的毛病。春节，晚辈有给长辈送蒸馍夹肉的习俗，我想，大爷倒不会在乎这一点饭食，送去的蒸馍夹肉说不定会扔给守院的狼狗。我倒是深深怜惜二爷了，请来二爷到家里吃年饭。

同桌吃饭，二爷脚手不太灵便，我不停地夹菜送进二爷的饭碗里。每当我夹菜送给二爷，二爷总是起身，很过意不去的样子。大爷倒剪着手走了进来，面孔阴沉得能拧下水来，目光盯着我："我提个问题，请你给我解释一下？"

我愕然地望着大爷。

"二爷是爷，大爷就不是爷吗？"大爷像受了很大的委屈，言罢，拂袖而去……

平行线

李春华

在乡下住的几年，我和同学张仁慧最要好。我俩和所谓的“志趣相投”或者“同病相怜”不搭边。我是家里的独根苗。比方说，冬天到了三九天，窗上冻了一层冰凌花。半夜里我让尿憋醒了，迷迷瞪瞪从被窝钻出来，屋里的寒气嗖嗖扑过来，冻得我打哆嗦，磕打着牙找尿盆。我妈早把手搭在尿盆沿上。她家里孩子一大堆，她是老大，下边三个弟弟，一个妹子。她妈权当她是母鸡下了个蛋。她明明有好听的名字，可她爸见天喊她丫头片子、赔钱货。

我跟她要好，事出有因。我到新班级，女同学挤眉弄眼瞅着我的麻花辫，不搭理我。唯独小慧像跳跃的火苗，拉过我不知搁哪儿的手：我叫张仁慧，你呢？我乐不颠地抓过她的手，呀，硬邦邦的咋像个刺棒！不过只是一闪念，我并没松手，拉着她跑出了教室。

村外河边的小树林，是我跟她放羊的地儿。我们肩挨着肩，坐在草地上，仰着脖子数着一朵一朵飘来飘去的白云，嚼着一嘟噜一嘟噜的槐花。嘴里还跑着火车，话题是天南地北，没边没沿。她忽闪着泪光说，以前我就跟它说话，她下巴往上一翘，努努嘴瞅着吃草的羊。我冷不丁捅她一下，你说咱俩咋就相好？她哧哧地笑。是呀！你是蜜罐里泡大的娇娇女，我是姥姥不疼、舅舅不爱的乡下丫头。对了，咱像不像两条平行线？嗯，还别说真像！哈哈……

时间像个无情汉，一步三晃就是三年。我要跟爸妈落实政策返城。小慧拉着我，她的两根羊角辫，在她瘦削的脊背上来回蹦跶。我们跑到小山包上，她猛地抬头，指着青翠的远处说，说好了，咱俩城里见。我鸡啄米一样点着下巴。

许多年后，我俩如约在城里见面。小慧经历了很多，去城里打工，工余时间参加高等学校自学考试，毕业后应聘当了小学教师。她跟一个老师结婚，生了个儿子。说来也巧，我当了公务员，也生个儿子。两条平行线，总算有了交集。

我和小慧各自忙，虽久未见面，但常电话联络。一晃孩子都长大成人。她儿子考上了刑警学院，我儿子公费去英国留学。她儿子毕业后到秦市刑警支队，干得风生水起。小慧提前病休，随儿子去了秦市。我们虽处两地，但一直手机联络。我俩通话说到儿子，我大多沉默。儿子漂在海外，看不见，更摸不着，心里没着没落。哪像小慧儿子在身边，有说不完的话题。

有段时间，我像丢了魂儿。想儿子想得百爪挠心，五花八门的念头闹腾着，手心和脑门出一层冷汗。咋非让儿子去英国留学，在眼前多踏实啊。悔不当初呀……

丁零丁零！手机响了，吓我一激灵。是小慧，我立时捂住胸口，心脏跳得那个欢呀——哎哟喂，总算来了个可以诉苦的人。

我儿子提干了，当了副支队长。他整天不着家，工作是忒打紧。有一回仨月没着家，进门吓我一跳。他两眼充血，胡子拉碴，瘦得都脱了相……要说他穿警装是真帅，那才叫英姿飒爽……

我嗯嗯地答应着。其实，这些车轱辘话，记不清打过多少来回。我心里嘀咕，就算再狼狈，倒是看着真人了。我可倒好，成天抱着个相片，一看小半天。看着看着，还一会儿笑，一会儿吧嗒吧嗒掉眼泪。知道的是想儿子，不知道的以为是疯子！唉！小慧纯属现代版的祥林嫂啊，我的苦闷噎在了嗓子眼。草草说几句，把手机扔沙发上。

都说“花无百日红”，友情也败给了岁月呀！从前仿若昨日，再也找不回。我顿生几分凄凉。可潜意识里，总像一场场电影——小树林的羊肠小道，两个扎着羊角辫的小女孩你追我我追你，老在眼前回放。

也就两三个月后，小慧又打来电话。想当年，你的手是多么细滑白嫩呀，我的手她们都嫌粗糙，就你不嫌……还记得咱俩吃槐花不？我想吃槐花包子哪！她的话击中泪点，我鼻子一酸，眼泪唰啦唰啦地掉。

小慧，你那头没有槐花吧？我去农庄买，给你送过去。好，好！来吧！想你了！

一个小时的车程，我到了秦市。小慧早在小区门口等。我俩抱在一块儿，她的鬓角忽忽悠悠，飘着的几根白发，脸上的褶子见多。

我俩手拉手上楼，我拎着槐花包子，直接跟她去厨房。她把槐花包子码在蒸笼里，打开燃气灶。停当后，又拉着我回到客厅。我俩打开了话匣子，话题自然少不了河边小树林、放羊、数云彩、吃槐花……我边说着话，边溜达到卧室。

我走进一间屋子愣了，写字台上摆着年轻、英俊警官的黑白照片，相框上挂着黑纱。瞬间，我的心一哆嗦，悄声回到客厅。

小慧像尊面无表情的雕像，平静地坐在沙发上，木然地瞅着窗外。我挨她坐下，拉住她冰凉的手。

唉！五个月前，他执行任务去抓捕罪犯，谁想再没回来……那段日子难啊，暗无天日。你一直听我絮叨，我才撑了过来。

我一时语塞，眼泪在打转儿。

小慧去厨房端来槐花包子，有滋有味地嚼着，像是回到了少年。我把包子搁嘴里，如同嚼蜡……

龙骨车匠老黑

黄三畅

我们村里的老黑是个龙骨车匠。龙骨车匠是我们这一带等级最高的木匠。老黑又是我们这一带最著名的龙骨车匠刘伯侯的最后一个传人。

以前，我们这丘陵地带的农民种田离不开水车。要把水从低处提向高处，最科学最省力的办法是用水车车水。

我们这里把水车叫龙骨车。何以有这样一个名字？用水车车水，把水赶进车槽的一片一片“车叶子”，是套在一节一节的活动的“车肠”上的，那“车肠”如传说中的龙的脊椎骨，于是水车就叫“龙骨车”了。名字还真有历史、文化感。

那一节一节的“龙骨”，还有车头车尾那拨动“龙骨”的木齿轮，要做得十分精细，像登徒子的邻居之女的高矮胖瘦一样恰到好处，不能有丝毫误差，否则绊绊扯扯，卡住了，扯不动，甚至会把龙骨扯断。做这种活儿非有高超技术和十二分细心不可。我们这一带有一条不成文的规矩：你是手艺高明的龙骨车匠，就用漆凳当马凳，上面不垫板子而斧、凿的刃口不落下半点印痕。

老黑就能把这一特技发挥到极致。他在哪个村给人做龙骨车，要特意把该村待嫁的姑娘的一样嫁妆——红漆凳子来做马凳。“弄坏了怎么办？”姑娘问。“弄出一丝头发般的印痕，陪你十条！”他在凳子上使斧头、凿子时，不是人们想当然的谨小慎微，而是使斧头时要劈多重劈多重、捶打凿柄时要使多大劲使多大劲，显得那样随心所欲，挥洒自如；如果旁边有人观赏，他还和别人讲古道今，眼睛也不必监视手里的利器。别人看来，那斧头、凿子的刃口似乎已触着凳面了，可等到把凳面上的木渣扫去一看，凳面还是光滑滑的，绝无半点斧凿的印痕。兴致来了时，他还要借哪家姑娘或嫂子薄薄的手绢贴在凳面上，再拿斧头、凿子在上面使劲，事后手绢抖去木屑，手绢当然也无损一根纤维。

做龙骨车的车槽，要钉铁钉。他钉铁钉发出的声音绝不是噪音，而是一种高妙的音乐。每钉一个钉子，敲七下，每一下都是一个音符，时值有长短，音量有大小，音强有强弱，音调有高低，而音色当然清脆悦耳如鸣环佩。一个钉子一个钉子地连续钉，就是演奏一首节奏分明而舒徐有致的乐曲了。在近旁听，如走在小溪旁，那流水在琤琤淙淙地迎你送你；在稍远处听，如走在山谷中，那鸟声咯嗒咯嗒地逗你戏你。

正因为如此，老黑做龙骨车时，看的人特别多，那真是饱眼福饱耳福的艺术享受呀！当然，老黑也不是做手艺，而是搞艺术表演；他不是匠人，而是艺术家。

龙骨车艺术家制作出来的艺术品，还真像一条龙，龙头、龙角、龙身、龙尾都有，只不过龙尾是短短的。从他刀斧下脱胎出来的龙，硬是比别的匠人制造出来的气派，有精神，也更好用，又特别省力。他还粗通文墨，喜欢写毛笔字，写得最好的是这四个字：龙在田中。用他做的车车水时，摇动车把，不要多大的力气，水就哗哗地从龙口中喷出来，真如一条龙在田中吞吐。

可惜，到了后来，我们这丘陵地带对龙骨车的需求越来越少了，原因是柴油或电力抽水机取代了它。柴油或电力抽水机更方便、更省力、更高效，是龙骨车不能比拟的。推陈出新，高科技取代“低科技”，是大势所趋。

渐渐地，老黑英雄无用武之地：没有谁请他去做龙骨车了。有一门手艺的人，往往是“技痒”的，老黑“技痒”得无以打发，就在自己家里做了一架，并写上“龙在田中”。可惜一年一年过去，无人买。于是有一天，老黑长叹一声，把做活的家什装进一个木箱，锁住了，又坐在箱盖上，再长长地叹了一口气。

忽然有一天，有人找到我，要我问他愿不愿意加盟一个制作花板的厂子，他专做花板坯子，另有师傅手工雕花。我对他说了，他摇头，说除了做龙骨车，他别无兴趣。

又过了几年，我认识了一个收藏家，向他介绍了老黑的那架龙骨车。收藏家就把他的龙骨车买走了。要把龙骨车抬上汽车时，老黑说，慢着。就找来笔墨，在“龙在田中”后面添上：老黑造。

南泥湾

侯发山

直到父亲去世，我才解开他身上所有的谜。

我刚刚懂事的时候，曾问过父亲："大，我的爷爷奶奶呢，我怎么没见过他们？"父亲说："你没见过？我也没见过。"父亲说这话的时候，面无表情，冷冰冰的，吓得以后我再也不敢提这个话题了。事实上，父亲不是没有见过爷爷奶奶，是他没有印象了。我曾悄悄地问过母亲。母亲说她也不知道父亲的底细，父亲是"流浪"到他们村的，只说自己是个孤儿。后来，我查了查资料，父亲是 1961 年来的。当时，受自然灾害的影响，好多人缺吃少穿，四处流浪，父亲所说的话应该属实。我所在的村子是米脂的一个小山村，有的是土地，只要不惜力气，便饿不死人。父亲可能是奔着这个来的。他当时 20 岁，已经是一个成年人了。姥爷家没有男孩，看他老实、勤快，便收留了他。三年后，与他年龄相仿的母亲成婚，算是入赘。我出生后，依照入赘的习俗，姓氏随母。

后来搞运动，父亲因为是外来人口且身份不明成了批斗对象，有说他是国民党特务，也有说他是苏联特务，经常被喊来叫去。他每次回来，身上少不了带着伤疤。母亲忍不住哭哭啼啼，他就瞪母亲："哭啥哭？我还没死呢！"母亲不哭了，却还是不住地抹眼泪。有一天，那些批斗父亲的人来抄家，从家里的地窖中找到一个保存完好的箱子，打开箱子，里边有一个小包裹——他们以为"铁证如山"，没想到打开包裹，竟是两张烈士证书，一张是爷爷的，一张是奶奶的！至此，大家才知道，我的父亲是烈士的遗孤，我的爷爷和奶奶在抗战中牺牲了。

当时，我已经上初中，不是一般地懂事，我想知道更多的真相，也想为父亲讨个公道。父亲没好气地对我说："战场上死的人多着呢，有的连个后代都没有，他们找谁说去？"

说实话，我不只是想为父亲要个待遇，也想为母亲、为我讨点好处，看到父亲如此固执，我便死了心。

得知父亲的身份后，村里人才对他另眼相看，不再找他的碴儿。父亲难得"清闲”，一心一意地开垦荒地，除了下雨、落雪，他都在山上的旮旯角落忙活，这里扒扒，那里垒垒，捡出石头，拔掉杂草，都给弄出大小不等、规则不一的地来。那时还是大集体，土地还没有分包到人，他把那些开垦出来的土地交给公家。有的地块小，其实根本算不上地，仅能站下一头牛，生产队不要，他便自己撒下种子，或菜，或庄稼。我记得有块“地”，年年收四五颗玉米，因为地块太小了，实在不能多种。

到了1982年，我已经上高中了。榆林市来了几个人，找到父亲，要落实政策，为他恢复工作。这时候，我才明白，父亲原在榆林市某厂矿工作。二十世纪六十年代初，国家遭遇三年自然灾害，生活物资异常匮乏，父亲响应国家返乡务农的号召，主动报了名。

出乎所有人的意料，父亲拒绝了。来人不忍放弃，再三恳请，父亲说：“这里有吃有喝，我已经习惯了。”父亲又说，“我已经四十来岁了，还去干啥？把岗位留给年轻人吧。”

不止榆林来的人失望，我和母亲也很失望。父亲不满我和母亲的表现，说：“当农民咋啦？种地吃粮，问心无愧。”

父亲的老家是河南的，他为什么没有回老家却来到了米脂？我说出了心中的疑惑。“老家没亲人了，那地方也难……再说，米脂的婆娘，绥德的汉。”父亲说到这里，不自然地挠了挠头。当时母亲也在旁边，撇了撇嘴：“还老实呢。”父亲赧然一笑，算是回应母亲的嗔怪。

我没考上大学，回到了农村，曾有过外出打工的想法，都让父亲给堵了回去。

这时候，土地已经包产到户，父亲的干劲更足了。天不亮就带着我下地，晚上星星出来了，还在地里忙活。在我们那个村，年年就属我家打的粮食多。吃不完，便积攒起来，遇到哪里有了难，捐，可劲儿地捐。为此，家人没少跟他闹别扭。

2021年夏的一天，父亲忽然感觉身体不适。我要送他去医院，他说：“我知道自个儿的病，上医院白花钱。八十个春夏秋冬了，就是一台机器也该歇歇了。”尽管父亲这样说，我还是请了村医。村医诊断后，开了点药走了，临走他留下话：“赶紧准备后事吧。”

没过两天，父亲便溘然长逝。老人家临咽气的时候，用微弱的声音告诉我：

“我是在南泥湾出生的，刚满一岁，你奶奶和你爷爷一道南下上了前线……是南泥湾的南瓜汤、小米粥把我养活大的。我来到米脂，总想着离南泥湾近一些，有机会回去看一看。”

我依照父亲的遗愿，背着他的骨灰来到了南泥湾。看到南泥湾翻天覆地的变化，我后悔真相知道得太晚了，没早点带他老人家来。

我一直羞于说出父亲的名字，现在可以骄傲地告诉大家：他老人家的大号叫南泥湾。这是他在南泥湾时那些叔叔婶婶给起的昵称，他一直没改过。父亲去世后，我征求母亲的意见，把姓改成了“南”。

父亲和他的羊

曾 棠

咱们家一辈子在羊上发不了财，以后别再想着养羊了。

父亲说完这句话，我看见，从他深陷的眼窝子里，流露出来的不只是悲哀，还掺杂着一些说不清楚的东西。

在此之前，父亲是很热衷于养羊的。可他养的羊，无论开始多么健壮，最后总是不尽如人意，不是产不成羔，就是一产一窝子都是公羊。公羊卖的价钱是远不如母羊的。

还有就是那一年刚入冬，父亲养了一年的大绵羊，在一个月黑风高的夜里，被人悄无声息地给偷走了。

就像有预兆，我娘做了一个有关羊的不好的梦，醒过来时屋里还挺黑。我娘怎么也睡不着了，就披衣下床，打开屋门，朝院子东南角那儿望。隐隐约约地，我娘看见栅栏门大敞开着，她惊叫了一声，就想到了那个不好的梦。

娘疾步跑进羊圈里，大绵羊果然不见了。娘一下子跌倒在羊圈门槛上，大声哭喊起来。

父亲趿拉着鞋，心急火燎地奔过来，傻了眼。他那张本来就少露笑意的脸上，越发地难看起来。

天明后，院里的几个叔叔和哥哥兵分四路，寻找蛛丝马迹。德保叔和我大哥一路，踩着地上的一层薄霜，向西，顺着隐约可见的一行羊蹄印，一直撵到河崖上。一进村，大街已被扫得干干净净，羊蹄印消失了。

父亲听到这个消息，长叹一声，就说了开头那句话。

那只羊可是我家的大半个家业啊！父亲说出这句话，可见他心里有多么难受，更可见，羊在我父亲的心里，占据的分量有多重。

那一年，父亲四十二岁。

可是，四年后的 1977 年，也是我退学的第二年，三月会上，父亲又牵回来一只卷着毛的韩国羊。

这一次，父亲把羊圈建在了堂屋东山的夹道里。夹道的出口被厨房挡住了，从外面是看不见羊圈存在的。并且进出羊圈，还得经过堂屋的窗前，屋里的窗下面，就是父亲睡觉的地方。父亲认为，这回肯定保险了。

一年即将过去，腊月的一天晚上，一家人吃饭时，谈起过年的事来。我咽下一口玉米糊糊，说道：这个年，咱家肯定过不好的。

屋里的气氛顿时冷了下来。一家人齐刷刷地睁大眼睛看着我。就听见父亲长长地吐出一口气，骂起来：你这熊孩子，说的这是啥话啊？

我也不知道，我为啥会说出这样一句话。

见父亲急了，一家人都不再吱声，小心翼翼地吃起饭来。

腊月二十夜里，父亲养的那只韩国羊，再一次被人偷走了。

这一回，父亲真正地闷了头。

羊被偷，在武家坡是件很丢人的事，何况我家还不止一次羊被偷，父亲觉得窝囊！

这狗日的偷羊贼，咋就老是惦记俺家呢！一家人的生活陷入了绝望。

我娘像疯了一样，每天的早晨、中午、晚上吃饭时，都要爬上房顶，歇斯底里地边哭边骂边数落偷羊贼。我娘认为，这个时间段，正是人人在家吃饭的时候，偷羊贼一定听得见骂声。

我家的羊被偷，一定有内线，就是卧底。娘和父亲把武家坡的人分析了一遍又一遍。某年某月某日，和某某某因为一个玉米棒子争吵过；又有某年某月某日，因为地边和某某打了一架……可是，分析来分析去，又觉得谁都不像是卧底。就因为一件鸡毛蒜皮的小事，他不至于将人置于死地吧！

我的父母总是把任何人想象成好人。

可是，毕竟自家的羊给偷走了啊。最后，他们把焦点锁定在了四歪子身上。这个狗日的疑点最大！

可是，锁定了人家又能怎样呢？这种事，没有抓住现场，谁会承认呢？也就是自己在心里有个安慰罢了。按我娘的话说，就是知道谁是啥样的人了。

但我娘仍不甘心。她就用干草扎了两个草人，一个是偷羊的，一个就是那个卧底。

娘把这两个草人放在门后头，每天做饭时，都要从锅里舀出一瓢滚热的开水，浇在草人身上，边浇开水边念咒语。据说，这样连浇七天，偷羊贼还有那个卧底，就会浑身起燎疱，现原形。

那个年节，我娘把她的期望都倾注在偷羊贼和内线显形上，饭前开水浇草人，吃饭时上房顶哭骂。她那变了腔调的骂声，先是有点儿歇斯底里，后来就只剩下了满心的悲伤，在武家坡寒冷的年关来回地飘荡着，竟然招引来了两只大冬天里十分罕见的山马嘎子，站在我家院子西南角的榆树枝上，嘎嘎地叫着，声援我的母亲。

原想的是等明年开春剪了羊毛，就有买化肥的钱了，再喂上一年，当幌子兴许能给我哥找上媳妇呢。

可是，父亲的希望又一次破灭了。父亲好像彻底绝望了，连续三天一句话没说。

这一次羊被偷，对父亲的打击太大了。他整天担心还会有人再进来，把那头半壳朗仔猪也给偷走。三天后，父亲开口了，说：把猪杀了吧，现在杀了，还能给孩子们吃上一顿肉呢。要是把猪再给偷走，咱就啥也落不下了。

那些年，猪肉可是老百姓想也不敢多想的奢侈品啊。一家人听了父亲的话，谁也没吱声。

见没人吱声，父亲站起来，顺手抄起门后头的铁锨，将那头半壳朗仔猪逼进了羊圈的角落里，然后伸出双手，猛地抓住猪的两个后腿，用力提溜起来，任凭那头半壳朗仔猪绝望地嗷嗷乱叫，父亲硬是将它按进了盛满了清水的大缸里。

可怜那头半壳朗仔猪，才六十多斤就成了韩国羊的陪葬品。

从腊月二十三那天起，我家饭菜顿顿有肉，不是猪肉炒白菜，就是猪肉炖萝卜，我们家着实过了一个“好”年。

谁也没想到，过了年三月会那天，父亲又牵回来一只韩国羊！

浪　花

李海燕

爹说走的时候，显得有些恋恋不舍，眼光在娘的脸上溜来溜去，然后伸手过来，捏了下娘的脸蛋。娘也有些不舍了，说，要不就别去了。

我去一个月就回，爹说，一个月很快的。说完出了门。

爹推着一架手推车，顺着那条车轱辘路向东走去。手推车发出吱吱呀呀的响声，惹起一阵狗吠。

爹要走一百三十多里的旱路，去他表叔家。

爹走的一个月里，娘每天去一趟一墙之隔的二娘家，逗二娘的孩子玩，帮二娘干活。其实，娘是去看二娘的那对木箱子。箱子上了漆，油光锃亮，纹路像河流里的波纹和涟漪。箱座门是玻璃的，上面有对称的画，彩色的，荷叶田田之上顶着两朵粉色的荷花。娘回到家里，那幅画好像长在眼里，生了根，发了芽，继而蓬蓬勃勃。娘就望着东边那条车轱辘路，盼爹早日回来。

木箱子是二娘的陪嫁。那年月，有一对箱子做陪嫁的，大娘说，全屯子只有二娘一个人。

因为这陪嫁，妯娌三人中，二娘有优越感。在爷爷奶奶及一大家子人跟前比大娘有面儿，当然也比娘有面儿。娘嫁过来后的第二天，大娘就上门跟娘搞联盟。大娘的嘴撇着，你二嫂美着呢，继而拉住娘的手，咱俩得一心。娘笑了笑，二嫂的箱子确实好看呢。

十八岁的娘也想拥有和二娘一样的木箱子。但娘知道，那只是一个梦想。娘很小的时候就没了爹娘，牵着哥的衣襟长大。后来哥勉强娶了媳妇，生活很拮据。娘嫁过来的时候只腋下夹着一个小包裹，里面包着几件换洗的衣裳。爹的家境也不好，兄弟六个，还有三个等着娶媳妇。

有一天，娘跟爹说，二嫂的箱子真好看。爹说，你真的喜欢？

娘看着爹，眼神里透着一种渴望，喃喃地说，哪个女人会不喜欢呢。爹说，你喜欢我给你做。娘一愣，你又不懂木匠活，再说哪有木料？爹说，我跟表叔学过木匠活，只是没学成。

一个月后，静悄悄的午夜，突然传来狗吠声，娘一骨碌爬起来，推开窗户，娘听见了手推车发出的吱吱呀呀的响声。娘知道是爹回来了。

爹满头是汗，鞋子被秋露打得精湿，发出吧唧吧唧的响声。爹顾不得抹一把脸上的汗水，就把几件木匠家什搬下来，露出几截圆木，对娘说，木头箱子的料，柳木的。

娘看着圆木，眼里流光，咋弄到的？爹说，我给表叔做了一个月的小工，表叔给的工钱。娘看着爹下巴上浓密的胡楂，眼睛湿了。

第二天爹去了二娘家，量了木箱子的尺寸，回来开始摆龙门阵。

第一个程序是把圆木用锯子锯成木板。

爹在这一头，娘在那一头，一把铁锯在中间。两张笑脸，两双流光的眼。爹前倾娘后仰，娘前倾爹后仰，铁锯发出嗤嗤的磨合声，细碎的木头沫子像雪粒一样，噗噗落下，风一吹，落在爹和娘乌黑的头发上。

三天后，白花花的一摞木板码放在阳光下。

爹把一块木板放在一条长凳子上。爹手持一把刨子，前腿弓后腿蹬，一去一回，一片片薄如纸的木头刨花，从刨子里面钻出来，悠然地落在爹的脚边。

娘倚在门框上，看爹给木板抛光。那些白色的木片片，从爹的手下一片片刨下来，薄薄的，打着卷，带着光亮，风一吹，微微颤动，似微波荡漾。娘看得呆了。

一块块木板刨好了，爹开始凿卯榫。爹一手拿凿子，一手拿锤子，一板一眼，有凸有凹。第一只箱子对接成了。接下来给第二只凿卯榫，突然一锤子砸偏了，落在爹拿凿子的左手上，爹发出一声低低的惊呼，锤子和凿子掉到地上。爹用右手攥住左手，鲜血滴滴答答地流下来。娘一转眼就冲到爹的身边，拉着爹就往屋子里走。娘打开她的那个小包裹，找出一件洗得发白的汗衫。娘只迟疑了一下，就听见一声棉布的撕裂声，一条布被娘撕了下来。娘一边给爹包扎伤口，一边问爹，疼吗？

爹说，不疼，过两天就好了。

两天后，爹左手大拇指的指甲脱落，一个月后，一个新的指甲露了出来，像一个小舌尖，软软的。爹又开始鼓捣木头箱子。娘说，等指甲长成了再做吧。爹说，不碍事的，过年之前，我得做出来。

过小年那天，爹终于把两只木头箱子做得了，虽然看着没有二娘的箱子精巧，甚至有些粗糙。这是爹给娘做的第一件家具，也是爹的木匠处女作。看着娘欢喜的样子，爹呵呵地骄傲地笑。

只是爹实在没办法，给娘做一对二娘那样的玻璃喷漆的箱座子门。爹在屋里转了几圈后，抱着几块木板，去了二娘家。爹坐在二娘家的屋地上，手里握着一根铅笔，一坐就是半天。爹把荷花荷叶画在了木头上。

爹回到家里，用香头烫着画下来的图案。到了腊月二十九，爹的脚下堆满了香头。爹用香烫出了荷花荷叶。爹左看右看，觉得素素的，没有二娘那个玻璃喷漆的看着喜庆。爹有些愧疚地跟娘说，等有钱了，再换成带彩儿的。娘爱不释手地抚摸着，连连说比二嫂的好看。

后来爹的木匠手艺已远近闻名，爹给娘打了多样家具，立柜、碗橱、电视柜、茶几，样式追赶着潮流，把那对被娘摆在显要位置上的箱子，衬得又陈旧又丑陋。爹说，把那对箱子淘汰了吧。娘说她喜欢。爹说，要不换一对带彩儿的箱座子门。娘说，给我一对金的我都不换。

爹直到七十三岁那年去世，左手大拇指的指甲只长到多半截，就打住了，表面坑坑洼洼，丑陋无光。

娘时常抚摸着那个指甲，问爹疼不疼。爹说不疼。

荒　凉

李伶伶

罗明帮镇上老陈家装完暖气片出来，才看到雪下得很大，地上的积雪有十厘米厚。陈家大哥担心三轮车开不了，对罗明说，回不去就住我这吧。罗明说，没事，我慢慢开。

雪还在下，西北风夹着雪花打在脸上有点疼。罗明开三轮车走到一个拐弯处，遇到他家邻居铁刚。铁刚浑身散发着酒气，摔倒在雪地里，自行车倒在一边。他想站起来，挣扎了好几次都没成功。罗明赶紧上去扶他。铁刚见是罗明，甩开他的手说，不用你扶我！罗明知道铁刚会这样，没往心里去，再次伸出手要拉他起来，铁刚却用脚踹他。罗明一边揉着被踹痛的小腿一边想，十年了，铁刚对他的误解不但没有随着时间消逝，反而越来越深。

十年前的夏天，罗明的儿子小军和铁刚的儿子百顺一起在河套边玩。刚下过雨，河水上涨了不少，罗明叮嘱他俩不能去河里玩，就去离河套不远的地里干活儿了。活儿还没干完，就听河套边有人喊救命，罗明赶紧往河套跑。跑到河套边，看到俩孩子都在水里挣扎。小军离他近一些，百顺离小军还有十多米。罗明赶紧先把小军救上来，又去救百顺。百顺不会游泳，在水里没有任何抵抗力，只能顺着水流往下漂。罗明一边让百顺别害怕，一边奋力向他游去。就在罗明要游到百顺身边时，百顺忽然掉进一个漩涡里，好半天没浮上来。罗明一阵心慌，一边喊着百顺的名字，一边往前游，游得腿都抽筋了，也没找到百顺。罗明上岸后马上给铁刚打电话，铁刚听说百顺出事，整个人都要疯了。

铁刚和家人在河里找了两天，终于在离出事地点十多里的地方找到了百顺，百顺已没了呼吸。铁刚哭得晕了过去。百顺是铁刚的独生子。铁刚媳妇三次流产，第四次怀孕后吃了很多保胎药，才生下百顺。百顺出生后，铁刚喜欢得不行，天天抱着他，一岁多了还不肯教他学走路，说怕把他摔坏了。这么宝贝的儿子突然没了，他怎么受得了。

罗明很难过，他问小军为什么不听话？小军说，我没有不听话，是百顺不听话，非要去河里玩，下去就上不来了。我去救他，没想到自己也掉进河里了。罗明知道这事不赖小军，还是把他打了一顿。

没过几天，村里传出谣言，说百顺在河里淹死，都怪罗明，如果他先救百顺，百顺就不会淹死了。说百顺比小军离他近，他却选择先救自己的儿子。罗明听到这些谣言气得想打人，他去跟铁刚解释，铁刚却对谣言深信不疑，根本不听罗明的解释。之后，铁刚再也不跟罗明说话，还在两家中间的墙上竖起一道一米多高的铁板墙，两家人站在院子里相互看不见对方。铁刚家住在东院，这道铁板墙竖起来后，罗明家屋子里多了很多阴影，清晨的阳光照进来的时间也变迟了。

百顺走后，铁刚媳妇想再生一个，却一直没怀上。铁刚像换了个人，干啥都提不起精神，整天喝酒消愁，经常把自己灌醉。没想到这么大的雪，他也出来喝酒。

铁刚自己起半天还是起不来。罗明看着不忍心，再次对他伸出手。铁刚说，走开，你害死我儿子，我恨死你了！

罗明见他这样很生气，扔下他，开上三轮车走了。走出十多米，又停下来，见铁刚还坐在地上。罗明不放心，又把车倒回来，跳下车，强硬地把铁刚从地上拽起来，推进三轮车里。铁刚一边坐进三轮车里一边说，别以为你这么做我就会感激你，我到死都不会原谅你。罗明不理他，又把他的自行车装进三轮车，然后开车回家了。

罗明一直把铁刚送到家才回自己家。媳妇问他怎么才回来？他说，半路遇到铁刚了，这家伙又喝多了。媳妇说，这么大的雪他怎么还出去喝酒？幸亏遇到你，不然得冻死。罗明没吱声。

铁刚酒醒后并没有被罗明感动，转天见到他，照样不说话。他媳妇很感谢罗明，让罗明别怪铁刚，说铁刚不是在恨他，是恨他自己没把儿子看好。罗明让铁刚媳妇劝铁刚少喝点儿酒。铁刚媳妇叹了口气，说，咋能不劝，劝不了。

铁刚因为喝酒，家里的日子过得一天不如一天。以前他家养猪又养牛，日子过得很有劲头。自从儿子出事后，铁刚忽然觉得没了盼头，把猪卖了，把牛也卖了，地也不好好种，天天喝酒，一喝就醉。有好心人劝他想开点，他听了啥也不说，只是掉眼泪，回到家继续喝。整天沉醉在酒里的铁刚，有一天跌到河里淹死了。村里人说他是不放心他儿子，找他去了。

铁刚走后，铁刚媳妇一个人在家不敢住，搬回了娘家。以前生机勃勃的院子，现在一点儿生气也没有。

一天晚上下大雨，罗明躺下后蒙蒙眬眬地刚要睡去，忽然听见外面呼隆一声响。他担心房子被雨浇塌了，起来四处察看，见房子没什么问题，又躺下睡了。

第二天早上起来，雨停了。罗明一出屋就感觉院子东边变敞亮了，仔细一看，是东墙上的铁板墙倒塌了，铁刚家的院子毫无保留地呈现在他面前。罗明看到院子里长满半人高的蒿草，猪圈墙倒了一半，牛棚里竟长出了野生的小榆树，高的已经钻出窗子。

罗明看着眼前的景象，心里一时五味杂陈。如果时光能倒流，重新回到百顺出事那天，他一定会把百顺带离河边，那样，也许铁刚家就不会是今天这样了。

大 舅

廉世广

“昨晚上我梦见你大舅死了，你帮我打听一下，看他是不是真死了？”老姨在电话里急三火四地说。

我愣了一下，安慰她说：“不能吧，是你想他了。”

“想他干啥？他真死了我都不想！”说完，老姨把电话撂了。

我知道，老姨对大舅有想法，这么些年两人从不直接联系，有什么事都是我从中间传话。

我大舅是他们那个小山村里考出去的第一位大学生。我姥爷和姥姥都是老实巴交的种田人，大舅考上大学，为这个家族带来了巨大荣耀。村里人见了姥爷姥姥，都用羡慕的口气说：“你家祖坟冒青烟了！”

姥爷和姥姥有三个孩子，两个女儿、一个儿子。大女儿是我母亲，小女儿是我老姨，我大舅在两个女儿中间。我母亲和我老姨都没读几天书，姥爷和姥姥把主要的财力物力精力都用在了我大舅身上，供他读完了大学。

听母亲讲，大舅读的是地质学院，从上大学那天起，就没怎么回过家。毕业之前，寒暑假里大舅从不回家，一方面是省点儿路费，另一方面是想多读一些书。我见过大舅一面，是他领着大舅妈回家。大舅穿着一身深蓝色中山装，戴着一副黑边大眼镜，镜片像瓶子底一样厚。舅妈穿着草绿色的翻领衣裳，白衬领翻在外面，长得挺好看。在我的印象里，大舅从来不笑，大舅妈却总是笑眯眯的。人们都夸我大舅娶了个好媳妇。

那时候大舅和大舅妈已经结婚了。在此之前，我姥爷姥姥他们只看过大舅妈的照片。村里人都说，看人家的孩子，大学毕业，家里没花一分钱彩礼，就把媳妇领回家了！

后来我听说，大舅大学毕业后主动要求去了大西北，至于是什么地方没人知道。家里人只知道他去修大水库了，听说他还是个工程师。有时候，大舅会给家寄一些钱回来，地址也只是某地的一个信箱号，没人知道他具体在什么单位工作。我读高中的时候，大舅给我写过信，鼓励我好好读书，学好本领。我考上大学后，大舅还给我寄过钱和英汉词典，地址也没有明确的单位。村里有人问我姥爷和姥姥：“你儿子咋不回来看你们呢？”我姥爷和姥姥就自豪地说：“我儿子是工程师，给国家修大水库呢！”

再后来，姥爷和姥姥岁数大了，身体越来越差，身边不能没人照顾，我父母就想把他们接到我家。我姥爷说，两个人不能到一家，怕拖累女儿。结果我姥爷来了我家，我姥姥去了老姨家，一直到他们去世。

姥爷和姥姥去世的时候，大舅都没赶回来，只是寄回一笔钱来。对此，家人们不免有些想法，毕竟他是父母唯一的儿子啊。但谁也没说什么，知道他是公家的人，身不由己。姥爷和姥姥去世后，骨灰都没有下葬，我母亲和我老姨在等我大舅回来。按照农村的习俗，下葬的第一锹土是要由儿子来填的。

记得大舅回来的时候是一个秋天。天气渐凉，树叶开始枯黄。那时他已退休，一家人生活在兰州。大舅站在父母的骨灰盒前，长时间地不说一句话。他的头发已经花白，额头布满皱纹，鼻梁上的大眼镜显得格外沉重。他说他要把他们带回兰州，活着的时候没来得及尽孝，死后一定要在一起。

我母亲和我老姨不大情愿，但毕竟是女儿，也不好说什么。我母亲劝我老姨说：“咱爹妈一辈子没去过大城市，这次就让他们跟儿子去吧，听说城市里的墓地跟花园似的，也让咱爹妈享受享受。”

就这样，我大舅背着两位老人的骨灰盒回兰州了。

一个月后，我大舅来信了。信中说，他回到兰州后，就想给二老选一个适当的墓地，可是选来选去，总觉得没有十分满意的。一天，他一个人去了离兰州很远的大山里。这里虽然离城市远，但离他的心很近。他在这里参与修建了一座特大型水库，由于水库位置险要，地质环境复杂，交通不便，他们历时十几年，才完成了水库的修建任务，有的同事甚至献出了年轻的生命。这里的一草一木，都饱含着建设者的心血、汗水乃至生命啊。他美好的青春岁月都奉献给了这里，他觉得这里的山也亲，水也亲，更有一种光荣感和自豪感。他深情地看着这山这水，在水库边整整坐了一天。他最后做出了一个出乎所有人意料的决定，他要将父母的骨灰撒到水库里。他说，他和舅妈死后，也要把骨灰撒到这里，让他和父母家人共赏这片融入了他青春岁月的绿水青山。

大舅的这一举动无论如何也让我母亲和我老姨无法理解。从那时起，他们断了来往。

就在老姨给我打电话后不到半个月，我表弟给我来电话，说大舅去世了，他不让告诉任何人，也没有举行告别仪式。遵照大舅的遗嘱，他的骨灰和先前去世的舅妈的骨灰，一起撒到了那座水库里。

我把这个消息告诉我老姨时，她愣了好半天，突然号啕大哭起来。

陈 皮

佟掌柜

陈皮本名陈波，陈皮是绰号，那三点水何时溜走的，很难考证。他出生在中医世家，祖父当年曾在关里坐堂行医，父亲是省中医院成立后第一批被评为教授的医生。他也学了中医，大学毕业后进了省中医院。

陈皮专攻妇科，尤其擅长治疗不孕不育和疑难杂症。他瞧病全靠号脉，把三根手指往患者手腕上一搭，平息之间完成五十动，偶尔再询问病人几句，然后开三服到五服草药，嘱咐患者吃完药再来。只有极特殊的情况下，他才开化验、检查的单子，但从未开过 CT、磁共振一类。

以前院里不少医生私下议论，陈皮在患者中的口碑靠的不是医术，而是患者负担的医疗费低。可后来一件事，让这些人闭上嘴。

内科的小刘把两个月身孕的媳妇带来找陈皮号脉，想知道怀的男孩还是女孩。陈皮号完脉笑了，说，你小子命真好。小刘知道这话的意思，回家兴奋了一整夜。过了一个月，他把媳妇领到 B 超室。B 超医生看完，说，我没瞧见啥。小刘一听，蒙了，说，陈皮可说了，是男孩。B 超医生说，那你还是听陈皮的吧，现在可能太小。胎儿七个月的时候，小刘又把媳妇领来了。医生做完 B 超又说，我没瞧见啥。小刘心里没底了，暗想，陈皮这脉号得也不准啊。结果，他媳妇真生了儿子。

陈皮四十二岁那年，院长代表组织找他谈话，想破格提拔他接任即将退休的管医疗的副院长。陈皮有些犹豫，说回家和父亲商量商量。没过几天对院长说，他父亲不同意。

院长说，陈大夫，你咋那么听陈老的，他这是耽误你的前途。

陈皮说，谢谢组织对我的信任。不过，我觉得父亲说得对，我这人太犟，遇事一根筋，当官儿纯是给自个儿找累。我还是瞧病吧，看患者吃完我开的药方病好了，特有成就感。

院长知道，没人能改变他决定的事儿，也就不再坚持。

春来冬往，陈皮的患者越来越多，挂他的号得提前一周预约。每天从八点开诊到下班，一刻无闲。别看找他瞧病的患者多，但他的收入并不高。至今他还住在当年医院分给他父亲的一处90平方米的单元房里。他不是没想过要买新房，但他觉得换房子需要大量的人力、物力、财力，实在太费劲了。他这一辈子没张过嘴求人，这么麻烦的事儿，他打心眼儿里不愿意干。再说了，有住的地儿就好，家里收拾干净就行了。

他媳妇年轻时没少抱怨，中年后越来越觉得嫁对了人。因为陈皮的原因，她到哪都受人尊敬，街坊邻居乃至不认识的人，见面都跟她打招呼，有的还称她"师母"。

天有不测风云。还有两年退休的陈皮，胃里竟长个肿瘤。手术时做切片，是恶性。他媳妇为此不知哭了多少次，说老天真是不开眼，像陈皮这么好的人，也能得癌症。再一想术后的治疗费用，以他家的经济情况颇感有些吃力。

谁知陈皮一点儿不担心，对媳妇说，你别怕，我没事，谁说医生不能给自己瞧病，我就能，不信你等着瞧，我也不化疗，自己个儿开方慢慢将养，你放心，我没那么容易死。

还真别说，一晃十几年过去了，他现在是吃嘛嘛香，啥事没有。

人生总有一些事很奇妙，让你觉得冥冥中像有什么预示。这些年，陈皮自个儿配方的药膳中，总离不开陈皮。可别小看这味药，《本草纲要》盛赞它有温和、通滞之功。如今年份长、品相好的陈皮价格不菲，四十年的陈皮市价达到一万元一两。

陈皮年轻时跟他父亲去广东新会，特意拜访过古法制作陈皮的手艺人，这回派上了用场。每年新会的大红柑丰收的时候，他就找那边的朋友给他邮来几箱，然后自己动手制作陈皮。谁承想，他的陈皮竟然出了名。大家都说，陈老的陈皮和他人一样，从里到外散发着檀香木的光泽和芳香。

一天，他媳妇说，老陈，咱家也不富裕，儿子又要结婚，别把那些陈年的陈皮送人了，咱换点钱多好……还没等她说完，正在看报纸的陈皮把老花镜推至额头，眯着眼睛对媳妇说，咱是饿着了冻着了？儿子婚房的首付不是都给他了吗？舒坦过日子多好，操那份闲心呢！再说了，陈皮送的都是需要它的人，咱这是积德！

老　穆

柴亚娟

这是一个星期天，老穆今早的心情本来不错，刚就着水煎包和小葱蘸酱喝了二两小酒，接下来他想去公园遛遛，碰个熟人聊聊天，一天也就打发过去了。可他刚一下楼，便在单元门口碰见了厂长，他尴尬地站住了，一时不知说什么好。倒是厂长对他点点头而且还意味深长地笑了一下说，他也搬这个小区了，让老穆以后多多关照。

和厂长邂逅，老穆啥心情都没了。他本来和厂长住一个小区，搬这儿来就是为了躲避厂长，可厂长还是跟来了。小区院里的杏树刚刚开花，几个小孩正仰脸看着杏花笑，一股香味儿迎面扑来，老穆不由得打了一个喷嚏，接着他觉得浑身发冷。

也是这样一个春天，工厂院子里杏花飘香，那时候的厂长还是工程师，而老穆是车间的先进生产者。两人因为工作上往来，感情处得不错，没事的时候也经常在一起喝酒发牢骚。可后来，他站错了队，一切都变了。老穆受副厂长唆使，给上级写信，编造一些不实之词，举报厂长贪污。

上级经过核实，还了厂长的清白，老穆却受到了批评教育。

老穆眼睛盯着杏树，只觉今年杏花味儿有点儿苦，他用力地嚅动一下嘴唇，觉得嘴里也苦，心里也苦。他已经没有兴致去公园了，从他和厂长邂逅那一刻开始他啥兴致都没了。要是早知道厂长也搬到这个小区，他怕是连喝酒的心思也没了。他愁肠百结地又上了楼，然后进卫生间呕吐起来。

老婆用手敲着门说，你刚才不是还好好的吗？这是怎么了？老穆出了卫生间看着老婆苦笑，然后说，我遇见鬼了。

老婆疑惑地看着老穆，开始用手摸老穆额头，然后说，这也没发烧啊？怎么还说胡话了。老穆用手扒拉一下老婆，说，哎！看来我是在劫难逃了。接着他告诉老婆，厂长也搬这个小区了。

老穆还是车间副主任，虽然每天照常上班，可因为心里有事，担心厂长对自己报复，所以工作的时候总走神儿。那天厂长把他叫到办公室，和他聊了半天，无非是鼓励他好好工作，别有思想包袱。末了厂长说，现在锅炉房缺个烧锅炉的，问他谁合适。

老穆回到家里接连抽了几根烟，心里越发地纠结，他觉得厂长这是暗示要把他踢到锅炉房去，然后再慢慢收拾他。

老穆一宿没睡。老婆说，要我看你应该跟厂长把事儿说开了，给他好好道个歉，再不然让厂长打你一顿也行。

老穆说，这些我早想过了，根本不好使，事情要真像你说的那么简单，他还至于步步紧逼吗？

第二天老穆左思右想心不落地，只好买了两瓶茅台去看厂长，他已经做好了准备，要是厂长不收礼他就赖在那里不走。厂长果然说，你这是干啥？老穆，我是从来不收礼的。老穆说，厂长，我知道自己错了，其实你不知道这些年我心里一直很难受，觉得对不起你，可我又不知道怎么跟你说。

厂长用手使劲儿地拍了一下老穆的肩膀说，过去的事我早已经忘了，你好好工作就行，我心里有数。

老穆说，这么说，你不让我去锅炉房了？厂长说，扯淡，你是技术工人，又是车间副主任，我让你去锅炉房干什么？

厂长没收礼，老穆觉得厂长的胸怀还是蛮大的。但毕竟自己整过人家，让人家受了不少罪，要说这事就这么轻描淡写地翻篇儿了，老穆还是不信。他把自己的想法跟老婆说了，老婆说我看你们厂长这人不错，要我说你就是想多了。

难道自己真的想多了？老穆总觉得心里不安。那天下班忽然下雨了，老穆举着伞忽然发现厂长在小区门口，便赶紧把伞罩在厂长头顶。厂长看着老穆笑了，然后推了一下说，我喜欢这种感觉。

老穆又睡不着觉了，他觉得厂长这是借题发挥在暗示他：这件事根本还没过去。再联想到每次在厂里遇到厂长，厂长总是微笑着和他打招呼，可他跟别人为什么不笑呢？这种特殊待遇不正说明厂长把他当成外人了吗？

他实在睡不着，翻来覆去，又怕把老婆弄醒，便想到小区的院里走走，排遣一下糟糕的心情。可他坐到凉亭里把烟掏出来，才发现没带火。忽然一缕火光出现在眼前，厂长忽然把火举到他跟前，微笑着向他示意。老穆赶紧从烟盒里抽出一根烟递给厂长，并且诚惶诚恐地说，厂长，你先来！

厂长只好把烟点着了，说，怎么睡不着了？老穆说，是，我总忘不了过去那些事，心里难受。

厂长说，过去的事就让它过去吧！

老穆说，可是厂长……

厂长生气地说，穆仁智你怎么回事？本来我已经都忘了，你为什么非得揭我伤疤？

穆仁智是老穆的名字，与《白毛女》里的穆仁智重名。

老穆泪眼迷离地看着厂长，忽然觉得自己的名字有问题。

爷爷的稻草人

李国明

四愣哥气喘吁吁跑进我家的时候，爷爷在枣树下磨镰刀：哧哧！哧哧！

用联合多省劲儿，倔驴！奶奶站在爷爷身边，老花镜片低垂到脸颊，手里缝补着爷爷露出脚后跟的棉袜。

阳光穿过枣树的叶子，变成一个个小太阳，那圆润朦胧的光影，晃在爷爷沟沟坎坎的脸上。

爷，快去看看吧，你家的谷地，落满了家雀，那一大片谷地，每家每户都埋了稻草人。

四愣是我二爷爷家的孙子，黑皮肤，厚嘴唇。我一听，眼睛亮了起来。爷爷的两亩谷地，是一家人的命根子，家雀来偷吃谷地的粮食，就是要我们一家三口的命呢。

奶奶说，三年前那次大地震后，爹娘还有姐姐，都出远门了，我若想他们，就去看天上的星星，陪它们说说心里话。夜晚，奶奶总爱指着夜空对我说，豆豆，那一颗是你爹，那一颗是你娘，那一颗是你的姐姐。

奶奶，咱们都变成星星，和他们住在一起多好。

奶奶哽咽了。我替她抹去眼角的泪花。

爷爷扛着铁锹，去谷地浇水了。枣树上的家雀又叫起来。

叫什么叫！吃爷爷稻谷的坏蛋！我把一颗石子投向它们，家雀飞了。我刚回到屋里，它们又叫起来，烦死了。

我用弹弓终于打落一只。难怪同桌叫我“弹弓狙击手”。我刚捡起战利品，肩膀就被一双布满老茧的大手摁住了，是爷爷一副怒目圆睁的面孔。

兔崽子，给你说了多少遍，不要伤害它！

我身子一蹲，猛地从爷爷臂窝里逃脱，他几步追上来，把我按到他另一条胳膊上，脱下布鞋，照我屁股一顿抽打。

奶奶从屋里趺趺撞撞奔过来，一下扑到我身上，替我挨了一鞋底。

爷爷坐在矮凳上抽旱烟，奶奶余气未消。老不死的，青豆不就打死一只鸟吗？多大点事儿，下手这么狠！

奶奶手里的热毛巾，一碰到我的屁股，像电烙铁，疼得我嗷嗷叫。奶奶竟泣不成声了，又骂爷爷，老不死的，你个老浑蛋！

爷爷被奶奶断断续续骂了三天三夜，驴脾气的爷爷，一声不吭。

这会儿，四愣哥的话，爷爷想必听到了，每家每户在谷地里都埋了稻草人。爷爷也一定会恨死那些小鸟了，我费了好大劲，在高高的大衣柜顶上，才摸到爷爷藏起来的弹弓，说：爷爷，可恶的小鸟，交给我去对付它们吧！

放回去！

爷爷目光冷峻地瞪着我。

我怯怯地把弹弓搁在爷爷面前。

奶奶凑近爷爷耳边，说，咱不祸害鸟，扎一个稻草人，吓唬吓唬它们，总行吧？

爷爷瞥了奶奶一眼，平静地抽着烟。爷爷最心疼奶奶了。一年前那个寒冷的黎明，窗户玻璃上凝着一层霜花。起床时，奶奶右侧身子不能动了。我哭起来。爷爷把奶奶抱上三轮车，一路狂蹬，到了村里的卫生所，他脑袋冒着热气像开了锅。爷爷每天把暖水袋灌上开水，包上毛巾，压在奶奶的输液管上。他说，这样，那些冰凉的药水，经过加温，流到奶奶血液里，她就不会冷得浑身打战了。出门时，爷爷歉意地说，大夫！等我那两亩谷子卖了，就来还这些药费。村医说，喜爷，不急不急。

爷爷把弹弓放回原处说，不经我允许，不能动它，记住啦？

知道了爷爷！

我望着爷爷走出院子，在西厢房抱出一些稻草、棉柴，又找来铁丝、麻绳。很快，一个威武的稻草人，就矗立在爷爷面前了。

哇！太威武了！我欢呼着，抚摸着爷爷捆扎的稻草人。奶奶笑嘻嘻走上来观看，她仿佛想起了什么，

倒着碎步又回屋去了，奶奶从屋里拽出一块大红广告布幅，说，捡来的，扔了怪可惜。

爷爷像一个设计师，稻草人穿上了红色的连衣裙，它两只长长的衣袖低垂着，

像高跷队的凤仙。秋风吹过，长袖飘向空中，如亭亭玉立的仙女下凡。

爷爷，你埋得这么浅，不怕稻草人被风刮倒吗？

爷爷摸摸我的头，转身走了。我独自留下来，好奇那些小鸟，到底怕不怕稻草人。秋风萧瑟，一阵比一阵强劲，稻草人长长的衣袖，发出呼呼啦啦的声响。家雀在天空盘旋了一会儿，落满谷地旁的柳树枝。它们吃不到食物，心急地蹦来跳去。我高兴极了。

月亮淡淡的轮廓，挂在昏暗的夜空。院子里蛐蛐鸣叫。

我把这个好消息告诉了爷爷。奶奶高兴得合不拢嘴。爷爷那张敦厚的脸上，像飘过一朵云彩。他碗里的粥，刚喝了一半，就撂下饭碗，抓起门后一把铁锨，向村外的谷地走去。

皎洁的月光，把爷爷晃动的身影，映在平坦的水泥路面。我猫着腰，几次躲闪，跟踪着他。

爷爷拿铁锨干吗呢？他一定恨那些家雀吧？忙活了一年，卖谷的钱，还等着给奶奶治病。他要用铁锨，拍死那些家雀，掩埋它们的尸体。

爷爷在谷地边看了一会儿，转过身，一路哼着小曲回家了。

沉甸甸的谷穗在秋风中向我点头，在月光下散发着迷人的清香。靠近谷地，一大群家雀腾空而起。

我看见，爷爷的稻草人被风吹倒了，难怪它们在尽情地享用爷爷的稻谷。

你们只怕那些风中站着的稻草人吗？我的喊声在夜空回荡。

我跑回家时，爷爷正端坐在木椅上拉二胡。好久没看见爷爷拉二胡了。他陶醉地摇头晃脑，弦柄上那根弦，像按在爷爷心尖上，二胡发出尖厉的声响。院子里的枣树上传来叽叽啾啾的鸟鸣。月光透过窗玻璃，洒在奶奶红润的脸庞上，她不停地用手帕擦拭着眼睛。

爷爷，咱家谷地里的稻草人，被风吹倒了。

爷爷微闭着眼睛，继续拉他的二胡。

爷爷，那些鸟群，正在吃咱家的稻谷呢！我提高了嗓门。

爷爷如醉如痴，忘我，如忘掉了整个世界，继续拉他的二胡。

十五个冬笋

李学文

隆冬的赣南北部山区白雪皑皑，滴水成冰。红军长征后，留守在这牵制敌人的小股红军又被搜剿的敌人重创。四名战士满身血污地从阵地上爬下来，在茫茫雪地上留下了一条长长的血路。他们耗尽全身的力气，终于爬到了两里外的老猎户老杨的门口。

老杨独居深山，他家的四周没有住户。老杨开门一看是四位受伤的红军战士，一个战士左手骨折，三个腿部中弹，其中一个已经昏迷。老杨赶紧把他们扶进屋里。

老杨常年打猎，练就了治疗骨伤枪伤的好医术。他很快把战士的断手固定，又给三个腿部中弹的战士取出了子弹。

手折了的战士说："大爷，我们已经三天粒米未进了，你能给我们一点吃的吗？"

因为大雪封山，老杨昨天已经断炊了，家里只剩下半边兔子肉，他原本想靠这半边兔子肉挺过大雪封山期。

老杨没多想，就把半边兔子肉剁了一半炖了。肉熟了，他只为三个清醒的战士端去了肉和汤。三位战士满腹狐疑地看着老杨。一个战士说："怎么没给这位兄弟端一碗汤？"老杨说："他昏迷了，吃不了东西。"手折了的战士不相信，想掰开昏迷战士的嘴给他喂，但确实一点也灌不进。

战士们饿极了，两餐就把半边兔子肉吃完了。实在没吃的了，老杨就扒开雪，挖屋檐前草根煮汤喝，又挨过了两天。最后连屋檐前的草根也挖没了。

为了弄吃的，手折断的战士提议，由老杨带自己上山挖冬笋。

老杨不同意，说大雪封山，上山挖笋十分危险。两个腿伤的战士也不同意。

手折断的战士说："不上山挖笋，五个人都会饿死。"无奈，老杨带他冒雪上山。

他俩艰难地在齐膝深的雪中攀行，每走一段山路，就做记号，好返回时能认出路来。到了竹林地，他们大半天才挖了一竹篮冬笋。返回时，大雪已把记号覆盖，他俩凭感觉在茫茫雪海中前行。突然手折了的战士一脚踩空，掉进深涧。

看到只有老杨一人回来，两名腿伤的战士警惕地问：“那位兄弟……”

老杨悲戚地说：“掉进深涧牺牲了。”两位战士露出了惊愕的眼神。

看似满满一竹篮的冬笋，但实际只有十五个，剥壳后可食用的部分很少。老杨按每天一个冬笋煮汤，分成了十五天的食量。他预算十五天后大雪能停，他要让这十五个冬笋维持他们度过大雪封山期。

老杨煮好笋汤，把汤端到两位战士手中，但两人都不肯喝。老杨明白，自己不给昏迷的战士喂兔肉汤，特别是手折的战士掉进深涧牺牲，让他俩产生了戒心。老杨当着战士的面，一仰脖把冬笋汤喝了个精光，又把碗底的几小块笋片放入嘴里。俩战士看到老杨喝完了笋汤，吃着笋片，就也跟着喝汤水。

喝完笋汤后，两位腿伤的战士要老杨给昏迷的战士喂汤。老杨说：“他一直昏迷，喂不进。洒了汤，可惜，这可是我们保命的汤！”

一个腿伤的战士愠怒地看了看老杨，端着汤艰难地爬到昏迷的战士跟前。

老杨走上前，把汤夺下来：“别浪费，留着这碗汤，还能对付一个人的饥饿！”

另一个战士一看，愤怒地拉动了枪栓。

那个爬过去的战士又把笋汤夺回来，然后又去掰开那昏迷战士的嘴，可像前次一样怎么也喂不进。

老杨说：“孩子呀，别看他现在还有心跳，他的大脑肯定死了。”

爬过去的战士歇斯底里，冲老杨吼：“你这是谋杀！”

老杨缓口气说：“孩子呀，我们只有十五个冬笋，按往年的天气，至少还有十五天的封山期，节约一个人的食物，我们就多一分活下去的希望！”

爬过去的战士气愤地把碗摔了个粉碎：“你还这样说，难道不怕死吗？”

“我说的是实话，他挺不过两天了！”

拉枪栓的战士怒喝：“别说了，小心我毙了你！”

老杨也来了气：“难道我真的不想给他吃的吗？他是我的亲生儿子呀。”

两个战士瞪大了眼睛，他俩奋力地爬过去：“他是你儿子？”

老杨抚摸着儿子：“你们一进来，我就认出了他。‘东韶战役’他参加红军时还是个娃娃呀，四年时间长得像个汉子了。”老杨老泪纵横。

两个战士紧紧地抱住了老杨。

四天后，老杨的儿子没了心跳，老杨把他埋在屋后面。

老杨用十五个冬笋，终于让他们仨挺过了大雪封山期。两个战士归队时，抱着老杨，同时叫了一声：“老爹……”

戟之殇

蒋玉良

精钢为锋，坚铁为韧，长一丈二尺，重一百四十二斤，一柄柘木杆描金绘彩。“好一杆方天画戟，真是神兵利器啊！”刺史捧在手中，如此赞叹。那年，刺史北征河内，得异铁一块，花巨资请高人精心打造，于是，我横空出世。

初见他时，他正是一位青年，二十七八岁，说：“我被仇人追杀，不得不逃离家乡，四处流浪。”

他虽然一身风尘，却英气逼人，无半分颓废沮丧。

刺史很觉惊异，心想：眼下朝廷奸臣当道，民不聊生，各地盗贼蜂起，军阀割据。此子颇为不俗，或可大用。

刺史问：“你愿意为我所用吗？”

他叩头下拜：“当然愿意，为表忠心，我愿拜大人为义父！”

刺史大喜，将我推举于前，说：“此乃我耗费心血所得神兵利器，今赠予你，必会助你成功。”

他郑重接过，携我在手。从此，我尊他为主人，时刻相伴于他。他倚我纵横天下，我凭他威震四海。

太师挟持天子，独霸朝堂，群臣敢怒不敢言，唯有刺史挺身而出，领兵挑战。太师大怒，也派出兵马相斗。

他从刺史身后闪出，将我擎于双手。我被他双臂舞动，只觉他快如疾风，力若千斤。顿时，我大展神威，寒光闪动，敌将纷纷落马。太师大败而逃。

深夜，太师派人找到他，带来金子和好马。他对金子毫不动心，但他舍不得那匹马。那是一匹赤兔宝马，威武神俊，正是所有战将的最爱。

来人说：“将军掌中有如此神兵，胯下再有如此宝马，天下谁再是你的敌手？”

这话彻底捏住了他的心，当晚，他便提着刺史的人头跪在了太师面前，改拜太师为父，为太师所驱。

当时，天下人对太师暴虐专权已不满到了极致，十八路诸侯仗义而来，歃血为盟，讨伐太师。

他来了，胯下赤兔宝马，掌中方天画戟，锋刃到处，头断肢残，血流成河。十八路诸侯土崩瓦解，溃不成军。

他与我俱威名震天下，人见之无不心寒胆裂，避犹不及。

这时，他遇到一位女子。女子美艳倾城，风情万种，眼波流转处，他的心都融化了。女子说，敬他是当世无双的英雄，愿将终身托付。他将女子视为挚爱，誓要一生保护。

功成名就，又得中意爱人，他觉得自己的人生美好无比。

但美好从来转瞬即逝，仿佛暗夜里的流星。一日，他出京办事，太师偶然遇见了女子，便将她带走。

有人说这是一个阴谋，也有人替他鸣不平，说太师欺人太甚。但他实在太爱她，没有了她，他觉得自己坠进了无边的黑暗。

他愤怒了，纵马回京。戟刃嵌进太师肥硕的身躯，我闻到了太师身上的腐臭味。

随着太师的尸体灰飞烟灭，太师营造的权力殿堂也烟消云散。烟尘弥漫处，各路兵马混战在了一起。豪强们都想让自己填补太师死后的权力空缺。

他有些厌倦，想退出这场纷争，但为时已晚。混战的各方反而将他视为眼中钉，欲除之而后快。他虽然神勇，但敌不过全天下人的剿杀，一次次地溃败，窜逃。

他不再是那个耀眼的英雄，神勇荡然无存，沮丧而又绝望。也许这才是本来的他吧！

终于，他被敌人擒住，绞死于城楼上。那匹赤兔马也奔向了一位大胡子武将。

关于我的结局，不乏各种猜测。有人说我是神兵，如果有人得到我，一定也可以纵横天下。有人说我是不祥之物，应该毁了我。也有人说我不过就是一件普通的兵器，起不了什么大作用。群雄忙于逐鹿，无暇再理会我。

其实，我当时于纷乱中纵下城墙，跌落于荒草中。我大失所望，心灰意冷，只想这样静静地隐于草丛，让自己走向死亡。

一把曾叱咤时代的神兵，流落于历史的角落里，除了与寂寞为伴，又能怎样呢？谁知我殇？

城墙愈来愈破，终于城倒墙塌，荒草愈来愈深，最后连这一段城墙也都湮没其中。

我静静地隐身于草丛中，渐渐地，岁月蚀掉我的锋芒，关于他的记忆似乎也一点点地淡了下去。

直到后来，一位老农扛着锄头从此地经过。当他于无意间发现我时，大感惊异，细细打量并询问我的来历。

我一边回忆一边向老农讲述，漫不经心地仿佛是讲一个跟我毫不相关的故事。

老农听完，微笑着说："没想到你竟然有如此不平凡的经历。那个人因你而兴，也因你而亡，你如今流落于荒草之中，跟他又何尝不是同样的结局呢？"

我争辩道："那可不一样，我对于他，无法自己选择，他对于他们，却可以自己选择的。如果当初他不拜刺史为父，如果后来他不拜太师为父……"

老农说："怎么选择？有时看着可以自己选择，但其实都不是，每个人都是被现实选择着，你是，他也是。正如我和我手中的这把锄头，现实早已安排好了我们各自的样子。"

我听不懂他说的话，一时不知道怎么回答。他说："我们相识也是有缘，你跟我走吧！"

我诧异地问："跟你走？你也要用我征伐天下吗？可我已经心死了。"

老农哈哈大笑："征伐天下？是的，我也在征伐天下，不过用的是它。"

他扬了扬手中的锄头："你不想重获生机吗？"

团结湖游泳客

谢京春

我跟韩薇薇最后一次见面是在团结湖。那一年的冬天格外温暖，我们两个人站在岸边松软的土坡上，看见对岸的蓝色铁皮房子隐藏在枝叶茂密的树林中。韩薇薇脱掉身上的毛呢大衣，紧紧攥着我的手。

韩薇薇跟我说，当年在老家，冬天的树木全是光秃秃的，跟这里一点也不一样。我说我去过北方，小舅在哈尔滨开了一家广式肠粉店，有一年我去找他，曾接连数天在一条不知名的河里练习溜冰，至今记忆犹新。韩薇薇问我会不会游泳，我点点头，说起十八岁那年跟在三叔身后跳进团结湖，一口气游到对岸。

面对韩薇薇，我几乎无话不谈，想把自己知道的一切都告诉她。她看上去非常高兴。我们俩的关系突飞猛进，这一点我没有预料到。

半年前，小姨介绍我和韩薇薇在团结湖相亲。当时她们俩同在县里的水厂上班。韩薇薇长相出挑，是水厂里为数不多的年轻女工。其实大学刚毕业的时候，小姨托人帮我也在水厂找了份工作，我没去。现在水厂成了县里的龙头企业，招技术员得研究生学历，我想去也去不成了。

相亲的那天韩薇薇迟到了一会儿。小姨陪着我坐在湖边的长凳上，嘱咐我要好好表现。见面说了没几句，留下电话，韩薇薇就走了。小姨有些不高兴，觉得她十分不礼貌。

我觉得韩薇薇是个好女孩，长得也漂亮。站在湖边，她的大眼睛忽闪忽闪地泛着绿光。我以为是湖水的颜色反射进了她的瞳孔，后来韩薇薇解释说，那一天她戴了美瞳，看上去才会不一样。

回家以后我很高兴，没事的时候就给她发短信，她偶尔回复。后来小姨说韩薇薇找了男朋友，让我别再联系。我托朋友私下打听，得知她下班后钻进一辆豪华轿车。于是我再没给她发过短信。

我不知道她为什么突然出现，为什么紧紧握着我的手认真听我讲话。她看上去还跟以前一样漂亮。上次见面是夏天，她穿得少，看上去很瘦。这次再见，她裹着褐色的毛呢大衣，身材匀称，眼神里充满忧郁。

我们沿岸行走，时有野鸟惊飞。韩薇薇说，你不想问我点什么吗？我说想，可我不知道问什么。韩薇薇说，你小姨夸你很聪明。我说，小学三年级的时候我是班里的数学课代表，已经能熟练使用二元一次方程解鸡兔同笼。韩薇薇哈哈大笑。

团结湖面积广大，我们走了很久也没有到达对岸。韩薇薇说，别走了，在这站一会儿吧，团结湖太大了。我问她，你还在水厂上班吗？韩薇薇点头。我再没有别的问题。

韩薇薇当时钻进豪华轿车一事闹得沸沸扬扬。车主是水厂老板的表弟，年少有为。水厂灌装的矿泉水被他推销到美国、日本，好评如潮。表弟去美国前把韩薇薇一个人扔下了。这些我全都知道。

小姨说，多亏我当初没跟韩薇薇好，她早就看出韩薇薇不像是会过日子的女人，还问我删没删干净联系方式。我说，放心吧小姨，我再也没跟她联系。

后来韩薇薇半夜打来电话，约我第二天到团结湖见面，我想都没想就答应了。

阳光从水面反射过来，团结湖是一块碧绿的宝石。我盯着韩薇薇的眼睛，看见她的瞳孔如从前一般青翠。我说，你是不是又戴美瞳了？她说没有，是湖水反光。韩薇薇叹了一口气，问我，你去过很多地方吗？我摇摇头，反过来问她，你呢，你有想去的地方吗？韩薇薇驻足凝望，似有难言之隐。

沉默很久之后，她突然脱下鞋子，解开了衣服。韩薇薇身着白色内衣，扑通一声跳入湖中。我大惊失色。

韩薇薇浮在水面上，冲着我喊，下来吧，你不是会游泳吗？我说，太冷了，你会冻坏的。她扭头钻进水里，朝着更远的地方游去。我看见绿色湖水下韩薇薇的曼妙身姿：像一条白色的鱼。

韩薇薇往前游了很远，直到我看不清她的脸。她从水里转过身大声地朝我呼喊：一直往东游能游到什么地方？她的声音沉稳有力。

我不知道。

我突然想起十八岁那年，跟在三叔身后一个猛子扎进团结湖。那时候我还没有学会游泳。那时的湖水甘甜爽口，让我几乎不想浮出水面。